AF277776

BESTSELLER

Pablo Rivero, licenciado en Comunicación audiovisual, ha interpretado a Toni Alcántara en la serie de TVE *Cuéntame cómo pasó*. Asimismo ha participado en películas como *De tu ventana a la mía* de Paula Ortiz, *Proyecto tiempo* de Isabel Coixet, *No me pidas que te bese porque te besaré* de Albert Espinosa o *La noche del hermano* de Santiago García de Leániz. En teatro ha participado en montajes como *La caída de los dioses*, dirigido por Tomaž Pandur; *Los hijos se han dormido*, dirigido por Daniel Veronese; *El sirviente*, dirigido por Mireia Gabilondo, y, más recientemente, en *La importancia de llamarse Ernesto*, los cuatro en el Teatro Español; *Fausto*, también de Tomaž Pandur, para el CDN, o *Cortázar en juego*, dirigido por Natalia Menéndez en el Teatro de la Abadía, entre otros. Debutó como novelista con *No volveré a tener miedo*, a la que siguieron *Penitencia*, *Las niñas que soñaban con ser vistas*, *La cría*, *Dulce hogar*, la novela corta para FNAC *El editor* y *La matriarca*. *El rebaño* es su séptima novela, un thriller de impacto acerca de la sobreprotección en la crianza. Su narrativa ha sido comparada a la de Pierre Lemaitre y en sus historias explora los territorios más oscuros de la conducta humana.

Para más información, puedes seguir al autor en su cuenta de Instagram:
@pabloriveroficial

PABLO RIVERO

La matriarca

DEBOLS!LLO

Papel certificado por el Forest Stewardship Council®

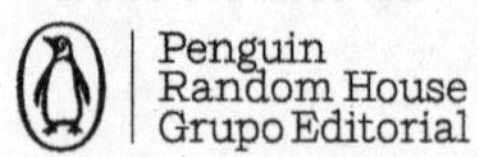

Primera edición en esta colección: octubre de 2025
Primera reimpresión: noviembre de 2025

Travessera de Gràcia, 47-49. 08021 Barcelona
Diseño de la cubierta: Penguin Random House Grupo Editorial / Yolanda Artola
Imagen de la cubierta: © Alexander Grahovsky

Printed in Spain – Impreso en España

ISBN: 978-84-663-8011-9
Depósito legal: B-14.486-2025

Compuesto en Mirakel Studio, S. L. U.
Impreso en Liberdúplex
Sant Llorenç d'Hortons (Barcelona)

P380119

A nuestros mayores. En especial a esas madres,
abuelas y demás mujeres que luchan cada día
en un mundo diseñado para excluirlas

Más sabe el diablo por viejo que por diablo.

Parte I

PARTE I

La soledad no mata, pero ayuda a morir.

1

Candela abre la puerta de su habitación con brío y se dirige a paso ligero hasta la ventana que da a la calle. Las contraventanas están abiertas y, a esa última hora de la tarde en la que comienza a abrirse la noche, ve a algún transeúnte sacando al perro o volviendo a casa después de trabajar. Aunque en ocasiones se haga insufriblemente lento, el tiempo pasa muy rápido. Ella lleva media vida formando parte del cuerpo de la Guardia Civil. A lo largo de su carrera, le ha tocado vivir de cerca algunos de los casos más terribles de la crónica negra española. Muchos relacionados con pederastia, violencia vicaria y numerosos homicidios. No es fácil sobreponerse a todo lo que ha visto hasta la fecha, menos aún cuando has perdido a tu familia por el camino.

Está sola, pero no ha tirado la toalla. Se hizo la promesa de seguir adelante con la fortaleza que la ha caracterizado siempre. Su temperamento la había salvado del mayor de los abismos. Hasta ahora. Ahora es diferente, y siente una mezcla de incertidumbre, culpa y pánico. Está sobrepasada. Hace poco más de un mes no podía sospechar que el caso que iban a adjudicarle desembocaría en el episodio más oscuro de su vida. Algo que pondría contra las cuerdas el concepto que tenía sobre sí misma hasta ese momento y la enfrentaría a sus demonios.

Abre la ventana de par en par y nota cómo el aire frío le golpea en la cara y se le eriza el vello de los brazos. Cierra los ojos por un instante, después los abre para inclinarse lentamente hacia delante y saca medio cuerpo fuera. Odia las alturas, pero consigue bloquear ese miedo que la solía paralizar. Eso ya es lo de menos. Desde ahí observa la distancia que hay hasta tocar el suelo; son muchos metros hasta llegar a la acera, y visualiza su cara estampada contra el pavimento y su cabeza hecha trizas.

2

Un mes antes

El afilado borde de aluminio de la ventana se le clava por debajo de los pechos. Un centímetro más y otro y otro hasta que prácticamente está fuera, al borde del precipicio. Diez pisos son muchos pisos. Exactamente cuarenta y tres metros la separan del suelo de baldosas de barro deterioradas por el paso del tiempo. La cabeza apenas se le balancea. Lo que más se le agita es el pelo, por las ráfagas de aire que se cuelan por el techo abierto del patio interior del edificio.

Ahora caen los brazos, casi al mismo tiempo, tiesos e inertes. Los dedos están estirados, como queriendo adelantarse a su inminente destino. Toda la sangre del cuerpo le ha bajado a la cabeza, la vena de la frente está a punto de estallar, como los párpados y las bolsas de los ojos. El tiempo parece detenerse por unos segundos. Pero el último tirón no tarda en llegar, y se precipita a gran velocidad hacia el vacío.

La ropa tendida de la vecina del séptimo se tambalea por el viento, pero no es nada comparado con cuando el cuerpo de la mujer cae a plomo sobre las cuerdas y arrastra varias prendas y las pinzas que las sujetaban. Un latigazo que le raja el tórax, una fuerte quemazón y un estrepitoso golpe en la cabeza al chocar contra el vierteaguas de una de las ventanas del quinto. Es tal la velocidad que lleva que el pómulo se hunde con el impacto y deja al descubierto parte de las encías. También pierde varios dientes que ya no va a necesitar. Se desploma contra el suelo en un abrir y cerrar de ojos. Un golpe seco. El rostro desfigurado, el cuello roto, trozos de carne desperdigados, como los dientes que se han desprendido, las cuatro extremidades apuntando cada una hacia una dirección diferente y el charco de sangre que va asomando bajo su silueta. Eso es lo que queda de ella.

3

Mari Ángeles, de ochenta y tres años, entra en el portal cargada con una bolsa de plástico en la que lleva unas pechugas de pollo que acaba de comprar en un puesto del Mercado Municipal de El Escorial, en Madrid. Antes de que la puerta se cierre, consigue entrar un hombre de origen magrebí que, con su acento, la saluda con un "Hola" para que se gire. Cuando la mujer lo hace, se da cuenta de que el extraño tiene una mano dentro del bolso que lleva colgado para intentar robarle. Todo sucede muy rápido, pero logra agarrar la cartera cuando está a punto de arrebatársela. Ella intenta impedir que se la quite, y empieza el breve forcejeo que termina cuando el atacante le atiza un puñetazo en la cara, con tanta fuerza que la anciana se desploma de inmediato. En ese momento, el hombre aprovecha para huir con el discreto botín de apenas cuarenta euros, el DNI y un par de tarjetas de crédito. Ese ha sido el precio de la vida de esta pobre mujer que ha quedado en coma».

Felicidad está de pie en la cocina, pendiente del relato del suceso que están dando por la radio. En las manos sujeta la fuente de sopa que había ido a buscar para servir a los miembros de su familia, que esperan sentados a la mesa. Detrás, en la encimera, está la cazuela con las lentejas que ha preparado para que se lleven a casa.

—¡Mamá, venga! ¿Qué haces?, ¿podemos comer? Que no tienes que salir corriendo a descubrir quién es ese bestia —dice Ignacio, su hijo mediano, cuando la descubre completamente obnubilada.

A Felicidad le encanta todo lo relacionado con lo policiaco: las novelas, los documentales y los programas sobre hechos reales. Pero, sobre todo, las series de televisión. Su favorita de todos los tiempos es *Se ha escrito un crimen*, donde la protagonista está encarnada por la maravillosa Angela Lansbury, una actriz con la que guarda un extraordinario parecido. Lo que hace que las bromas entre sus hijos y su nieto sean constantes. Sin embargo, no es su instinto detectivesco el que la mantiene sin pestañear, sino el miedo. Tiene los pelos de punta. No conoce a esa mujer, pero seguro que vive muy cerca de ella. Ambas hacen la compra en el mismo mercado, que está a tres minutos de su casa en pleno centro y casco histórico. El proyecto corrió a manos de Juan de Villanueva, el artífice del Monasterio de El Escorial. Es un espacio pequeño, pero resulta acogedor y los puestos tienen «buen género». Además, el gran arco central en la fachada exterior, las pinturas decorativas en la escalera y el techo luminoso te trasladan de inmediato a otra época. Felicidad se enorgullece cada vez que entra en él y disfruta saludando a los dependientes que ya conoce, pero ahora que ha escuchado que la mujer venía de ahí se le ha atragantado porque sabe muy bien que le podría haber pasado a ella. Menos mal que no ha visto las imágenes de la cámara de seguridad del portal que dicen tener; no piensa mirar cuando las pongan en la televisión o no podrá salir a la calle. Cada vez hay más inseguridad en el barrio, gente de fuera que lo está cambiando poco a poco, y eso la aterra. Aunque ese es el menor de sus males, no es nada comparado con todo lo que le espera.

4

Candela camina a paso rápido al encuentro de Sandra, su nueva subordinada desde que decidió desmarcarse de los truculentos asuntos de los que se encargaba con Mateo, su antigua mano derecha y auténtica debilidad, y seguir ocupándose únicamente de la zona de El Escorial y sus alrededores. Los secuestros infantiles y la violencia digital en todas sus formas que fluía sin límites en la Deep Web se habían disparado después del famoso caso del niño *influencer* que ambos habían resuelto, por lo que ella había antepuesto su salud mental al trabajo por primera vez.

Mientras camina, la teniente de la Guardia Civil se fija en su compañera, que la espera frente a la puerta del edificio. No es Mateo, pero hacen buena pareja. La sargento también es más joven que ella, que le saca más de diez años. Cumplió treinta y dos la semana pasada y es una morenaza de ojos miel con una sonrisa que deslumbra. Lo único que le falla son los estilismos, aunque de primeras nadie lo diría. Es una apasionada del rosa, el brillo de labios y la purpurina. «Eso es un trauma de infancia», le suele recriminar ella, que siempre la llama por el mote de «Barbie». Por suerte, cuando está de servicio se controla y viste de manera normal, como hoy, que lleva puestos unos vaqueros y una camiseta básica para no llamar mucho la atención. Eso sí, una buena capa de rímel y los labios bañados en su barra favorita, de color rosa palo. «A ver si voy a ser peor agente por querer ir mona. ¡Qué tendrá que ver!», se defiende su subordinada cuando le hacen algún comentario al respecto. «Ser feminista no está reñido con arreglarse, joder» es otra de sus frases más repetidas.

Candela apenas se maquilla, más por pereza que por otra cosa. Tiene suerte y conserva una cara agraciada que ha sobrevivido a todos los palos que la vida le ha dado. Esta es otra de las muchas cosas que las separan y que tan a menudo causan debate entre ellas.

—¿Preparada? —le dice Sandra cuando llega al portal del edificio en el que la espera.

—Siempre.

—La fallecida es María Fernández, de ochenta y cinco años. La ha encontrado un vecino del edificio en el patio interior. Dice que estaba en la cocina y, a eso de la una y media, ha escuchado un fuerte estruendo. No sabía qué podía ser y, al asomarse, ha visto el cuerpo. No estaba seguro de si era una persona o un maniquí, por lo que tuvo que bajar para confirmarlo y fue entonces cuando nos avisó. Parece que la mujer ha caído desde una de las ventanas de su vivienda en el décimo piso. Ha muerto en el acto. Vivía sola. No tenía familia ni mascotas.

—¿Le has preguntado si tenía instintos suicidas o razones para tirarse?

—Apenas la conocía. Dice que lleva un par de años en la comunidad y casi no se había cruzado con ella. De hecho, como está casi irreconocible, al principio pensó que podía ser la dueña del edificio, su casera. Hemos cerrado el acceso a la zona y empezado a hablar con los inquilinos. La vecina del séptimo ha sido la que nos ha confirmado de quién se trata. Por lo visto, en el bloque hay bastante gente mayor, pero no tantas mujeres. Tampoco sabía mucho más sobre ella, aparte de que vivía sola, como demuestra su buzón, y que apenas se relacionaba. El forense está de camino. Por cierto, ¿qué tal lo del ataque de la mujer en el portal?

—Mal, no tiene buen pronóstico. Por lo menos ya tenemos al tipejo.

—Qué horror, eso le pasa a mi abuela y me muero… Menudo día, un robo con agresión mortal y un suicidio. —Candela la mira, escéptica. Sandra capta su intención—. ¿Crees que la han tirado? —pregunta la sargento.

—Cuando vea el cuerpo, te lo digo.

5

El portal del edificio es muy estrecho y apenas tiene luz, pero Sandra la enciende nada más entrar. Aun iluminado, el espacio resulta igual de sombrío a causa de los techos bajos y la carpintería en marrón oscuro. A la derecha están los buzones y el ascensor. De frente hay un pasillo muy estrecho por el que asoma un haz de luz natural. Y, a la izquierda, están las escaleras que suben a los pisos. Se nota que la finca está cuidada, pero que nunca la han reformado. Además, tiene un estilo muy antiguo y austero que le da un aire muy tétrico.

Candela y su subordinada recorren un pasillo con tres puertas, cada una con un cartel diferente: gas, agua y luz. Al fondo hay un marco que no tiene puerta y al otro lado se ve el ajetreo de compañeros trabajando. El agente que custodia el acceso al patio las saluda cuando pasan a su lado. El espacio debe de tener unos cuarenta metros cuadrados, como mucho. Los tendederos de cada piso salen hacia fuera y forman un pequeño porche que recorre todo el espacio, adornado con un par de macetas de barro con plantas.

El cadáver está casi en el centro de ese espacio, en la misma posición en la que cayó y sobre un abundante charco de sangre. En ese momento, otro compañero está terminando de acordonar la zona alrededor de la anciana.

Candela se acerca y contempla el cuerpo: las extremidades apuntan cada una a una dirección diferente, el cuello está torcido, y el rostro, prácticamente irreconocible. En el lateral que no se ha estampado contra el suelo se adivinan distintas heridas que dejan al descubierto parte de la encía y evidencian que le faltan algunos dientes.

—Qué barbaridad —masculla Candela, impactada.

—Creo que nunca había visto nada tan gore —añade Sandra—. Hay trocitos por todos lados, incluso dientes. ¿Crees que tenía la herida antes de precipitarse?

La teniente mira hacia arriba con atención.

—Me juego el cuello a que se lo ha hecho al caer. Mira los vierteaguas. Diría que en ese hay sangre. Ha pasado a ras del edificio —apunta Candela, con intención.

—Eso significa...

—Que es muy probable que sea una muerte violenta. Cuando alguien se tira, suele saltar. El impulso les hace tomar distancia.

—Quizá la ventana no daba para tomar impulso...

—Quizá.

—Ya veremos si hay fracturas cuando analicen los brazos porque, aunque se precipiten voluntariamente, el reflejo natural cuando están a punto de tocar el suelo es extenderlos para protegerse —dice Sandra, con empeño.

—No te piques, Barbie, que ya conozco tu nivel —replica Candela, y sonríe—. Lo que está claro es que tiene la cara deformada porque ha caído sobre ella. —Vuelve a mirar hacia arriba—. ¿El décimo? —La sargento asiente—. ¿Ves si la ventana está abierta? Mira a ver, que yo estoy muy mayor.

—No lo distingo, abuela —bromea su subordinada.

—A mucha honra. Necesitamos acceder al piso.

—Estamos en ello. He pedido que avisen a la casera. Estará a punto de llegar porque vive en la calle paralela. Me han dicho que nos agarremos, que es de armas tomar. Por lo visto, le gusta controlarlo todo. —Guiña un ojo—. Ya sabes, ¿no?

A la teniente le hace gracia la indirecta, pero se le paraliza el gesto al ver quién está al fondo del pasillo. Como una aparición.

6

Candela se ha quedado sin palabras al ver a la mujer que espera en el *hall* del portal. Está al otro lado del pasillo, junto a Jesús, que llama la atención por su cabello pelirrojo y su gran altura. «El Zanahorio», como muchos le llaman, es otro miembro de su equipo. Entró casi a la vez que Sandra y se llevó un chasco cuando no fue el elegido para sustituir a Mateo, el antiguo subordinado de la teniente.

—La casera —dice Sandra, que también se ha percatado de su presencia—. ¿Estás bien? —pregunta a Candela cuando ve que está pálida y que de pronto tiene los ojos vidriosos.

—Sí, sí... es que es igual que mi abuela —dice, sin pestañear.

La teniente camina en la penumbra hacia el interior del portal, sin dejar de observar ensimismada a la mujer que luce el pelo rubio dorado e igual de corto que la madre de su madre. Debe de tener setenta y muchos, probablemente no llegue a ochenta, pero se ve que está en buenas condiciones físicas. Cuando está a un par de metros de ella, observa que hasta la nariz es igual de chata, aunque tiene los ojos más pequeños, más cerrados, pese a que es evidente que está alterada. A Candela le da la impresión de estar viendo a su abuela y tiene que contener el impulso irrefrenable de abrazarla.

—Buenas tardes. Soy la teniente Candela Rodríguez y esta es la sargento Martínez.

—Sandra —se presenta la subordinada.

—Me imagino que ya le han contado que hemos encontrado muerta a una anciana que vivía en el edificio... —continúa Candela.

—María, sí. Me lo ha dicho este muchacho —interrumpe la mujer, que no puede disimular un temblor en los labios.

—Tengo entendido que usted era su casera y...

—Soy la dueña del edificio.

Los tres agentes cruzan una rápida mirada.

—Estupendo. Entonces podrá ayudarnos a entrar en el domicilio. Le han dicho también que trajera las llaves, ¿verdad?

—Sí, las llevo aquí en el bolso. —Candela se fija en que le tiembla mucho la mano—. Es que estoy muy nerviosa, esto es una desgracia —responde la señora al darse cuenta.

—No se preocupe, es normal. No hay prisa.

—Puedo buscarlas mientras subimos en el ascensor —ofrece la casera.

En ese momento aparece Gregorio, el médico forense con el que la teniente lleva compartidos unos cuantos casos. Candela y Sandra le dan la bienvenida y, mientras Jesús le lleva hasta el patio interior para que examine el cuerpo, ellas acompañan a la propietaria al ascensor.

Cuando la teniente abre la puerta y le hace un gesto para que entre, le pregunta:

—Perdone, no sé cómo se llama...

—Felicidad, pero todos me llaman Feli.

La dueña del edificio sonríe de una manera tan dulce y frágil que a Candela se le remueve algo por dentro. Todos los años de ausencia, la tristeza y el vacío se vuelven tangibles. Felicidad, qué ironía.

7

El ascensor es muy estrecho y obliga a las tres mujeres a estar muy juntas. Candela intenta no ser muy descarada, pero se le van los ojos hacia cada una de las arrugas de la cara de Felicidad e imagina todas las vivencias que esconden. Busca señales reconocibles que le recuerden a su abuela, como si la niña que aún lleva dentro esperara reencontrarse con ella después de tantos años.

Cuando llegan al piso, salen a un pequeño rellano que prácticamente desemboca en la puerta de la vivienda.

—¡Qué calor hace aquí! —exclama Felicidad—. Este tiempo está loco. Estoy asada todo el día.

—Veo que solo hay una letra por planta —señala Candela mientras se fija en que la cerradura está intacta y, por tanto, no ha habido ningún forcejeo.

Felicidad habla mientras mete la llave para abrir.

—El único que tiene dos es el bajo, al que se accede desde el patio. Lo dividimos por si poníamos portero en la finca, pero al final no nos salía a cuenta. Así que uno lo alquilé y el otro lo usan mis hijos para guardar trastos. Lo tienen manga por hombro, así que yo ya he desistido. Prefiero no entrar y no llevarme un susto. Cualquiera les dice algo luego. La gente se queja mucho del carácter de los adolescentes, pero yo le digo que los míos se han quedado ahí. No hay quien los trate. Todo el día pidiendo y luego todo les viene mal...

—He visto que uno de ellos tiene las ventanas tapiadas.

—Sí, ese es el nuestro. Tuvimos que cerrar los accesos; como saben que no vive nadie entraban constantemente. Las cubrió Juan Antonio, el mayor de mis hijos, y desde entonces no hemos tenido problemas. —Abre la puerta e invita a pasar a las dos agentes—. Son pequeños y muy estrechos —dice al entrar—, pero lo bueno es que todas las habitaciones tienen ventanas que dan al patio interior y les entra bastante luz.

—Veamos desde cuál cayó —dice Candela al tiempo que emprende la marcha.

Al entrar, ve que a la izquierda hay una pequeña puerta entreabierta por la que asoman unos muebles de cocina blancos bastante deteriorados, así como unos azulejos en tonos naranjas y marrones típicos de los años setenta.

Candela pasa de largo. Por la ubicación del cuerpo, está convencida de que no se precipitó desde la ventana del tendedero. Unos pocos pasos son suficientes para desembocar en un pequeño salón. No tienen tiempo de observar la estancia porque, frente a sus narices, encuentran la respuesta: la única ventana de la estancia está abierta, y pegada a ella hay una descalzadora de piel granate y tachuelas plateadas que podría haber servido de escalón.

—Ahí está —dice Sandra. Candela se acerca y mira dubitativa—. ¿Qué opinas?

—Pues que sí que es complicado que pudiera tomar impulso para tirarse. —Se asoma al patio con cuidado de no tocar nada. La distancia hasta el suelo es más que considerable. No es una mujer miedosa, pero odia las alturas. Es incapaz de controlar el tambaleo que le provoca el vértigo—. Aunque no imposible. —Se incorpora un poco y se da cuenta de que también hay unos vecinos que observan cómo trabaja el equipo—.

Como algún cotilla comparta una foto del cadáver, pienso ir a muerte. No hay respeto ni para los mayores. ¡Ya está bien! Nos estamos volviendo gilipollas con los putos móviles.

—Tranquila, he pedido que avisen a los vecinos cuando hablen con ellos para que no tengan la tentación.

—Es que estas cosas no habría ni que pedirlas —murmura mientras recorre el espacio con la mirada.

La estancia es minúscula, apenas cabe un sofá de dos plazas de tela escay marrón. Los cojines están muy hundidos, pero no consigue precisar si es porque ha habido dos personas sentadas en él recientemente o si están deformados del uso. También hay una mesa de centro pequeña y de cristal, una librería empotrada de color wengué con un par de libros, cajitas y alguna figurita decorativa, así como un mueble bajo donde descansa un pequeño televisor que sería un milagro que funcionase. El panorama resulta desolador. Frente a ellas, el pasillo continúa con una pared de gotelé en color crema, pero no avanzan. Candela hace un gesto a su compañera para que se fije en la mesa: hay una taza con un poco de chocolate, un plato con tres churros, uno de ellos mordido, y un poco de azúcar.

—¿Cómo puede ser que alguien que está comiendo churros con chocolate decida lanzarse por la ventana? —pregunta a su subordinada.

—Quizá era un banquete de despedida...

—No parece que hayan robado nada, y ella lleva puestos el reloj, pendientes, sortijas y un collar... De todas maneras, échale un ojo al dormitorio y al resto de la casa. Y avisa a Jesús para que lo examinen todo bien, que se lleven la taza... —ordena la teniente.

—Igual Jesús ya se ha ido corriendo con la nueva —interrumpe Sandra—. La pilingui.

—La nueva se llama Pilar y es una compañera.

—Pues eso, Pilin... gui. Y será una compañera, pero una cosa no quita la otra.

—¿Estás celosa? ¿Te gusta Jesús?

—¿El Zanahorio? ¿Estás loca? Lo único que digo es que a la Pili esa se le ve el plumero, que no nos chupamos el dedo, que ella ha centrado bien el tiro…

—Pues menuda pardilla, ya podría haber apuntado más alto. Y, tranquila, no te va a quitar el puesto. —Sandra calla—. ¿Me dejas terminar? Porque a mí me importa un cojón con quién se acueste la chica esa o Jesús, ¿estamos? —Su subordinada asiente—. Le dices que quiero que analicen la taza y lo que queda de chocolate. Podrían haberla dormido antes de lanzarla.

—Pero si está la sillita y todo.

—Descalzadora, se llama descalzadora.

—Lo siento. No es que haya visto muchas de estas.

—Pues ya sabes cómo se llama. Todos los días se aprende algo —le dice con una sonrisa pícara.

Felicidad ha avanzado hasta la altura de la cocina, mientras espera y escucha perfectamente la conversación sobre los churros. Entonces se gira por intuición hacia la puerta entreabierta y ve algo que la deja de piedra. No se lo puede creer. No tiene tiempo para vacilaciones. Sin dudarlo, entra corriendo para hacerlo desaparecer antes de que lo encuentren.

8

La dueña del edificio vuelve a la entrada del domicilio donde esperaba, justo a tiempo para que Candela la encuentre igual que la dejó hace un momento.

Mientras, Sandra echa un vistazo rápido al resto de la vivienda.

—Necesito hacerle unas preguntas, Felicidad.

—Por supuesto —responde con el culo prieto, temiendo que se hayan dado cuenta de lo que acaba de hacer.

—Mejor salgamos para no contaminar nada.

—Ah, claro. Sí, sí. Lo que tú digas, bonita.

Candela sonríe. Ambas salen al pequeño rellano y justo después aparece Sandra, que vuelve a sorprender a su superior mirando a la anciana platónicamente.

—Todo parece en orden. Ningún cajón abierto ni ningún mueble o elemento desordenado o removido. No creo que falte nada.

—¿Creen que se lo ha hecho alguien? —interrumpe Felicidad, alterada mientras echa la llave.

Candela hace un gesto a su subordinada para que las deje a solas. No ha estado avispada con el comentario.

—Voy bajando.

La teniente la intercepta a tiempo y le susurra mientras da la espalda a Felicidad:

—Que pasen el luminol por las habitaciones para saber si alguna de las heridas es anterior a la caída.

Sandra asiente y baja para hablar con el resto del equipo. Las dos mujeres permanecen de pie, frente a frente, en el pequeño espacio. La dueña del edificio la mira con gesto inquisitivo.

—No sospechamos nada. Es parte del protocolo. ¿Conocía bien a María?

—Era mi amiga.

—Además de su inquilina...

—Desde hace más de treinta años. Yo me llevo bien con toda la gente que vive de alquiler en mis casas. María no era una excepción. Le tenía mucho cariño, mucho. La pobrecilla estaba muy sola...

—¿No tenía familia?

—No, qué va. Acababa de enviudar cuando llegó aquí. Su marido y ella no tuvieron hijos, y creo que eso también le pasó factura. No tuvo una vida fácil...

—¿Venía alguien a cuidarla o a limpiar la casa? Alguna amiga...

—Yo era la única. Ya le he dicho que estaba muy sola. Apenas salía de casa, nunca fue muy sociable.

—¿Cuándo la vio por última vez?

—Hará un par de días, el lunes creo que fue. Estuve hablando con ella del barrio... Esto está cambiando mucho. Cada vez hay más gente de fuera, sobre todo árabes y bandas latinas. La cosa se está desmadrando y tenemos mucho miedo.

—Pero ¿ha ocurrido algo en el edificio que debamos saber? ¿Algún incidente con ellos que pudiera afectar a su amiga? —pregunta Candela, para comprobar hasta qué punto es un problema real o miedo a lo desconocido.

Le da la impresión de que Felicidad se piensa la respuesta, pero no sabe si es un tema de reflejos. Es evidente que aún está conmocionada.

—No, no. Tenemos suerte porque la cosa está mejor que en otras comunidades de vecinos, pero ni se imagina. Se nos cuela gente con pintas muy raras, drogadictos... y en la calle, por la noche, es aún peor. Vivimos aterrorizados. ¿Ha oído lo de la señora a la que han agredido hoy en su portal y que han dejado en coma? —Candela asiente y obvia que ha sido ella quien ha resuelto el caso en tiempo récord—. Para muchos no será más que otra vieja que se irá al otro barrio. Dirán que «lo triste es cuando muere un niño o alguien joven». Lo puedo llegar a entender. O que «total, le quedaban dos días...». No valoran la vida de esa pobre mujer. Quizá le quedara poco tiempo... o no. Pero era su tiempo. Yo veo a una señora de mi edad y lo que me viene a la cabeza es que, aunque sea mayor, tendrá gustos y aficiones como los tengo yo... y el resto del mundo. Seguramente disfrutaría de la lectura, o viendo la televisión... Quizá le gustara salir a pasear o a tomar el café con las amigas después de llevar toda la vida trabajando. No hay derecho. Puede que tuviera una familia que la necesitaba. Uno de mis hijos depende de mí y, si yo no estuviera, él y sus hermanos se matarían entre ellos... Podría decirse que he criado a mi nieto. Somos viejas y, aunque renieguen de nosotras y apenas nos presten atención, aún nos necesitan. Nos quedan cuatro días, pero tenemos nuestro corazoncito y merecemos que nos tengan en cuenta... —Felicidad interrumpe sus palabras para contener las lágrimas. Candela tiene que apretar los dientes para evitar emocionarse. Le encantaría poder abrazarla—. Perdona, hija, pero estoy un poco superada por lo que ha pasado.

—Normal, tómese su tiempo, por favor.

La dueña del edificio contempla unos segundos el suelo y después la vuelve a mirar, como si nada. Es evidente que pertenece a una generación acostumbrada a lidiar con problemas de verdad desde la infancia.

—¿Le pareció que estaba triste el último día que la vio? ¿Notó algo diferente en ella, algo que llamara su atención?

—No... Vine porque estaba preocupada. Me llamó para contarme lo que le he dicho: que había visto muchos movimientos extraños en el patio, gente con pintas raras... Entran a todas horas, yo también los veo. Siempre les digo a los vecinos que cierren el portal para que no se cuelen, pero nada, es imposible.

—¿Piensa que podía tener razones para suicidarse?

La mujer hace una breve pausa, como si midiera sus palabras. Finalmente dice:

—Acompáñeme abajo. En estas escaleras se oye todo.

9

La teniente sale del ascensor junto con la dueña del edificio y se quedan en la puerta de la calle, para no entorpecer el trabajo del resto del equipo, que sigue trabajando en el patio.

—No me gusta hablar en el descansillo, nunca sabes quién puede estar escuchando. Aquí hay mucha gente buena, pero alguno se las trae, y no quiero problemas. No te puedes fiar de nadie —dice Felicidad.

—Le había preguntado si cree que su amiga tendría motivos para suicidarse —repite amablemente Candela.

—Mire, después de pasarse toda la vida trabajando como una burra limpiando casas, incluida la suya cuando volvía agotada por la noche, María vivía con cuatrocientos cincuenta euros al mes. Con eso pagaba la luz, el agua y la comunidad. Y aún faltaban el alquiler, la comida y los imprevistos que tenemos todos, y le aseguro que a nuestra edad solo en medicinas son un buen susto. Yo siempre he tenido en cuenta su situación a la hora de que me pagara. Si no hay más, no hay más. Pero ella me propuso limpiar mi casa, porque decía que era una forma de compensarme. Así que llegamos a un acuerdo. Estuvo viniendo mucho tiempo, pero hace un año y pico empezó a flojear, empeoró. Además, se cayó y se rompió la cadera, por lo que no estaba para subirse a escaleras ni andar de aquí para allá.

»Desde entonces, pasaba la mayor parte del tiempo en casa. Yo venía a verla para traerle comida. Siempre hago de más y le traía *tuppers* y, ya de paso, le hacía compañía y hablábamos un rato. Si, por algún motivo, yo no podía venir, ella no comía más que pan y alguna lata con un vaso de leche. En el barrio hay un comedor social con comida de un banco de alimentos que dona la fundación de Juan Antonio, mi hijo mayor, que ayuda a las personas sin hogar, pero ella no quería que la vieran los vecinos. Siempre ha sido muy orgullosa para eso. A nosotras nos criaron para tapar y aparentar, ya sabe usted. —Candela se ve tentada de confesarle que a ella también—. Dígame si esto le parece suficiente como para lanzarse por la ventana —dice, retóricamente.

—¿Sabe si tuvo algún contratiempo, si había recibido una mala noticia o si tenía un nuevo problema de salud?

—No me comentó nada en especial aparte de que... le diagnosticaron alzhéimer hace un año. La cosa iba lenta, pero tenía síntomas desde hacía tiempo y, a ratos, parecía otra persona. Aun así, todavía podía estar sola sin atención constante, aunque era una realidad a la que sabíamos que tendríamos que enfrentarnos muy pronto, por mucho que evitara tener que tomar una decisión al respecto.

»Pero, vamos, que su caso no es único, y no me refiero a la enfermedad. Aquí vive mucha gente de manera muy precaria y yo ayudo en lo que puedo. También he trabajado toda mi vida sin parar, pero por suerte me lo puedo permitir. No lo necesito.

»Por ejemplo, Ramón, el del quinto, tiene setenta y un años, ha trabajado desde que era un crío en la construcción y también tiene una pensión de menos de quinientos euros. Se puede imaginar cómo llega a fin de mes. Menos mal que tiene una hija que le ayuda y está pendiente de él. Encima tiene sobrepeso y le cuesta mucho hacer cualquier recado. Marta, la del séptimo, creo que tiene setenta y uno o setenta y dos. Pues me paga cuatrocientos setenta y cinco euros solo por el alquiler de la casa, y creo que le dan de pensión setecientos y algo. Con lo que le sobra tiene que pagar los gastos de electricidad, agua, gas, etcétera. ¡Ya me dirá cómo se puede vivir con eso! Es que no hay derecho, hombre... Y que sepa que las mujeres somos las que más problemas tenemos; a las que hemos nacido en los cincuenta nos educaron para estar en casa cuidando del marido y los hijos. Muchas han acabado divorciándose y, cuando tienen que buscarse un trabajo fuera de casa, ya no hay nada para ellas. Cotizan quince o veinte años y les dan esa miseria que casi se va en un techo bajo el que vivir. Es inhumano. Algunos no ponen ni la calefacción en invierno y viven envueltos en mantas para ahorrar... Y le estoy hablando de gente normal, que ha vivido medianamente bien. Yo estoy por salir en los medios y contarlo, porque es que ya nadie se queja y hacen lo que quieren con nosotros...

Felicidad para de hablar en seco al ver que, por la esquina del edificio, aparece un tipo de unos cuarenta años, excesivamente delgado y con unas ojeras alarmantes, que camina hacia ellas. Sin embargo, el hombre enseguida ve el jaleo de coches en la puerta, se da media vuelta y empieza a correr. Candela es testigo de toda la escena.

—Lo ha visto, ¿verdad? Yo no sé qué se traerán entre manos —dice la anciana, desencajada.

La esbelta silueta de Jesús, el Zanahorio, se dibuja en el pasillo por el que viene de camino desde el patio interior.

—Subo a custodiar la entrada al domicilio hasta que tomen las muestras.

Felicidad está más tranquila, pero no ve el momento de irse a su casa. Cuando cree que la teniente la va a dejar marchar, esta vuelve a la carga.

—Ha dicho que estaba mal físicamente desde hace más o menos un año, y que por eso ya no iba a limpiar a su casa ni tampoco salía mucho... ¿Tan mal como para no ser capaz de subirse a una butaca y llegar a la ventana?

—Subirse sí. Estaba más impedida en cuanto a equilibrio y aguante. Si no tuviese que hacer mucho impulso para llegar a la ventana, creo que podría de sobra... ¿Puedo irme ya? Me está esperando mi familia en casa. Quiero llegar antes de que se vayan para darles unas lentejas que les estaba haciendo. Les encantan las lentejas. Cada semana hago para todos y se las llevan en *tuppers*. Así me aseguro de que comen bien, que se necesita mucho hierro para esta vida de locos que llevamos. Pero su plato favorito es mi receta estrella: tortilla rellena de bechamel y salsa de tomate.

Candela sonríe con ternura. Hasta en eso se parece a su abuela.

—Claro. Llámeme si recuerda algo que crea importante —le dice al tiempo que le entrega una tarjeta—. Y no comparta con nadie lo que hemos hablado. Como le he dicho, hay un protocolo específico de actuación incluso cuando es tan evidente que ha sido un suicidio. No malinterprete mis preguntas. No queremos que cunda el pánico sin necesidad.

La dueña del edificio mira un instante la tarjeta y se la guarda en el monedero que lleva en el bolso.

—Por supuesto, no diré nada. Buenas tardes.

Cuando va por la esquina de la calle, escucha la voz de la agente y se sobresalta.

—¡Felicidad! —La mujer se gira—. ¿Hay alguna churrería por aquí cerca?

—¡Uy, unas cuantas! Aquí hay churros hasta debajo de las piedras —responde sin pensar, para no resultar sospechosa.

—¿Sabe si María era clienta de alguna?

—De ninguna en especial. ¡Para eso sí que le gustaba salir a la calle! —explica, algo forzada—. En el mercado hay varios puestos, una en la paralela y otras dos también muy cerca; aquí hay muchos bares de toda la vida donde también te los ponen para llevar... —dice amablemente como despedida.

Candela le devuelve la sonrisa, agradecida. Ha disfrutado del pequeño rato con Felicidad. Le ha recordado la imagen que tenía de su abuela, la de cuando era niña y disfrutaba de todos los planes que hacían juntas, cuando su inocencia le impedía darse cuenta de lo que sucedía en realidad a su alrededor. Le ha provocado tanta empatía que se resiste a dejarse llevar por su olfato, ese que le dice que no está siendo del todo sincera.

Cuando se da la vuelta, se encuentra con Sandra, que se acerca por el pasillo.

—Tienes que ver algo.

10

Gregorio está de cuclillas junto al cadáver en el patio interior, a la espera de que la sargento llegue con la teniente.

—El cuerpo no presenta *rigor mortis* —dice el forense cuando se acercan.

—El vecino que la encontró comenta que escuchó el estruendo a la una y media. Así que la muerte es muy reciente —añade Sandra.

Una sonrisa de medio lado se dibuja en el rostro del hombre.

—Mirad las extremidades. Están rotas por la caída, pero no es el caso de las muñecas…

Sandra mira a Candela satisfecha y dice:

—No intentó frenar el golpe.

—Sospechoso —completa su jefa, que la mira con cara de «te lo dije»—. La casera dice que, aunque no estaba en muy buenas condiciones físicas, no descarta que consiguiera tirarse. ¿Podría haberlo hecho y no tener los reflejos suficientes para poner los brazos?

—Podría —responde el experto.

—¿Y habría tenido algo que ver que padeciera alzhéimer, aunque todavía leve?

—Yo creo que no tiene por qué, un acto reflejo se tiene de igual manera con o sin alzhéimer. Os decía lo del *rigor mortis* porque aún no sabemos la causa de la muerte: podría haber sido por la caída o haber fallecido antes y que por eso no reaccionase. —Candela lanza una mirada a Sandra—. En cualquiera de los dos casos, no fue mucho antes de caer al vacío, por eso no ha dado tiempo a que tuviera la rigidez cadavérica.

—O sea, que ya estaba muerta o, al menos, inconsciente. La habrían dormido... —incide la teniente.

—Para eso están las pruebas toxicológicas.

—Por si acaso, he pedido que comprueben si hay rastro de sangre en el piso.

—Si la han tirado, habrán tenido que arrastrarla y tendrá alguna marca, ¿no? —pregunta Sandra al forense.

—Así es. Su cuerpo nos dará la respuesta —zanja él.

—Hasta que tengamos los resultados, la versión oficial para los medios y demás moscones es que se trata de un suicidio —ordena Candela—. Así tendremos carta blanca para investigar tranquilamente sin que nadie sospeche o se sienta amenazado.

Ambos asienten, y el forense hace una señal para que empiece el levantamiento del cadáver una vez tengan las muestras y las fotografías que ha pedido.

—Quiero llevármelo cuanto antes —dice al tiempo que hace un gesto hacia la hilera de ventanas que rodean el patio en cada piso.

Candela también se fija en ellas mientras tiene muy presentes las enigmáticas palabras que la dueña de todo ese lugar había pronunciado sobre sus inquilinos: «No te puedes fiar de nadie».

11

Felicidad camina temblorosa. Aún tiene el susto en el cuerpo y, en cuanto tuerce la esquina, rompe a llorar. Está muy confundida, y son demasiadas cosas que tratar de entender y de asimilar. Qué mal rato ha pasado con la guardia civil. No sabe ni cómo ha conseguido explicarse sin que notaran todo lo que le estaba pasando por dentro. Sobre todo al final, cuando los nervios casi le juegan una mala pasada y había empezado a hablar sin parar y a contar detalles absurdos, como cuál era el plato favorito de sus hijos. Quería irse ya y creyó que tenía que parecer normal para que la teniente no lo notara. Pero casi fue peor porque había resultado ridículo.

Aún le tiemblan las rodillas. Por muy agradable que sea con ella la tal Candela, agradece haber llegado a tiempo para hacer desaparecer lo que casi la deja en el sitio: la bolsa de la churrería que estaba en la pila de la cocina de María; y también agradece haber sido capaz de centrar la atención en el desamparo que padecía su amiga. Le había contado que estaba completamente sola porque no tenía familiares. Aunque a esa edad todos lo están, incluso los que tienen hijos como ella, porque cada uno hace su vida. Pero no era del todo cierto. Había omitido una información importantísima y ahora teme que lo descubran. María sí tenía una familia, no de sangre, pero casi como si lo fuera: la familia de Felicidad. No se ofreció a trabajar para ella porque tuviera una jubilación escasa, sino décadas antes, cuando ya tenía problemas para llegar a fin de mes. Empezó ocupándose de la casa y de sus tres hijos, Juan Antonio, Ignacio y Noemí, cuando a ella no le daba la vida, y terminó convirtiéndose en su «madrina», que era como la llamaban. Pasaron con ella gran parte de su adolescencia y la consideraban un miembro más de la familia, aunque en la última década casi no la hubieran visto, solo de Pascuas a Ramos y siempre que Felicidad propiciara el encuentro. Aun así, cuando la matriarca recibió la llamada de la Guardia Civil, decidió salir de casa escopetada sin decirles nada. Fue el primer impulso que tuvo y, cuando se dio cuenta, ya estaba torciendo la esquina hacia el portal.

Estaba demasiado nerviosa. En cambio, ahora sí tendrá que darles la noticia, antes de que se corra la voz y aparezca en los medios. Pero quiere estar más calmada y pensar bien cómo hacerlo. No debe desperdiciar una oportunidad como esta. Tiene que cavilar con claridad. ¿Qué haría su admirada Jessica Fletcher en su situación?

Cualquiera que la conociera sabe que María nunca se habría tirado; estaba bastante impedida, pero seguía siendo una disfrutona. Era coqueta y le gustaba mantener sus hábitos, los pequeños placeres que la mantenían con ilusión. Sabe que la mayoría de los crímenes son pasionales o cometidos por familiares o gente cercana. Por eso, en su relato a la guardia civil se ha esforzado en enfriar la relación que ella y su familia tenían en realidad.

Al pasar junto a una papelera, abre el bolso y tira el paquete de churros que guardó corriendo antes de que la descubrieran. Se le dibuja en la cara una media sonrisa; ha estado rápida al decirle a la teniente que no era clienta asidua de ninguna churrería en concreto, aunque lo cierto es que solo tenía predilección por los de una. Se van a hartar de recorrer los bares y churrerías que hay por la zona. Está segura de que María no aparecerá comprándolos en ninguna cámara, y sí decenas de personas con las que no la podrán relacionar. Cuantas más revisen, más complicado será que den con quien los compró en realidad.

Mira al frente y respira hondo, como hace siempre cuando nota que algo la sobrepasa. El esfuerzo es en vano y, de nuevo, no puede contener las lágrimas.

A riesgo de que pueda verla cualquier vecino, se refugia en su portal. Sin embargo, antes de que la puerta termine de cerrarse, entra en pánico al imaginarse que alguien la empuja desde el otro lado para entrar. Piensa en la mujer que está en coma, a punto de morir, y se visualiza a sí misma tirada en el suelo recibiendo patadas. Ve la sangre y siente el dolor en el estómago. Entonces María pasa a ocupar su mente, su amiga desde hace tantos años... Cuánto siente que haya terminado así. Sus hijos le llaman la atención cuando se refiere a otra gente de su quinta como «viejos», pero si hay algo de la tercera edad con lo que se identifica es ese espíritu un poco fitipaldi de no callarse ya, de atreverse a decir las verdades sin pensar en las consecuencias porque, casi siempre, eres el que más sabe gracias a la experiencia, pero también el que menos tiene que perder. Se siente orgullosa de que los mayores vayan a muerte por lo que es suyo. Su amiga también lo ponía en práctica y es curioso que, para haber sido amante de los refranes, no tuviera en cuenta uno de los más populares, aquel que dice: «La curiosidad mató al gato».

12

Los operarios de la funeraria trasladan el cuerpo hasta la ambulancia, que espera con las puertas abiertas. Candela observa la estampa, pensativa. ¿Habría hecho el mismo viaje su abuela o aún seguiría viva? Por mucho que piense que tiene el asunto enterrado, la duda siempre termina por salir a flote en forma de desasosiego. Sandra se le acerca por la espalda; viene de supervisar que todo se esté haciendo correctamente en el piso de María, para que ningún patán contamine la escena. No es más que una forma de reafirmarse frente a Jesús, que es quien se está encargando de todo.

—¿Pasa algo? —pregunta al verle el gesto.

—No, dime —disimula Candela.

—Todo está en orden arriba. Jesús y el resto no han encontrado ningún rastro de sangre en el piso de la fallecida. Por cierto, no me has contado qué tal con la casera. Telilla, ¿no?

—No. Me ha parecido una mujer fuerte que tiene las cosas muy claras. No te dice «cariño» después de cada palabra ni te sonríe, pero ha colaborado amablemente. Puedo entender que los hombres la describan como «de armas tomar», pero que tú que eres mujer les des bola… —responde tajante la teniente por haber sido comparada previamente con ella.

—Te lo había dicho en broma. ¡Cómo estamos hoy! ¿No? No me pasas una.

—Es que es verdad...

Sandra prefiere cambiar de tema.

—¿Ha dicho algo de ayuda? —pregunta la subordinada.

La teniente hace una breve pausa; por un lado, quiere contarle por qué está así de irascible y que Felicidad se presenta como el ángel de la guarda para todas las personas que viven de forma tan precaria, pero, por el otro, siente que la dueña del edificio no es del todo sincera, aunque no sepa explicar la razón. No sabe si se debe a que está demasiado influenciada por el parecido con su abuela y la doble cara que su madre siempre le ha dicho que esta tenía. Candela guarda muy buen recuerdo de ella. Su dulce imagen va asociada a una sensación de alegría y felicidad, pero su progenitora siempre le ha repetido que no se fíe de nadie, ni siquiera de un familiar: «Nunca llegamos a conocer del todo al que tenemos al lado. Todos somos una caja de sorpresas y en todas las familias se guardan secretos».

—Le he preguntado si María podría haber ido a comprar los churros y me ha dicho que apenas salía de casa, pero que para eso sí lo hacía. Quiero que busquen bien por si hubiera alguna bolsa o envase del establecimiento donde se compraron y que confirmen que los compró ella misma.

—No hay nada. Ya lo había pensado y he mirado antes, incluso en la basura —sonríe Sandra.

—Pues ya tienes una tarea: pide las grabaciones de las cámaras de seguridad de todos los puntos de venta cercanos.

—De acuerdo.

—También me ha contado que María vivía en una situación muy precaria debido, principalmente, a que tenía una pensión de mierda que la hacía vivir en la escasez más absoluta. La casera no le cobraba alquiler, la atendía y la ayudaba en lo que podía. A cambio, la mujer limpiaba su casa, pero hace un año y pico había dejado de hacerlo por la edad y por una lesión.

—La gente está muy jodida, y los mayores ni te cuento. Muchos están completamente desamparados. El otro día decían en las noticias que, aunque suban las pensiones, el umbral de la pobreza para muchos pensionistas va a seguir creciendo.

Candela vuelve a tener el mismo nudo en la garganta que hace unos minutos, cuando estaba sola. La gente mayor le toca la fibra. Con suerte, todos llegaremos ahí, pero mientras somos jóvenes vamos como miuras y no los cuidamos, no valoramos lo agraciados que somos al tenerlos a nuestro lado.

—Me ha dejado caer que no era la única en el edificio —continúa—. Hay unos cuantos más en situaciones parecidas a la de ella y, por lo visto, también hay otros de los que dan problemas. Hay mucho movimiento sospechoso por aquí; dice que es un no parar de visitas de tipos extraños. Cuando estábamos en el portal, venía uno que se ha dado media vuelta en cuanto se ha encontrado con el percal.

—No me lo digas. Se refería al del bajo. —Candela la mira intrigada—. No ha parado de observar desde la ventana y no me da buena espina. Quizá deberíamos adelantarnos y hacerle una visita.

La teniente lanza una mirada hacia la ventana del décimo piso, por la que cayó María, antes de avanzar junto con su compañera hacia la vivienda.

13

Cuando la teniente no obtiene respuesta al tocar por tercera vez el timbre de la puerta del bajo que Felicidad tiene alquilado, hace un gesto a Sandra para que lo siga intentando. Mientras, se pega a la parte que hay entre la puerta y la ventana y, en cuanto su subordinada vuelve a llamar, da un brinco y se planta frente al cristal, justo a tiempo para encontrarse de frente con el hombre que asoma media cara con cuidado de no ser visto. Se oculta de inmediato al percatarse de que lo acaban de descubrir, pero Candela ya ha empezado a golpear el vidrio con los nudillos para hacerlo salir de nuevo.

—Buenas tardes, soy la teniente Candela Rodríguez —exclama.

Al minuto, el inquilino se asoma, obediente. Es un hombre de unos cincuenta años, de tez muy morena y pelo largo descuidado. Por su expresión, resulta evidente que la jugada le ha dejado descolocado. Candela cabecea hacia la puerta para que la abra. No necesita decir nada; lo hace enseguida.

—Su nombre, por favor.

—Andrés, Andrés González. ¿Se puede saber qué pasa? —responde, desconcertado.

Las dos agentes intercambian una rápida mirada.

—¿No lo sabe? —pregunta con tono retórico la más joven, que desde que llegaron le ha pillado mirando varias veces.

—He visto mucho jaleo. ¿Van a hacer obras? ¿Se ha caído alguna teja?

Sandra sonríe levemente.

—¿Ha escuchado algo esta tarde, sobre la una y media?

—No, nada... —El hombre se fija en la expresión de la interlocutora y corrige su respuesta—. Tenía la tele muy alta. Aquí se oye todo y prefiero escuchar la mía que la del de arriba...

Candela está dejando hacer a su pupila mientras ella observa y analiza cada gesto del interrogado, pero termina por intervenir de improviso.

—Por curiosidad, ¿qué estaba viendo? —Le encanta hacer ese tipo de preguntas en plan cabrón para desconcertar.

El hombre duda unos segundos, pero termina por responder.

—Una serie de zombis...

«Te va al pelo», piensa ella.

—¿Y no ha visto nada extraño? —continúa Sandra.

—Mucho jaleo, gente yendo y viniendo alrededor de algo. He pensado que se había caído alguna cosa de la fachada porque esta mañana hacía mucho viento. ¿Ha sido eso?

Tanto Candela como Sandra tienen que reprimir las ganas de cogerle del cuello para gritarle: «Una mujer se ha precipitado al vacío, ha caído a un palmo de tu casa... ¿y no te has enterado?». Pero saben que puede ser contraproducente y no tienen ningún indicio que les haga pensar que el hombre podría tener algo que ver con lo ocurrido. Además, ahora que se han llevado el cuerpo, tiene más motivos para justificar que no se había enterado de nada.

—Gracias por atendernos —responde Candela irónicamente mientras se aleja de la casa. No piensa seguir haciendo el paripé.

Sandra le hace un gesto de agradecimiento y va tras ella. El hombre cierra la puerta a toda prisa y oyen cómo echa la llave.

—Le has puesto nervioso, eh... Fijo que oculta algo —le dice la sargento mientras la sigue por el pasillo hacia el portal.

—La cuestión es si ese algo tiene relación con la fallecida.

—A ver qué nos dicen cuando terminen la ronda del resto de los vecinos.

Cuando Candela y Sandra van a salir a la calle, ven a un par de tipos con malas pintas doblando la esquina. Parece que llevan algo oculto dentro de sus cazadoras abultadas. Como acto reflejo, la teniente vuelve a entrar seguida de su compañera.

—Me juego el cuello a que sé adónde se dirigen. Ven, no quiero perderme el susto que se van a dar —ordena.

Suben las escaleras hasta la entreplanta rápidamente. Cuando los escuchan pasar, se asoman y los ven meterse por el pasillo. Miran de nuevo y comprueban que, al ver la escena con los agentes que siguen trabajando, los hombres se dan la vuelta corriendo y se van por donde han venido.

—Ahí lo tienes —dice la teniente, satisfecha.

—Parece que tenemos un traficante en la zona. ¿Mera casualidad o tendrá relación con la muerte de María?

—Lo único que sé es que algo muy gordo debe de tener organizado como para no arriesgarse a llamar a emergencias habiendo caído un cadáver a un metro de su casa.

—Quizá lo lanzó él.

—Demasiadas conjeturas.

Mientras hablan en el pasillo, se abre la puerta del ascensor y aparece un señor mayor, con el pelo blanco peinado hacia atrás y unas gafas de pasta enormes, que camina con torpeza debido al sobrepeso y se dirige hacia el pasillo sin verlas. Por su aspecto, Candela está convencida de que tiene que ser Ramón, el vecino del que le había hablado Felicidad, uno de los que tiene dificultades para llegar a fin de mes. En el momento en el que se percata de su presencia, da media vuelta, pero después se gira levemente. Parece improvisar.

—Perdón, iba... a ver si necesitaban algo... No las había visto.

Y se va. Las guardias civiles enarcan las cejas mientras lo ven marchar.

—¿Qué hacemos?, ¿le damos el Goya al mejor actor o nos lo creemos? —pregunta Candela—. Si no supiera la que me iba a llevar después, dejaría a una unidad haciendo guardia hasta que nos den los resultados de la autopsia.

—«Quien la sigue la consigue».

—Joder, menudo refrán. Y luego la abuela soy yo —bromea la teniente.

Las dos se giran para volver a la salida, pero antes la cortina de la ventana del bajo se pliega levemente, lo justo para que Andrés descubra que seguían ahí.

14

A Felicidad le tiembla tanto la mano que le cuesta meter la llave en la cerradura. Antes de perder los nervios, la vuelve a sacar, asiente con la cabeza y la introduce de nuevo a conciencia. Cuando la puerta se abre, oye el ruido del arrastrar de las patas de las sillas del comedor. Da un par de pasos y ve que sus hijos se acaban de levantar de la mesa y la miran expectantes.

—Pero ¡¿dónde estabas?! —exclama Noemí, su hija pequeña.

—¿Dónde has ido? Que los demás también tenemos vida, joder —se queja Ignacio, el mediano.

—No te vuelvas a ir así, haz el favor —añade Juan Antonio, el mayor, mientras su mujer, Ariela, sigue sentada a la mesa sin decir nada.

Felicidad los mira sin abrir la boca mientras siguen los reproches.

—Te hemos llamado mil veces —vuelve a la carga su única hija.

—¿Para qué tienes el teléfono si luego no lo coges? —se suma Ignacio.

—Ay, hijo, no lo sé. No lo oí sonar —responde por fin Felicidad, que busca el teléfono en el bolso.

Ignacio se lo arrebata en cuanto lo saca.

—¡Coño, mamá, es que lo llevas con el volumen al mínimo! ¿Cómo lo vas a oír? —exclama su hijo antes de subir el volumen y devolvérselo.

—Si te pasa algo, ¿qué hacemos? Si te caes o necesitas ayuda... —agrega el mayor, aunque más comedido.

—Nos hemos enterado de lo del ataque a la señora en el portal y estábamos cardiacos —aclara Noemí.

La matriarca aprovecha para mirarlos de manera analítica: «Los conozco como si los hubiera parido», nunca mejor dicho. A veces se equivoca con ellos, pero es una entre un millón y normalmente porque no ha prestado atención. Bastantes cosas tiene en el día a día como para estar en guardia en casa, aunque eso signifique que se la cuelen más de una vez.

Ojalá no tuviera que pasar por el mal trago de contarles lo que ha ocurrido, suficientemente intenso estaba siendo ya, pero tiene que hacerlo antes de que salte la noticia o se enteren por algún vecino. Además, si no lo hace ahora, ¿qué excusa se va a inventar cuando le preguntaran después por qué no ha dicho nada? Sería llamar la atención con un comportamiento que resultaría, como poco, sospechoso. Así que debe encarar la situación para evitar futuros inconvenientes.

No se lo piensa más: toma aire y les da la noticia sin quitarles la vista de encima. En un primer momento, sus hijos se quedan en silencio, prácticamente sin pestañear. Parece que les ha pillado del todo por sorpresa y comienzan a asimilar la información.

—No puede ser, no puede ser... —repite Ignacio, que se desploma en la silla de la que acababa de levantarse.

El hermano mayor se ha quedado de piedra y da la impresión de que no es capaz de reaccionar, ni siquiera abraza a su hermana, que ha roto a llorar.

—Pero ¡¿cómo se va a suicidar?! —exclama después Noemí entre lágrimas.

—¿Estaba mal? No sabía nada… —casi murmura Juan Antonio.

Los tres hijos de Felicidad encajan la noticia en solitario, y se hace patente el abismo que los separa desde hace años.

Felicidad se acerca a la mesa para coger un vaso de agua y le da un trago largo. Es entonces cuando afina al máximo los sentidos y pronuncia la frase que podría dinamitarlo todo:

—Por lo menos se ha despedido por todo lo alto. Se estaba tomando unos churros con chocolate. —Sonríe con amargura—. ¡Cómo le gustaban!

La matriarca se concentra y consigue ver a cámara lenta cada pestañeo y pequeño gesto que hacen sus vástagos. Y entonces sucede. Ocurre lo que tanto temía y nota cómo el suelo se tambalea bajo sus pies. Felicidad suelta el vaso que tiene en la mano y sus hijos tienen que agarrarla para que ella no se caiga también. El cristal se rompe en pedazos al impactar contra el parquet. Todos lo miran sin poder evitar pensar en la madrina María y en cómo habrá quedado su cuerpo al precipitarse de la misma forma.

15

Candela y Sandra salen a la vez del portal del edificio en el que vivía la fallecida, pero la teniente se adelanta y comienza a dar vueltas en el sitio mientras revisa los mensajes, audios y llamadas que no ha atendido en ese rato.

—¿Algo nuevo? —pregunta la sargento a su superior cuando esta se queda quieta en mitad de la calle leyendo algo del teléfono.

—¿Eh? No, no... Ya sabes, los de siempre con lo de siempre. Que seamos rapiditos, que no nos liemos mucho hasta que esté la autopsia y que no digamos ni mu, «sobre todo si os contacta algún periodista». Como si fuéramos idiotas. Por lo visto, ya les han dado un toque. Estamos a un tris de las elecciones y no quieren que se les echen encima con el tema de las pensiones...

—Es que el temita trae cola.

—Para pararnos los pies siempre son rápidos, pero cuando les da la gana...

—¿Qué buscas? —interrumpe Sandra cuando se acerca y ve que está mirando un mapa de la zona en el teléfono.

—Algo decente por aquí que no esté lleno de turistas ni sea una puta franquicia de comida basura. Me muero de hambre.

Antes de que Sandra pueda replicar, su jefa comienza a andar calle abajo. Ella la sigue muy pendiente. Candela avanza pensativa; la conoce y está claro que le pasa algo.

—Estás preocupada por las elecciones, ¿verdad? —dice, irónica.

—Pues es para estarlo, desde luego. Menudo panorama de mediocres engañabobos tenemos, a cada cual peor...

—¡Qué carácter! No seas cascarrabias...

—A veces hay que serlo.

Candela sonríe de medio lado, orgullosa, pero al instante su mirada se pierde de nuevo. Sandra se percata y tose varias veces para que le cuente lo que sucede. La diferencia de edad a veces es un impedimento para conectar con su subordinada, pero, a base de compartir horas y algunos planes juntas, a lo tonto se han ido convirtiendo en amigas. Además, sabe que es buena gente y le viene bien conocer un punto de vista alejado del suyo, que suele ser demasiado tajante. Quizá la buena relación se deba al cambio de actitud vital que puso en práctica cuando decidió desmarcarse de Mateo y de las actividades que habían llevado a cabo juntos hasta ese momento. O puede que, aunque tengan sus diferencias y le guste llamar la atención llevando la contraria por el mero hecho de hacerlo, Sandra sea muy adulta para su edad. Es buena colega, tiene un sentido del humor ácido, que le recuerda al de su excompañero, y no tiene maldad. Al menos, ella no se la ha notado en el tiempo que llevan trabajando juntas, y eso que otra cosa no, pero Candela puede presumir de tener un buen radar para las personas. Si lo comentara con alguien, seguramente le diría que habían congeniado porque también es mujer, pero ella ha tenido antes compañeras que eran unas arpías y que, en lugar de apoyarse entre ellas y solidarizarse cuando tenían algún problema, aprovechaban para evidenciarlo y sacar partido.

La teniente se gira para mirarla, toma aire y comienza a hablar.

—Me he quedado pillada con Felicidad...

—¿Te ha dicho algo que no me hayas contado?

—No, no...

—¿Es por lo que decías de que se parece a tu abuela? —Candela asiente. Era eso y mucho más—. ¿Ella vive o ya murió?

—Pues no lo sé, ahora tendría ochenta y siete años, aunque hace siglos que no la veo... Pero tengo su imagen grabada a fuego: rubia, pelo corto, ojos pequeños... Muy pero que muy parecida a Felicidad. —Candela tiene un pensamiento que la hace sonreír con nostalgia—. Llevaba tiempo sin pensar en ella, y eso que lo pasé muy mal cuando desapareció de nuestras vidas. Sobre todo porque no entendía nada. Mi madre no me contó qué había sucedido, y el misterio que se creó a su alrededor fue peor.

—A veces, los adultos somos muy torpes con los niños. Lo veo con mis sobrinos: intentamos protegerlos de ciertos temas evitándolos descaradamente, como si no se dieran cuenta de que existen y causando en ellos el efecto contrario —interrumpe su compañera.

—Así es. Sonreía ahora porque un día encendí la televisión y la vi en la pantalla. Estaba empezando la cabecera de una serie y la protagonista era clavada, tenía su misma cara. Era *Se ha escrito un crimen* y la actriz era Angela Lansbury, Jessica Fletcher...

—Ni idea —dice Sandra.

—¡No me lo puedo creer! Pero ¿cuántos años tienes, Barbie? ¡No me jodas! —Se detiene y busca imágenes en el navegador del móvil—. ¡Mira! No me digas que no sabes quién es...

¡Ah, joder! La tetera de *La bella y la bestia*, es mitiquísima.

Candela enarca las cejas.

—Si es que no puedes ser más Barbie...

—Es la que canta la canción. He visto la actuación en los Oscar mil veces. Me encanta.

—Bueno, pues tu tetera —continúa con retintín— se hizo muy famosa antes de eso interpretando a Jessica Fletcher, una profesora de inglés que escribe novela negra y que siempre acaba implicada en casos de misterio que luego termina por resolver. La serie es genial. Estaba fascinada y me obsesionaba muchísimo con cada capítulo. No solo porque me pareciera estar viendo a mi abuela, sino porque jugaba a ser su ayudante. Me picaba muchísimo y no me perdía ni un solo fotograma para intentar adelantarme y descubrirlo antes que ella. —Ambas sonríen, pero Candela empieza a andar con el mismo aire melancólico de antes—. A mi madre no le gustaba un pelo verme así. Me decía que era por la matraca que luego le daba comentando cada detalle de cómo había resuelto la intriga, pero estoy convencida de que era porque también veía a su madre en esa actriz. Ella no lo sabía en aquel momento, pero esa adicción fue la que hizo que se despertara en mí el gusanillo de la investigación y que me quisiera dedicar a esto.

—Oh, qué bonito… Eso pasó sobre 1935 o así, ¿no?

—¡Idiota! Vete a ver películas de Disney y déjame en paz —bromea mientras da los últimos pasos hacia su destino.

Se trata de un bar de los de barrio de toda la vida. Sandra pone mal gesto.

—¿Y dices que no has vuelto a saber nada de ella? ¿No sabes si está viva?

—No. Quizá murió hace mil años, vete a saber.

Candela entra en el establecimiento y da el tema por zanjado.

16

Los tres hijos y la nuera de Felicidad han presenciado, sin sorprenderse, cómo la matriarca se ha recompuesto y ha barrido los cristales del suelo mientras calentaba en el fuego el guiso que había preparado con esmero y que ahora les sirve con energía. Felicidad es una experta en hacer varias cosas a la vez y siempre le ha venido bien mantenerse ocupada para no darle demasiadas vueltas a la cabeza.

—Como recién hecho —dice al tiempo que hace un gesto para que le acerquen los platos.

—Yo no sé si tengo hambre, mamá —replica Noemí, aún pálida por la mala noticia.

—Haz un esfuerzo, que necesitas coger fuerzas —ordena intentando aparentar tranquilidad.

—Si es que se me ha quitado el apetito, y además hemos picado mucho. Como tardabas…

Felicidad hace oídos sordos y sigue llenando los platos hasta el borde. Ninguno es capaz de quejarse como harían cualquier otro día.

—¿Tú no te echas? —pregunta Ignacio.

—Ahora me pongo un poco. Tengo el estómago regular. Tampoco tengo cuerpo.

—Me encanta. Tú, tres cucharadas, y el resto tenemos que cebarnos —protesta él.

Sus dos hermanos le lanzan una mirada asesina. No es el momento. Ignacio asume su error y sigue comiendo. Nadie dice nada, ninguno se atreve a hablar. Tienen la mirada perdida en cada cucharada que dan, en los recuerdos con María y en el reloj de pared que hay frente a la mesa del comedor y que marca casi las cinco de la tarde.

En circunstancias normales, a esa hora ya estarían a punto de irse. Probablemente, Noemí habría quedado con su novia para hacer algún plan porque «después, entre semana, se ven poco por las guardias que han puesto a su pareja». Por su parte, Ignacio habría tenido que llevar a Álvaro, su hijo adolescente, con su madre, acercarle con los amigos o el plan que se le antojase ese día. A su edad, ellos aguantaban comidas enteras sin levantarse de la mesa y las sobremesas eternas donde participaban en las conversaciones o, al menos, las presenciaban y tomaban nota muchas veces sin ser conscientes de ello. Como mucho, se iban al sofá a ver la tele. Pero, ahora, la mayoría de los adolescentes están ausentes desde que se sientan a comer. Solo tienen ojos y atención para el móvil; Ignacio ya no sabe qué hacer. Tampoco tienen la culpa si desde pequeños se les ha dado uno. ¡Si los mantienes al margen de las conversaciones para que estén entretenidos, cómo les vas a exigir después que no lo hagan! Él lo tenía claro, pero su mujer había cedido y creado un hábito que perdura hasta la fecha. Ignacio lo da por perdido, así que prefiere que haga un plan con sus amigos, algo real y rodeado de gente con la que relacionarse, y no que esté pegado a una pantalla, totalmente hipnotizado e inmerso en un mundo virtual.

Cuando se cayó el vaso al suelo hubo un amago de estampida grupal, pero al final todos se quedaron. Ignacio aprovechó para ser tajante con sus hermanos cuando la matriarca fue a la cocina a buscar las cosas para recoger los cristales. Ninguno iba a moverse de ahí, más cuando todos, incluido él, habían llegado con retraso a comer.

—Ni se os ocurra piraros. Mamá no está bien. Está acelerada. No hay más que verla. Y yo estoy hasta los cojones de hacerme cargo —susurró.

—Vivir aquí por el morro desde hace un año es lo que tiene —respondió su hermana con tono envenenado.

—¿Perdona?

—¿Qué pasa?, ¿que ahora te arrepientes? —intervino el hermano mayor en tono burlón.

—Si estoy aquí no es porque quiera, es por el maldito divorcio —se encaró él, jodido por la falta de tacto.

Juan Antonio también se habría marchado. Habría puesto alguna excusa para largarse rapidito: todos saben que miente más que habla, y también saben que lo hace por su mujer. No hay que ser ningún lince para percatarse de que Ariela no los soporta. «No sé si es así porque no nos aguanta o es que es tonta de remate», le suele decir Felicidad a su prima Mayte siempre que se refiere a ella. «Creo que las dos cosas», termina sentenciando. «Por lo menos no disimula y eso es de agradecer». Y es que si hay algo que cabrea a Felicidad en esta vida es el cinismo, las personas que no son claras y van por detrás. Aunque, a veces, las circunstancias te obliguen a ello, como le sucede a ella en ese momento.

Mientras comen en silencio, la matriarca observa a sus hijos de soslayo: no parecen muy afectados, desde luego no tanto como pensaba. No se puede obviar que el hecho de que María llevara bastante tiempo sin pasar por casa había enfriado la relación. ¿Cuánto hacía que no hablaban con ella? No verlos mal ayuda, pero no hace que desaparezca su desasosiego. El problema existe y es muy muy gordo. Cruza los dedos para que se quede en eso y no salga todo a la luz. De pronto, nota el agobio del silencio y del alcance de sus pensamientos. No está acostumbrada a mentir y teme que sus hijos sean capaces de leerle la mente al cruzar la mirada con ella. Deja la cuchara y la servilleta sobre la mesa para luego levantarse con brusquedad. Necesita saber si la muerte de María ya se ha hecho pública.

—Ay, mamá. ¿Quieres estarte quieta? ¿Adónde vas ahora? —pregunta Noemí.

—Es que no paras —añade Ignacio.

—Quiero encender la televisión —responde ella, que agarra el mando y se vuelve a sentar.

—Pues avísame y la enciendo yo —interviene Juan Antonio con su habitual diplomacia.

—Pero ¡qué vas a poner! ¡Que te va a angustiar! —exclama Noemí.

—Si me angustio es porque tengo motivos, que no hay más que tragedias. Además, quiero ver si dicen algo de la mujer que han atacado en su portal, la que está en coma —disimula, enfadada. No soporta que sus hijos anden todo el día a la gresca y solo se pongan de acuerdo para criticarla.

La familia se queda en silencio y sigue comiendo sin ganas mientras ven el programa que ameniza las tardes de domingo de la matriarca con entrevistas, cotilleos, sucesos y alguna actuación musical para promocionar discos.

—Que no se os olvide coger los *tuppers* con las lentejas, como la última vez, que hay un montón. Os he hecho más para que podáis repetir. Están de rechupete.

Ariela, su nuera, alza de golpe la vista del plato y capta las miradas furtivas que se lanzan los hermanos disimuladamente. Entonces la presentadora del programa se levanta de la butaca, se dirige hacia otra zona donde la espera un grupo de colaboradores asiduos y comienzan los sucesos. Felicidad se aparta la cuchara de la boca, expectante.

«Vamos a empezar la que es una de las tardes más negras en lo que llevamos de curso con una mala noticia. Muchos están pendientes del estado de salud de Mari Ángeles Castro, la mujer de ochenta y tres años a la que esta mañana han atacado en el portal de su casa, en la zona de El Escorial, y que ha quedado en coma después del incidente. Sentimos comunicar que nos han confirmado su fallecimiento hace unos minutos en el hospital».

Felicidad agarra con fuerza la cuchara antes de que se le caiga al suelo, como le pasó con el vaso. Está pálida. Ha recibido la noticia como un puñetazo en el estómago. No solo por la pena que siente por la muerte de alguien a quien ni siquiera conocía, sino porque está convencida de que no será la última muerte en el barrio. Tiene un pálpito que le dice que no hay dos sin tres.

17

El bar tiene unas diez mesas y está hasta los topes a esas horas. Es domingo, hay mucha gente comiendo tarde y los que ya han terminado alargan la sobremesa porque no tienen que volver al trabajo. La mayoría de los clientes son extranjeros, casi todos latinoamericanos, alguna pareja española y, sobre todo, gente mayor. La barra está ocupada por hombres que sobrepasan los setenta años y beben una copita de anís o algo similar. Dos ancianos juegan a las máquinas tragaperras que hay al lado de la puerta, junto a la de tabaco.

Candela y Sandra tienen que esperar unos minutos más de pie hasta que una de las mesas se queda libre.

—Quita esa cara, Barbie, que la puntuación es buena. Los bocatas tienen un pintón en las fotos...

—Ya pueden estar buenos, porque hay un olor a fritanga...

—Barbie Fritanga. —Sonríe, amistosa—. A ver, siento que no sea comida eco ni orgánica, ni sin gluten, ni sin lactosa, ni su puta madre..., pero seguro que está que te cagas.

Sandra no reacciona a la coña de su compañera porque está absorta mirando a los hombres que beben solos.

—Por lo menos aquí están acompañados, no como María y tantos mayores que no tienen a nadie —dice la teniente cuando se da cuenta de que los observa. Sandra entorna los ojos—. ¿Qué? ¿Qué pasa? Soy una pesada, ¿verdad? Hoy en día, los jóvenes estáis muy poco sensibilizados con el tema. Bueno, los jóvenes y los no tan jóvenes, como si nunca os fuera a tocar.

—No generalices. Habrá casos y casos. Además, yo no soy tan joven, soy la Barbie Geriátrico. —Le guiña el ojo y continúa—: No digo que no sea horrible que pase, aunque también creo que la «juventud» estamos igual: la tasa de suicidios en España sigue creciendo y muchas veces tiene que ver con la soledad y el no poder pagar a un profesional para que te ayude...

—Incluso cuando te lo puedes costear... —dice con amargura—. La soledad es la gran pandemia. Es una plaga. Hablando de soledad, ¿qué pasa? ¿Tienes mal de amores y por eso estás así con Pili? —pregunta Candela para cambiar de tema.

Sandra arquea las cejas.

—No sé de qué hablas...

—Las dos sabemos que te has pasado veinte pueblos y que lo que menos te importa es que Pili se esté tirando a Jesús. ¿Estás bien?

—Sí, estoy bien. Los tíos, que son gilipollas. Siguen siendo unos críos aunque tengan treinta tacos, y yo no estoy para gilipolleces.

—¡Uy! Pues pronto empiezas...

—Pero eso no quita que sea una pilingui y lo sabes. —Antes de que replique Candela, Sandra aprovecha para cambiar de tema y mostrarle su apoyo—. Oye, y lo que me has contado antes sobre tu abuela... ¿De verdad no te dijo por qué se fue?

—Ya te he dicho que no. Mi abuela tenía mucho carácter y le gustaba estar en todo. Supongo que tendría que ver con eso.

—Pero habría un detonante, ¿no? Algo gordo para que no se hayan vuelto a ver.

—¡Barbie Cotilla te voy a llamar!

—No, coño, es que te he visto tocada y no lo entiendo. No saber es…

—Lo único que sé es que cada familia es un mundo —interrumpe Candela, tajante—. Mira, muchos de los peores crímenes se dan entre parientes directos, así que igual he tenido suerte y todo.

Guiña un ojo para quitarle hierro al asunto y huir del victimismo.

18

En la televisión del comedor sigue el programa en el que dan los detalles sobre la triste noticia mientras emiten fragmentos de la cámara de seguridad en los que se ve claramente cómo el agresor golpea con rabia a la mujer fallecida. Felicidad y su familia lo observan sin pestañear. La matriarca se había propuesto no hacerlo, pero ahora es incapaz de apartar la mirada.

—¡Apaga eso, mamá! —exclama Noemí cuando ve la cara de angustia de su madre.

Felicidad está muy pálida y parece ida. Tiene miedo y le asusta lo que pueda ocurrir. Pero no debe bajar la guardia ni dejar pasar la ocasión de poner el foco en la inseguridad que experimentan en la zona, para así desviar la atención, ganar tiempo y poder actuar con detenimiento.

—Ay, hija, si es que no sabéis cómo está todo —dice al tiempo que baja un poco el volumen . No hay más que gente rara. Ya no queda ningún negocio de los de toda la vida. No hay oficios, sino locutorios y comida guarra para llevar. Y cada vez más extranjeros.

Al pronunciar las últimas palabras mira a su hijo mayor con intención.

—Mamá, no me mires así. Esa gente va a venir igual. Bastante tienen muchos de ellos con sobrevivir a las pateras como para… Mira, por lo menos con la fundación nos aseguramos de que coman y no mueran como ratas en las calles.

—La fundación… —suelta Ignacio, en tono jocoso.

—¿Qué pasa? —pregunta el hermano mayor, combativo.

—Nada, que me hace gracia lo de la fundación…

—¿Y qué es lo que te hace gracia, exactamente?

—Nada, lo buenísimo que eres…

—¡Basta ya! —grita la matriarca mientras da con la palma de la mano en la mesa.

Todos se quedan en silencio con el corazón desbocado. Felicidad aprovecha para continuar con su propósito:

—Es cierto, cada día estamos peor. En su propio portal… María siempre lo decía, pobrecilla. Acordaos de que os lo dije el domingo pasado, que cada vez salía menos porque le daba miedo y quería llamar a la policía: estaba preocupada porque veía gente rara en el edificio.

—Es normal que estés asustada. Hoy han ocurrido muchas cosas seguidas. Pero lo cierto es que nunca te ha pasado nada —dice Ignacio para calmarla.

—Pues yo creo que mamá tiene razón —ataca Juan Antonio—. Llevo tiempo diciéndolo. No me quedo tranquilo teniéndote todo el día de aquí para allá cobrando alquileres. No sé por qué tienes que hacerlo tú, y encima sola. ¿Por qué no dejas que me encargue yo?

—Porque no. A mí me gusta ir y ver cómo están las casas. Siempre te intentan liar para que el seguro les pague sus cosas y mil historias. Si no voy, después es difícil pararles los pies…

—También te gusta porque le das al piqui-piqui —dice Noemí.

—Pues sí, también charlo un ratito. Si vinierais más, no tendría esa necesidad. Mira tú por dónde —responde Felicidad, que logra con éxito hacerlos callar.

—Déjala, hombre, si es lo que le da vidilla. Sobre todo por el dinero en metálico que no ingresa y que tiene bien escondidito... —interviene de nuevo Ignacio.

—¡Qué idiota! ¡Qué sabrás tú! Anda que le haces tú feos a ese dinero... —responde la matriarca entrando al trapo—. Es que habláis como si estuviera chocha. No soy una anciana. No soy como las viejas esas...

—Hombre, mamá, que tú no es que seas una niña —dice Juan Antonio.

—Tiene mejor cabeza que tú y que yo —responde su hermano.

—Y tanto —afirma Noemí.

—Gracias —dice Felicidad—. Me alegra que todos lo tengamos claro.

—De todas maneras, no te enfades, mamá —vuelve a la carga el primogénito—. Pero lo que sí tendrías que hacer es cambiar los alquileres, subirlos o meter a gente que te pague al menos algo parecido al precio de mercado, que menuda tomadura de pelo. Así no amortizas todo el trabajo que te da...

Felicidad guarda silencio, no quiere desviarse del tema. Le llega un mensaje al teléfono en ese momento.

—Anda que manda huevos que tú, precisamente tú, míster alma caritativa, sea quien le diga que tiene que subir los alquileres —interviene Ignacio.

—Oye, que lo que le estoy diciendo es que no viva deslomada...

—Oh, qué atentos todos, qué tierno, de verdad... —interrumpe Noemí con sarcasmo.

—¡Otro! —exclama Felicidad al mirar la pantalla del teléfono—. Esto es una persecución total. ¡Qué obsesión! Es que ya me da miedo.

La familia la mira sin entender a qué se refiere.

19

Las dos guardias civiles están sentadas en una de las mesas del bar. Candela ansía hincarle el diente al montado de lomo con queso que se ha pedido. Lleva un día de locos, aún no tiene nada en el estómago y está desfallecida. El camarero se acerca y les sirve el bocadillo de ella y un flan con nata para Sandra, que es adicta al dulce.

—¡¿Qué?! No me odies. Yo no tengo la culpa de metabolizar todo tan rápido y tener este tipín.

—Es que me encanta. Todo el día dando la vara con la comida sana y luego bien de azúcar.

—No seas envidiosa —replica mientras le ofrece una cuchara, aun conociendo la respuesta.

—Anda ya, cuentacuentos. Y yo que no bajo ni un kilo. ¡Qué injusta es la vida! —rechista en broma su superior.

—¡Pues haberte pedido una ensalada, guapa!

A Candela le llega un mensaje del capitán Prieto, su superior, donde le da la enhorabuena por la rápida detención del tipo que atacó esa mañana a la mujer en su portal. Al abrirlo se da cuenta de que había también un audio anterior que no ha escuchado. La sonrisa se le borra de golpe al enterarse de que la mujer ha muerto. Sabía que iba a ocurrir. Hubiese sido un milagro que se salvara, y casi mejor que haya sido rápido para que la familia no sufra de más. Pero no deja de ser espantoso. No tiene que explicarle a Sandra lo que sucede, porque en ese momento aparece la noticia en el televisor que hay colgado en la esquina junto a su mesa.

—Pobre señora. Ahora tengo ganas de llamar a mi abuela —dice la sargento.

—Pues aprovecha, no lo dejes. Yo me voy a pedir otro —responde, afectada.

Las dos agentes se centran en los bocados que les quedan para evitar ver el programa, donde muestran las fotos personales de la víctima del portal, sonriente y con su familia... Tienen que centrarse en resolver si María murió asesinada o si se suicidó y, ya de paso, estar atentas a las actividades ilegales que se llevan a cabo en el edificio, por si pudieran estar relacionadas con su muerte.

En ese momento y como si estuviera planeado, la presentadora da paso a la siguiente noticia:

«La anciana que se ha suicidado lanzándose a un patio interior desde un décimo piso...».

Candela y Sandra levantan la vista de sus platos para encontrarse en la pantalla una imagen del patio interior del edificio donde ha aparecido la mujer, visto como en Google Maps.

—Espero que esté todo bien cercado y se lleven todas las muestras rapidito. Como se filtre que puede ser un asesinato, esas sanguijuelas no van a parar hasta meterle la cámara en las narices al cadáver.

El teléfono de Candela vuelve a sonar, y ambas leen en la pantalla que es Mateo, su antiguo subordinado. Era un crío cuando empezó a trabajar con ella, aunque ha ido cumpliendo años, como todos, y ascendiendo gracias a su enorme talento y experiencia en algunos de los casos más complicados que se recuerdan. Es especialista en cibercrimen y se mueve como pez en el agua en la Dark Web, donde asesinos, pederastas y demás monstruos se esconden tras el anonimato para llevar a cabo las mayores atrocidades. Además, siempre consigue dar con vídeos y material gráfico que nadie en su sano juicio creería que pudieran existir. En la actualidad, Mateo sigue a la caza del mayor asesino en serie de niños que se recuerda desde el famoso Sacamantecas: alguien, seguramente un hombre, que se disfraza de conejo para secuestrar a los menores, torturarlos y grabarlos para comercializar después las grabaciones. Un asunto tan turbio y doloroso que provocó que Candela decidiera mantenerse al margen porque no era capaz de seguir viendo esa clase de atrocidades. Normalmente, la teniente evita hablar con él en presencia de Sandra porque sabe que la buena situación de su antiguo subordinado en el cuerpo la pone celosa. Siempre que puede, aprovecha para hablar mal de él o cuestionar la manera en la que lleva la investigación. Le critica, pero está siempre pendiente de cada paso que da, se mide con él y no deja de preguntar por todo lo que hace. Por su parte, aunque ya no trabajen juntos, los antiguos compañeros se ven a menudo, son como familia, y aún mantienen la costumbre de contarse sus dudas y compartir los triunfos. Esa es la razón por la que Candela lo llamó nada más detener al agresor del portal, pero tuvo que colgar porque recibió el aviso para encargarse de la mujer que se había precipitado al patio. Le explicó lo poco que sabía, y Mateo se despidió con un «ya me contarás». Si insiste ahora, será por algo importante, así que esta vez decide responder.

—Jefa. —La sigue llamando así aunque haga tiempo que no lo es—. Sigues con lo de la vieja, ¿no? La del patio...

Candela está a punto de regañarlo, pero está demasiado intrigada por lo que Mateo tiene que contarle.

—Sí, ¿por qué?

—Vas a flipar.

—¿Por qué? —Mateo se hace de rogar—. ¡Dilo!

—Hay un vídeo.

20

Los hijos de Felicidad esperan expectantes a que su madre les explique a qué se refiere exactamente cuando habla de persecución, de miedo y de obsesión mientras mira su teléfono móvil.

—Es otro mensaje del banco —aclara por fin.

—Joder, mamá... —se queja Ignacio.

—No sé qué me da más miedo, si salir a la calle o quedarme en casa, porque aquí es un ataque continuo. Entre los mensajes para que me meta en sitios de internet y las llamadas constantes de las mil compañías de la luz, que no sé ni siquiera si existen, me estoy volviendo loca: que si en cuál estoy, que si llamo para revisar la factura... Qué pesadilla. Yo no sé si lo que pago es una barbaridad o no, pero lo que tengo claro es que no me voy a cambiar. Se creen que me chupo el dedo. Ahora mira: otro de estos para que toque...

—Un *link*, se llama *link* —aclara Ignacio, que ha estirado el cuello para verlo.

—Como se llame... Si se creen que me la van a dar...

—Ya se la dieron —continúa el hermano mediano—. Le llegó un *link* del banco para que se metiera con su clave y se metió...

—Mira que te lo hemos dicho veces, mama —reprocha Noemí.

—Pero si es que era un mensaje normal, como los que me mandan siempre. Ponía el nombre de la entidad y todo igualito, una copia exacta...

—Es que de eso se trata. Por eso es un timo —dice Ignacio.

—¡¿Cómo no voy a caer?!

—Pues no dándole, aunque esté perfectamente replicado —interviene Noemí.

—Por suerte, estaba en casa y enseguida llamamos al banco para cancelarlo todo... —se felicita él.

—A mí me gusta más ir en persona. No me fío nada, pero bueno... —se queja la matriarca.

—¿Pasó algo? ¿Te robaron, entonces? —Felicidad niega con la cabeza—. Pues ya está —sentencia Ignacio.

—Ya, pero que a mí me gusta ir. Llevo más de treinta años en esa sucursal y he conocido a todos los directores y empleados que han pasado por ella. Tengo confianza, me conocen y les pongo firmes... Pero, aun así, te la clavan en cuanto pueden. Ellos sabrán si quieren perder el tiempo, como les digo yo. En cuanto hay una comisión o alguna artimaña que no entiendo o no me gusta un pelo, me planto ahí y no me muevo hasta que me la devuelven. El otro día fui a quejarme porque ahora ya todo va por asesor digital. ¿Quién coño es ese? No le conozco, no le pongo cara, no sabe quién soy, ni siquiera está en la sucursal. Es que es de locos, mi dinero y todo en sus manos...

—No exageres —interrumpe Juan Antonio.

—No me gusta. No lo entiendo y ya está. Total, que voy a que me lo expliquen. ¿Por qué mi banco de toda la vida ya no se parece a mi banco? No lo reconozco. ¿Por qué ahora la excusa es que me lo habían notificado por mensaje? «¿Qué mensaje?», pregunto yo. «En su aplicación...» —imita con retintín—. Pero ¡si yo no sé ni entrar en la aplicación! Acabáramos. Que si han cambiado las condiciones de la tarjeta y ahora tengo que pagar, y también me lo han avisado... Es terrible. Menos mal que consigo que luego me lo devuelvan...

—Pero si serán veinte euros, mamá —dice Ignacio.

—Me da igual. Son mis veinte euros. Yo hago lo que puedo, pero es que todo esto del móvil y de la tecnología me queda grande. Soy incapaz.

—Pues el Facebook bien que lo manejas —salta su hija.

—Para estar en contacto con el grupo del Imserso, los del viaje. Pero no sé hacer nada... Tu hermano me lo hizo todo.

—Eso es verdad —dice Juan Antonio—. Le subí unas cuantas fotos y tiene la sesión abierta...

—De todas maneras, no te enteras porque no lees bien. Si leyeras lo que pone lo harías, porque no tiene pérdida —le dice Ignacio, que desde que conviven choca mucho más con ella.

—Que no, que a mí se me bloquea. Me dice que me manda un mensaje y no me llega y cosas así, que si la firma digital, que busque las coordenadas y otro mensaje, y otro más... Total, que tuve que ir el otro día y me ayudaron a meter la clave, luego que mejor con lo de la cara... Al final me lo tuvo que hacer él y yo no me enteré de nada. Lo único que sé es que ahora el que me lo ponga en la cara hace lo que quiere, vamos...

Cuando termina de hablar, Noemí baja el teléfono móvil. Ha grabado todo el *speech*.

Felicidad se da cuenta.

—A ver qué vas a hacer con eso. No lo mandes a ningún chat ni hagas tonterías, que te conozco —se queja la matriarca.

Los dos hombres miran a su hermana de manera tajante.

—¡¿Cómo voy a hacer eso?! No digas chorradas, es para el recuerdo —se justifica ella.

—Bueno, tú no te preocupes, mamá —dice Juan Antonio al tiempo que posa la mano en el hombro de ella—, que yo mañana intento escaparme en algún momento y te lo explico. Lo haría hoy, pero tenemos que irnos ya, ¿verdad? —Ariela asiente—. Yo te subo alguna foto o te ayudo con el Facebook.

—De momento, borra el mensaje ese con el *link* —dice Ignacio, celoso.

Felicidad sonríe, agradecida. Noemí se levanta.

—Voy al baño.

Ignacio la ve salir y, a los pocos segundos, también se levanta.

—Y yo a por agua —dice tras coger la jarra casi vacía.

Al cruzar hacia la cocina ve que, como sospechaba, su hermana está escribiendo algo en el teléfono, de pie en mitad del pasillo. Ignacio se acerca y le habla bajo para no llamar la atención del resto.

—¿No te ha dicho mamá que no hagas nada con el vídeo?

—¡Ay, hijo, estás de un dramas! No seas exagerado. Solo tengo cien seguidores. Además, ¿no afirma ella siempre que lo que dice es verdad y que le da igual que se entere todo el mundo? La abogada de las causas justas. Pues ya está. Si esto viene bien para que los bancos reaccionen, ¿no?

Le pone la misma cara de buena que ponía de pequeña cuando quería salirse con la suya.

—Te lo advierto. Deja ya de joder con el tema.

—No me amenaces. Además, si ella ni se va a enterar.

Ignacio le hace un gesto. Queda avisada, y no se va a andar con tonterías. La matriarca sigue hablando sentada a la mesa.

—A mí me da miedo que conozcan mis datos. Si me llaman y saben mi nombre, seguro que también tienen mi dirección. Y si se meten en el registro y ven lo que tengo... Cada vez que me llaman y cuelgan cuando respondo, se me para el corazón. ¿Quién me dice que cualquier día no van a venir a por mí?

Deja de hablar de golpe para subir el volumen de la televisión, porque están hablando de la muerte de María.

Ignacio y Noemí vuelven al salón a tiempo para escuchar a la presentadora:

«Al parecer, la anciana vivía en una situación delicada. Por el momento, conocemos pocos detalles, pero este triste suicidio sin duda pone sobre la mesa el problema de las pensiones en nuestro país».

Entonces, haciendo un alarde de su eterna franqueza, Felicidad dice:

—Pues yo creo que la han tirado.

Las palabras de la matriarca provocan un verdadero terremoto en sus hijos.

21

Una gota de sudor desciende por la frente de Candela, que no se puede creer que su excompañero la esté llamando porque hay un vídeo de María. Viniendo de Mateo, no quiere ni imaginarse lo que puede aparecer en él. Solo espera que sea una mera grabación de algún vecino desde su ventana y no tenga los tintes perversos que suele manejar su antiguo subordinado.

—Un momento —le dice la teniente, que después hace un gesto a Sandra para indicar que sale a la calle.

La sargento, que se ha enterado a medias de la conversación, la mira atónita.

—¿Un vídeo de qué? —pregunta nada más salir.

—Eyyy, no quieras correr. Eso es lo primero que me enseñaste tú, ¿recuerdas? Estaba echando un vistazo, ya sabes... Te juro que, cuando pille al perturbado ese que se lleva a los niños, me van a tener que agarrar porque lo voy a romper en pedazos. Me da igual que me cesen, te lo digo.

—También te decía que no te calentaras, que te pierdes...

—¡Quién fue a hablar! Total, que he dado con alguien que decía tener el vídeo de la ancianita que ha caído. Es la del caso que ibas a cubrir cuando me has colgado, ¿no?

—Sí, estamos en ello.

—Por eso me ha picado la curiosidad.

—¿En el título dice «que ha caído» textualmente o que se ha suicidado?

—Espera, que te lo leo: «Mujer mayor destrozada por caída desde décimo piso». Literal.

Candela traga saliva.

—Pero ¿qué hay en el vídeo?

—¿Quieres verlo? —Y, al no obtener una respuesta inmediata, continúa—: Has estado en la escena del crimen. No es nada que no hayas visto ya.

—De acuerdo —dice ella con la boca pequeña.

—Es solo un pequeño clip, no te emociones —responde Mateo, a quien se le percibe la sonrisa en el tono de voz—. Ya lo tenía preparado, allá va.

Candela se prepara para lo peor.

22

La cámara se mueve con brusquedad mientras enfoca al suelo de baldosas de barro, al más puro estilo de cine dogma. De pronto, en la imagen aparece una silueta, un cuerpo. Se acerca a él hasta que se ve con claridad que se trata de una mujer muy mayor, con la cabeza girada a un lado y el pelo recogido en un moño bañado en la sangre que mana por debajo del cadáver.

La parte que asoma de la zona de la cara que ha golpeado al suelo está del todo deformada, y la que está expuesta resulta también casi irreconocible. Así que se acerca más y se detiene en cada herida abierta, en cada gota de sangre, especialmente en la zona de la mejilla que está rasgada y deja al descubierto el hueso maxilofacial. A Candela se le pone la piel de gallina. La persona que graba se separa un poco y luego enfoca los labios entreabiertos. Le faltan dientes, algo que queda patente cuando vuelve a acercarse y capta el detalle. Pero oye un ruido de fondo, y la cámara apunta de golpe hacia abajo, con golpes bruscos. Enfoca primero hacia un lado y después hacia el otro, para luego dejar quieto el plano de nuevo apuntando al suelo. Parece como si alguien se acercara por el pasillo que da al portal y hubiera bajado el teléfono para disimular. Sin embargo, ha debido de ser una falsa alarma porque el cuerpo de María no tarda en aparecer de nuevo en el encuadre. No obstante, los siguientes movimientos resultan mucho más acelerados: ya no se recrea tanto en cada detalle escabroso, sino que se limita a enfocar las extremidades superiores, donde se ve claramente que cada brazo apunta en una dirección, al igual que las piernas. Parece como si hubieran tirado de ellos con fuerza hasta partirlos. El autor del vídeo se aleja poco a poco hacia la salida sin dejar de grabar.

Desde más lejos, la estampa resulta aún más desangelada. El cuerpo sin vida de la anciana recordaría al de una muñeca de trapo si no fuese por toda la sangre.

La grabación termina de golpe, y Candela tiene que contener la respiración. El vídeo no enseña nada que no viera *in situ*, pero filmado resulta más gore aún, mucho más perverso. Sobre todo porque demuestra que hay alguien capaz de grabar algo así.

23

En cuanto el clip llega a su fin, la teniente vuelve a llamar a Mateo con la comida en la garganta.

—¿Qué me dices? —pregunta él.

—¿Crees que tenemos a una persona depravada que mata y graba a mujeres mayores? —pregunta Candela, cauta.

—Quizá también a las jóvenes y a los hombres… —interrumpe Mateo—. Me juego lo que quieras a que es un tipo siniestro que disfruta regodeándose en el sufrimiento ajeno, alguien a quien le va la marcha pero que es bastante nuevo en esto, porque pide una miseria por él.

La teniente piensa inmediatamente en Andrés, el inquilino de actitud sospechosa que tiene alquilado el bajo a Felicidad. Se pregunta si será ese el motivo por el que actuaba como si no supiera nada de la muerte de María cuando es imposible que sea así.

—¿Piensas que la han podido matar?

—No lo sé. Tenía alzhéimer, aunque aún no muy desarrollado, y eso me hace dudar de si estaba en sus plenas facultades. Todavía es pronto para saberlo —responde Candela. Prefiere no aventurarse demasiado para no acabar condicionándose a sí misma.

—Coño, que soy yo. ¿Tú qué piensas de momento?, ¿que la han matado o no?

—Que sí, cabezón.

Mateo se ríe y consigue sacarle una sonrisa a su antigua jefa.

—¿Qué vas a hacer con el vídeo? —pregunta él—. ¿Quieres que os diga cómo acceder y encontrarlo?

—De momento nada. Básicamente, nos han dado un toque para que la cosa se quede así y no llamemos la atención sobre la mierda de vida que tienen nuestros jubilados hasta que estén los resultados de la autopsia.

—Pero tú ya has ido adelantando, ¿no? —Candela vuelve a sonreír—. Anda que no te conozco yo. No sabes quedarte quieta.

—No me estoy quieta porque sé cómo está el panorama y luego vienen los «que si nadie tomó muestras», «que si todo el mundo pasó y contaminó la escena»... Digamos que tengo mis manías para que todo salga como tiene que salir. Hago lo que hay que hacer. —Cambia el tono—. Mateo, ¿crees que hay alguna posibilidad de que todo esté relacionado con algo más gordo? —Conforme pronuncia las últimas palabras, ella misma se da cuenta de lo que acaba de decir—. Si es que comerciar con vídeos de personas mayores muertas no es lo suficientemente grave, claro.

—¿Sabéis ya si tenía signos de violencia ajenos a la caída?

—Aún no. Estaba tan destrozada que, a simple vista, es imposible asegurarlo. Y más estando vestida.

—¿Violación?

Candela se estremece.

—No creo que nadie la haya violado. Es bastante mayor...

—Te sorprenderías —interrumpe Mateo. Ella guarda silencio e intenta asimilar la información—. Vamos a ver, no te hagas la estrecha, que tú ya tienes tus años y últimamente te lo pasas pipa, ¿no? Pim, pam, pim, pam...

—¡Al grano!

—¿No sabes lo que es el *cubbing*?

—No, qué va.

—¿Y la gerontofilia?

—Me suena todo, pero ahora no estoy para pensar. Refréscame la memoria.

—El *cubbing* es cuando mujeres generalmente mayores de cincuenta mantienen una relación sentimental o sexual con tíos más jóvenes. Algo así como tú y yo...

—¡Más quisieras!

—¡Otra que me da calabazas! ¡Menuda racha llevo, no me duran nada! Con lo bueno que soy...

—Además, llevas un ritmito que estás más cascao tú que yo.

—Si es que te conservas muy bien. Ahora que ya no soy tu bebé te lo puedo decir, ¿no?

—¡Idiota, sigue! ¿Y gerontofilia es cuando también te gustan mayores?

—¡Bingo! Con un matiz: MUCHO mayores, como tú y...

—¡Calla! —interviene Candela antes de que repita la gracia—. ¿Hay vídeos de eso?

—Jefa, que pareces nueva. Hay vídeos y material de todo lo que quieras, hasta de lo más atroz. Pide por esa boquita...

—Y piensas que de ahí puede venir la motivación del vídeo.

—Incluso del crimen. Porno con abuelos hay mucho, pero que acabe como el que acabas de ver... Estoy tratando de averiguar si la persona que lo oferta también es el autor, porque el vídeo está junto a otros en los que aparece gente mayor de contenido porno *amateur*, *snuff*... Algunos se anuncian como violaciones, pero ninguno termina en asesinato. Por eso te preguntaba si había habido agresión...

—Cuando dices que se anuncian como algo, ¿te refieres a que luego no lo son?

—Cuesta saber si es una simulación o un abuso sexual real. Podrían estar sedados, dormidos o simplemente con los ojos cerrados por el placer. Muchas veces está pactado y se finge.

—¿Crees que podría haber una grabación anterior a su muerte en la que hubiera un abuso sexual?

—A estas alturas no me sorprendería, como comprenderás...

—No sé, no parece que la hayan violado. Estaba vestida y llevaba ropa interior. Creemos que los arañazos y heridas no han sido por defenderse, porque parecían del roce con la pared: cayó a ras de la fachada y se llevó por delante las cuerdas con ropa tendida de los pisos inferiores. Pero ahora me haces dudar.

—¿Qué piensas? —pregunta Mateo después de un breve silencio.

—Estaba pensando que, si ha sido un asesinato, pero no hay violación, es probable que la autora sea una mujer.

—¿Por qué?

—Porque las mujeres no suelen matar con las manos. No nos manchamos de sangre, somos más sofisticadas.

—Pues tiene que ser una con fuerza para subirla a la ventana y lanzarla...

—O la ayudaron.

24

Ya en la cocina, la matriarca reparte con energía los restos de comida en distintos boles, para Juan Antonio y para Noemí. La tensión por la muerte de María flota en el ambiente. Felicidad intenta aparentar normalidad, pero está acelerada y teme que los nervios la delaten.

—Os pongo un poquito de ensaladilla a cada uno para cenar, que hay que comérsela hoy y queda mucha. Ignacio, ¿te dejo un poco?

—No, mamá. Tenemos tanta comida que voy a necesitar tres vidas para terminarla.

—Qué exagerado. Qué calor hace, estoy sudando todo el día… —murmura mientras va a cubrir los cuencos con papel de aluminio, pero descubre que no queda—. No me lo puedo creer. No tengo papel de plata…

—Bueno, qué cabeza. Cada vez estás peor —aprovecha Juan Antonio para malmeter, como siempre que su madre falla o se equivoca en algo una vez al año.

—Lo acabé yo el otro día para el trabajo de arte que tenía que hacer Álvaro. Usa el papel de film —dice Ignacio.

La matriarca sonríe triunfal a su hijo mayor, que ha metido la pata, y añade:

—Lo compro mañana en el mercado, aunque cualquiera vuelve a salir a la calle con la que está cayendo. Mira esa pobre mujer, que venía tan contenta de hacer la compra y...

—Mamá, lo llevas haciendo toda la vida. No pares ahora —insiste el hermano mediano.

—Qué listo, lo que no quieres es ir tú —apunta Noemí—. Tiene razón, mamá. Además, el lunes es tu día. Plántate ahí la primera, si puede ser antes de que abran.

—Me gusta porque está todo fresco y limpito.

—Y porque ya te tomas tu cafelito con tu cruasán a la plancha y de paso le das al piquito, que anda que no te gusta enrollarte —continúa su única hija.

—No seas tonta y ve mañana, ¿me oyes? —se impone Ignacio.

—¡Que sí, que iré mañana! ¡Déjame en paz! Todo el día diciéndome lo que tengo que hacer... —salta Felicidad mientras les da la comida en una bolsa a cada uno. Juan Antonio y Noemí miran desafiantes a su hermano—. Ahí van también las lentejas. El miércoles tengo peluquería y quiero aprovechar para ir al banco —continúa ella ante la atenta mirada de sus hijos y su nuera—. Voy a seguir moviendo el dinero. Si se creen que van a poder conmigo, lo llevan claro. —Ignacio pone los ojos en blanco—. Me voy a la sucursal, lo saco y a tomar viento... Anda que no he sacado ya... Está más seguro aquí que con ellos. No me fío nada de esa gente. Cada dos días me tengo que estar peleando para que me quiten comisiones que no tienen ningún sentido. Hasta las narices estoy ya de tener que ir a amenazarlos con que me lo llevo todo si no lo hacen. Pues, mira por dónde, al final lo voy a hacer...

—Mamá, no te calientes, que quien te manda ese *link* no es el banco, precisamente —le dice su hija.

—Me da igual. No hay mal que por bien no venga...

—La cosa es estar siempre liada y dar por culo. No vayamos a descansar un poquito —se queja Ignacio.

—Te está manteniendo, así que un poco por culo sí que podrá dar —salta Noemí.

—Pues para vuestras cosas poco os importa que me líe —contraataca la matriarca.

—¿En serio vamos a discutir? ¡Acaba de morir la madrina! —se impone Juan Antonio.

—Me puedes acompañar tú —dice la matriarca a su hijo mayor— cuando vengas a lo del Facebook. Así me quedo algo en casa de lo que saque, que estoy hasta las narices de estar cruzando al cajero. Me da miedo. Paras en doble fila y lo hago en un momentito.

—Sí, seguro, en un momentito —reniega él.

Han llegado caminando hasta la puerta mientras hablan. Felicidad mira a Juan Antonio para dejarle claro que no es una petición, sino una orden.

—Está bien. Te acompaño.

—De todas maneras, paga con tarjeta, mamá, que para eso están —propone Ignacio.

—Que no me gusta, que muchas veces se la llevan o las duplican. Lo oí en la radio. Y, además, haga lo que haga me cobran comisión.

—Pues nada, sigue en la prehistoria —desiste—. Qué ganas de complicarte siempre.

—Para mí lo complicado es lo otro, que no sé ni cómo funciona. —Pone la mejilla para que la besen antes de salir—. Dicen que esta semana va a hacer malo, creo que llueve jueves y viernes. Menuda semana me espera. Habrá que organizar una misa y el entierro de María. —Todos guardan silencio, conscientes de que lo habían pasado por alto. Felicidad los observa. Parecen inofensivos, pero sabe que no es el caso: han salido a ella—. Llegad pronto el domingo que viene, por favor, que siempre estamos igual. Os voy a preparar vuestro plato favorito: tortillas rellenas de bechamel y salsa de tomate.

Los tres hermanos y su nuera intercalan disimuladamente miradas cómplices. Todos aborrecen ese plato. Es de lo poco en lo que están de acuerdo, pero ninguno se atreve a decírselo.

—Gracias, mamá—dicen a la vez.

—Qué ganas —murmura entre dientes Noemí justo antes de cerrar la puerta.

Ignacio se da la vuelta de inmediato y se va hacia su cuarto. Felicidad se queda sola. Regresan la tristeza, el miedo y la incertidumbre. Aún siente el latido de su corazón a mil por hora cuando dijo que pensaba que a María la habían tirado. Era consciente de que se había arriesgado mucho verbalizándolo, pero tenía que actuar como si no supiera nada. Además, después de las preguntas que le había hecho la guardia civil, sería más raro que no sospechara algo así a que se creyera lo que dicen y se cruzara de brazos. Siempre ha sido muy mal pensada porque ha visto mucho, y a lo largo de su vida no ha ganado para decepciones. «Piensa mal y acertarás» ha sido su lema y ahora no lo piensa obviar. Es más, probablemente vuelva a ser la clave de todo.

Mira la hora en el reloj de pulsera. ¡Se le ha hecho muy tarde! Coge un cuenco pequeño y le lleva la comida al conejo que le regaló Ignacio a su hijo y que le han encasquetado a ella con la excusa del divorcio.

—No soy capaz de hacer nada, pero al final todo me toca a mí —murmura de camino.

Después vuelve al salón, se sienta en su butaca frente al televisor y enciende la *tablet* que deja siempre sobre el tapete de la mesita auxiliar que tiene al lado. Esta vez no tiene tiempo de pasar las fotos de sus «amigos» y familiares, esas en las que hasta los más mayores posan como adolescentes. «Si parecen crías haciendo el tonto», le dice siempre a su prima Mayte cuando se llaman después para comentar. En realidad, le interesa a raíz del último viaje que hizo con ella y el grupo del Imserso. Hace algo más de un año ya. Mayte ha intentado convencerla para repetir, pero la matriarca siempre está ocupada con muchas cosas, como atender a María. Eso le impedía hacer nada. Mira que la ha querido. Hubo una época en la que no hubiese sobrevivido sin ella, pero menuda carga. Es muy duro de asumir, pero ahora podría volver a disfrutar. Se abre una pestaña en la parte inferior de la pantalla. Es una conversación.

Hola, linda

Una sonrisa que hace honor a su nombre se perfila en la mirada de Felicidad. Es casi como la de una adolescente. No se puede decir que sea porque haya pasado nada, ni con él ni con otro hombre desde que enviudó hace más de dos décadas, pero este juego ha conseguido devolverle la ilusión. También es verdad que le da miedo por el poder que ejerce sobre ella y porque pueda seguir pidiéndole demostraciones de hasta dónde estaría dispuesta a llegar por él.

25

Cuando Candela vuelve a sentarse a la mesa del bar, después de salir para hablar por teléfono con su exsubordinado, se encuentra con que Sandra la observa expectante. Sin embargo, disimula y le devuelve la mirada como si no entendiera su actitud. No quiere darle pie a que empiece con la retahíla habitual contra Mateo.

—¿Qué te ha dicho?

—Nada. —La sargento la mira, retórica. Ambas son conscientes de que miente y de que no le hace gracia que él siga estando tan presente—. Me llamaba porque sabía que me he encargado de lo de la mujer del portal y, al enterarse de que ha muerto, quería saber cómo estoy, porque me conoce y sabe que estoy un poco chocha.

—Ya, y por eso has salido a hablar fuera.

—He salido porque, como comprenderás, no quería que se enterara todo el mundo —dice bajando la voz y lanzando una mirada alrededor.

Sandra la mira, escéptica. Es evidente que no se lo ha tragado.

—Y no has aprovechado para comentarle lo que tenemos sobre María, a ver si él te lo resuelve, ¿no? —pregunta, desafiante.

—Te estás pasando ya. Da gracias que te he respondido, porque no tengo por qué hacerlo —sentencia Candela.

La teniente no tiene por qué darle explicaciones. Además, la sargento no tiene derecho a enfadarse. Con su continuo rechazo hacia Mateo ha conseguido que no le quiera contar el verdadero motivo de la llamada para no tener que escuchar cómo cuestiona la labor de su excompañero, al que califica siempre de flipado.

Candela observa a Sandra, que deja la cucharita sobre su plato vacío y mira hacia la calle disimulando su enfado.

—Oye, no te mosquees, que es verdad.

—Que sí, que sí, que no me mosqueo —contesta sin devolverle la mirada—. Mateo es tan listo que seguro que lo resuelve... —suelta con sarcasmo.

La teniente opta por no responder. Prefiere no entrar al trapo y termina de comer el bocadillo mientras se reafirma en su decisión de no contarle nada por el momento. Aparte del conflicto con su excompañero, el asunto se está enturbiando demasiado, y cree que la muerte de la anciana puede esconder asuntos más escabrosos. Aún no sabe con certeza si se trata de un asesinato o no, pero sí que tiene claro un presentimiento que le dice que no será la última vez que suceda algo similar. Sin embargo, no quiere poner el grito en el cielo antes de tiempo y que la tomen por loca. Ya ha pasado por eso y no va a caer en su propia trampa. Se ha propuesto hacerlo a su manera: estando muy alerta, sin bajar la guardia y actuando con rapidez y firmeza en cuanto tenga ocasión. Después, no tendrá problema en compartir toda la información con su equipo, para que consigan resolverlo cuanto antes entre todos. El problema es que, viendo cómo reacciona Sandra cuando le menciona a su antiguo subordinado, no quiere que se lo eche en cara por los siglos de los siglos si la cosa sale mal.

Candela ha perdido el apetito. Piensa en lo que ha hablado con Mateo y no deja de darle vueltas a todos los vídeos que aparecen cada cierto tiempo de cuidadores que pegan a los ancianos que están a su cargo, o al de la trabajadora de una residencia que abofeteaba entre burlas a una mujer de la misma edad que María. Solo espera que ella no haya sido víctima de algo similar y no piensa parar hasta descubrirlo.

De vuelta al edificio en el que se ha precipitado la anciana, las dos agentes se mezclan con el resto del equipo mientras terminan de trabajar. Jesús baja por las escaleras que van hacia los pisos y se acerca a su jefa.

—Mi teniente, un vecino me acaba de contar algo sobre la fallecida.

—Tú dirás.

—Dice que no hablaban mucho, que estaba muy mayor, pero que la había oído llorando alguna vez, hace tiempo. Por lo visto, hablaba de sus hijas. No dejaba de repetir que las habían envenenado y habían muerto.

—Eso es imposible. María no era madre. No tenía familia.

—Pues eso me ha dicho.

—¿Qué pasa? —pregunta Sandra, que se ha dado cuenta de que hablaban de algo importante.

Jesús comienza a contárselo mientras Candela se aleja, con la duda de si el extraño comportamiento de la anciana podría estar relacionado con el alzhéimer. Está algo revuelta por el recuerdo de su abuela y esa maldita enfermedad, que es la epidemia de la tercera edad. Y, aunque Sandra esté unos metros por detrás, decide mandarle un mensaje de texto para avisarla de que se va sola. No tiene energía para responder al tercer grado que sabe que le hará su subordinada si vuelven juntas.

26

Al día siguiente, Felicidad se levanta con muy mal cuerpo. Casi no ha podido pegar ojo después de lo sucedido. Los numerosos recuerdos de los buenos momentos vividos junto con María bombardeaban su mente. La tristeza es palpable, pero también se siente aliviada. Jamás lo compartiría con nadie, pero en su fuero interno una parte de ella piensa que se ha quitado una carga de encima, y eso aviva la culpa.

Cualquier lunes a esa hora ya estaría saliendo para el mercado de camino a la rutina que tanto disfruta y que mantiene desde hace más de treinta años. Pero, pese a que les dijo a sus hijos que lo haría, aún tiene el miedo en el cuerpo, y no solo por el ataque a esa mujer en su portal. El reflejo que encuentra en el espejo de su baño le confirma que toda esa mezcla de emociones se manifiesta en su rostro agrietado. Ha de tener las cosas claras antes de actuar. No puede permitirse meter la pata y seguir corriendo riesgos. Ya irá a la compra el miércoles después de que Juan Antonio la lleve a sacar dinero. Eso es lo que importa de verdad.

Se sienta en la taza del váter, con la mirada puesta en la pared de enfrente. De repente, ve pasar una sombra por la ranura que queda entre la parte inferior de la puerta del baño y el suelo. No le cabe duda, sus temores se han hecho realidad: ha visto perfectamente cómo alguien pasaba de largo. Pero no puede ser su hijo Ignacio porque se ha ido temprano a trabajar y la hubiera avisado si fuera a volver. Además, lo inquietante no es que hubiese alguien en el pasillo, sino el sigilo con que caminaba, ya que su hijo no puede ser más ruidoso. Entonces se da cuenta de que lo normal sería que ella no estuviese en casa en ese momento. Todo el que la conoce sabe que a esa hora siempre está en el mercado, y no ha comunicado a nadie su cambio de decisión. El miedo le recorre el cuerpo. Sigue oyendo unos pasos y, por el ruido que hacen al pisar, le da la impresión de que es de tacones y se trata de una mujer. Podría ser su hija, pero Noemí siempre avisa y solo usa zapatillas y zapato plano. Está convencida de que, a estas alturas, ya habrá llegado a su dormitorio y se imagina lo que estará buscando. Felicidad contiene la respiración. Si tuviera veinte años menos y una barra de hierro, saldría de golpe para dejarle claro quién manda allí. Pero ni su fuerza ni sus reflejos son los de antes, y es posible que tuviera la batalla perdida, sobre todo porque se pregunta si no estará acompañada y habrá alguien más dentro del piso. Lo único que tiene claro es que ya no está segura ni en su casa.

27

A Sandra no le dura demasiado el mosqueo. El capitán Prieto les había dado la orden de aparcar el caso de la mujer que había caído al patio hasta tener los resultados de la autopsia, lo que había contribuido a que la tensión aflojara. Es consciente de que, por mucho que le fastidie, no hay nada que hacer y prefiere sobreponerse a la situación, aunque le enerve que Mateo siempre acabe haciendo lo que le venga en gana. Así que, tres días después, no falta a su quedada semanal en casa de Candela.

Ambas tienen el ritual de juntarse para ver en su proyector el nuevo episodio de su serie favorita: *Tras la pista*, el nuevo éxito de los creadores de *Killing Neighbors.* Como media España, en su día las dos agentes acabaron enganchadas a cada capítulo, en parte por Jon Márquez, el actor protagonista que interpretaba al legendario e icónico asesino en serie. Al mes de empezar a trabajar juntas, y de eso ya hace un año, estrenaron la nueva producción con el bombazo de que Jon también la protagonizaba, interpretando en esta ocasión a un exmilitar metido a detective privado. Candela le contó enseguida que había tenido que ir a un rodaje en el que estaba él, pero que solo había podido ver el camerino, y de ahí surgió el que quedaran para verla juntas. Hasta ese día. Vino, chocolate y palomitas. La idea del menú fue de Barbie, por supuesto, que la sacó de *Scandal*, otra serie de la que también es muy fan. En caso de no poder ver el capítulo el día en el que lo suben semanalmente a la plataforma que la produce, se juntan en cuanto tienen un hueco para que no se les acumulen los episodios, como esta vez.

Candela se acerca al sofá mientras abre la botella de vino, y su compañera se encarga de meter la bolsa de palomitas en el microondas. La televisión ya está encendida, y el capítulo, preparado.

—Bueno, ¿qué? ¿Has hablado con tu madre de eso? —pregunta Sandra. Candela le hace un gesto confuso—. Lo de tu abuela.

—¡Ah! —Ya está otra vez—. Pues no. Si no lo he hecho en veinte años, no lo voy a hacer ahora porque sí...

—Lo haces ahora porque no te lo quitas de la cabeza, que te he visto. Y te conozco...

—No es tan sencillo.

—¡Anda ya, no me jodas! Con lo directa que eres. ¿No te enorgulleces siempre de ello? Pues venga.

—Barbie, es que no es tan fácil... Mi madre y yo ya no hablamos...

—De lo importante, quieres decir. Lo típico, hablaréis sobre qué has cenado, te dirá que tienes que descansar y cuidarte, pero de lo gordo ni mu. A ver, tampoco es que yo hable gran cosa con mis padres. Voy siempre con tanta prisa que, en cuanto me tosen un poco, acabo hablándoles mal. Mira que lo intento evitar, pero es como si se me hubiera quedado enquistado algo de la adolescencia... Trato de recordármelo a menudo cuando hago algo que no está bien. Una cosa es confianza y saber que siempre están para ti, y otra es tratarles peor que a nadie... Eso es bastante infantil...

—Y cobarde —añade la teniente.

—Cobarde es lo que haces tú, que eres ya una señora mayor y te comportas como una cría. Que lo haga yo, que soy una bebé, todavía, pero tú... —Candela entorna los ojos—. En serio, saber por qué se pelearon las dos es lo de menos. Merece la pena por tener una relación sana y adulta con ella.

—Y dale, ya te lo he dicho. En mi casa no hablamos... así.

—Pues cámbialo. El tiempo pasa volando, no tienes más que pensar en todo lo que hemos visto esta semana con las abuelas. Cualquier día le pasa algo a tu madre y te quedas con la duda de por vida. Yo no me lo pensaba.

Candela se levanta para ir al baño y no porque tenga una emergencia, sino porque se ha emocionado y prefiere que su amiga no lo note. No quiere seguir hablando del tema, no está preparada. Mientras, Sandra aprovecha para sacar las palomitas del microondas, que ha avisado de que ya ha terminado el tiempo. Ambas se sientan casi a la vez en el sofá dispuestas a evadirse. Ninguna dice nada antes de pulsar el botón para reproducir el capítulo. Dan comienzo a su ritual, pero, cuando llevan diez minutos de serie, sucede lo que nunca antes, algo que estropeará su plan. Ambas reciben el mismo mensaje:

Ya está la autopsia.

28

El mensaje pilla del todo por sorpresa a Candela y a Sandra, que paran el episodio de la serie. Suelen tardar más en recibir los resultados de las autopsias, pero lo que realmente les llama la atención es que en un segundo mensaje no se las cita en el anatómico forense, como sería lo esperado, sino en el cuartel. En concreto, en el despacho de su superior, el capitán Mauricio Prieto. El plan tendrá que esperar. Se calzan y salen disparadas.

Cuando entran en el despacho, las dos agentes se encuentran con que su superior, un hombre de sesenta años fuerte y atractivo, con una cabellera grisácea y engominada que le da un aire sofisticado, está con Adolfo, su mano derecha y la antítesis de este. Es un lameculos mediocre y nadie entiende qué méritos ha hecho para llegar hasta ahí. Comienza a hablar enérgicamente en cuanto las ve. Pero Candela no le presta la atención que reclama porque está ocupada pensando por qué cojones no está también allí Gregorio u otro de los forenses.

—Bien, vamos al grano —dice Prieto.

—La causa de la muerte es el fuerte traumatismo en la cabeza provocado por la caída —comienza a explicar Adolfo—. Se aplastó los sesos, luego estaba viva cuando se precipitó

—«Menudo *spoiler*», piensa Sandra al escuchar las últimas palabras. Candela se pone en guardia al percibir el tono con el que hablan ambos hombres—. No había *rigor mortis* y las heridas también son debidas a la caída. Nos comentan que había restos de carne y sangre en los vierteaguas y en las cuerdas de tender.

—Sí, los vimos. Está en el atestado —asiente Candela.

—Tampoco hay signos de defensa ni heridas o contusiones anteriores a la caída, salvo por unos ligeros hematomas en el vientre, a partir de la zona inferior del pecho. Es posible que sea por el canto de la ventana. Es muy probable que no tuviese fuerzas y que se viera obligada a arrastrarse para precipitarse —continúa el lameculos.

—A arrastrarse o a que la arrastraran —interviene de nuevo ella.

La teniente empieza a mosquearse porque se da cuenta de que evitan dar detalles, pasan muy por encima de todo y no tienen ningún informe con fotografías para mostrarles, como procede cuando no se tiene el cadáver delante.

Sus dos superiores no se sorprenden por la reacción. Candela es especialista en llevar la contraria, ya que cuestionarlo todo es el mejor camino para llegar a la verdad. Mira a Sandra en busca de apoyo, pero esta sigue escuchando y mirando hacia el frente. La teniente se da cuenta del percal y decide volver a atacar porque se están olvidando de algo fundamental.

—¿Y el análisis toxicológico?

Se hace un pequeño silencio que Adolfo rompe enseguida.

—Había consumido ansiolíticos, pero creemos que estaba consciente. No es una cantidad suficiente como para…

—¿Estaba consciente o inconsciente cuando cayó? —interrumpe ella.

Adolfo hace un gesto de evidencia, pero no responde, al igual que su jefe.

—¿Cuál y qué cantidad tomó? —insiste la teniente.

De otra cosa no, pero de dosis de ansiolíticos Candela sabe un rato.

—Teniente, creo que no te estás enterando —dice Prieto.

—Mi capitán, lo digo porque tendremos que ver si se lo habían recetado y cuánta cantidad...

—Se los tomó para lanzarse y no ser consciente —interviene Adolfo.

«¡Con dos cojones!», quiere gritar Candela cuando escucha semejante tontería, pero en lugar de eso dice:

—A ver qué nos muestra el análisis de la taza con chocolate. Quizá se los habían puesto ahí.

—No vamos a examinar la taza ni el resto de las muestras que mandaste porque ya sabemos lo que pasó. Además, si hubiéramos encontrado restos, tampoco significaría nada. Se los podría haber echado ella misma. La próxima vez, sé más prudente y espera a tener los resultados de la autopsia. Los laboratorios no dan abasto.

—¿Miraron en la cocina? ¿Había más vasos en la pila? —pregunta Candela a Sandra, ignorando el aviso de su superior.

—No había nada —responde ella.

—Los envases de los somníferos o la caja estarían por algún lado, imagino —insiste la teniente.

Sandra no tiene tiempo de responder, ya que Prieto interviene de manera tajante.

—Los envases de los somníferos estaban en la basura. Ahí lo tienes. Ya está. Punto.

—Junto con los de la medicación para el alzhéimer que también tenía en el organismo —dice su mano derecha, intencionadamente.

Candela mira a su compañera. Duda que sea cierto, pero esta vuelve a esquivarle la mirada.

—¿Y se ha comprobado si hubo agresión sexual? —vuelve a preguntar sin darse por vencida. Adolfo sonríe y tuerce el gesto en una mueca jocosa. Ella tiene que controlarse para no partirle la cara en ese momento—. Sí, a mí también me parece una barbaridad —continúa, irónica—, pero he estado investigando y no hay que irse muy lejos para ver casos como el del celador de treinta y tres años que violó a cinco ancianas en una residencia una Nochebuena. Una de ellas, la más mayor, murió a los dos días. En Córdoba, un tipejo de cincuenta y pico violó a diecinueve ancianas y...

—Creo que no estás escuchando —interrumpe de nuevo Prieto—. No han encontrado indicios que convaliden esa teoría. —Ella lo mira, a la espera de una respuesta—. ¿Hubo o no hubo violación? Pues tampoco, diría que nadie la tocó en años. No hay nada.

Candela resopla y se da la vuelta con los brazos en jarras para despotricar por lo bajo.

—¿Tú qué piensas, sargento? —pregunta su superior a Sandra en ese momento.

Candela se gira sorprendida hacia su ayudante, que tarda unos segundos que se alargan como minutos en arrancar. Pero después se lanza:

—Fue a por los churros...

—Casi no salía, me lo dijo... —interrumpe Candela, a la que a su vez detienen con un gesto.

—Casi. Tú misma lo has dicho —continúa Sandra—. ¿No pudo salir ese día para darse un último homenaje? Además, la puerta no estaba forzada.

—¡Venga ya! Porque conocía a su agresor. Era alguien de confianza.

—María tenía alzhéimer y podría haber ido a la churrería por un despiste propio de la enfermedad, pero yo creo que lo que pasó es que ella era consciente de su evidente deterioro y del futuro tan crudo que la esperaba. Tomó la decisión de acabar con todo antes de estar peor y salió a comprarlos para darse un último gusto. Se tomó los somníferos y comió mientras le hacían efecto. Cuando empezó a sentirse mareada, se subió a la silla y se arrastró hasta el borde de la ventana. Quizá el efecto fue muy rápido o, simplemente, no tenía fuerza suficiente. Luego se tiró.

—Pero, si aún estaba consciente, tendría que haber puesto los brazos o caer de pie, si es que se lanzó en vertical, pero no habría dado con la cabeza contra el suelo. Se rompió el cuello con el impacto, quedó prácticamente irreconocible.

—Hazme caso, mi madre es más joven y, de tomarse lo que se había tomado, tampoco tendría reflejos para poner los brazos —bromea Adolfo, jocoso.

Candela ya ni se molesta en regalarle una mirada.

—Mi capitán, creo que gran parte de lo que tenemos no son más que suposiciones. Deme unas semanas para revisar las pruebas con calma...

—Por lo que tengo entendido, ya ha empezado. ¡Menudo despliegue para no haber apenas ningún indicio de criminalidad! Última vez. —Candela le mira sin decir nada, ahora es Sandra la que la observa—. Se acabó, el caso está cerrado. No hay más. Y quita esa cara. Actúas como si le diéramos carpetazo y ya te has encargado desde el minuto cero de que hubiera una investigación. Pues anda que si tuviéramos que hacer esto con cada suicidio... —La teniente tiene que apretar los puños con todas sus fuerzas para controlar la furia y las lágrimas de frustración—. Vamos, no te quedes con ese mal sabor de boca. El caso del portal terminó mal, pero al menos pillasteis a ese cabrón. Un malo menos. Este es diferente y lo sabes. Lo pusiste en el atestado. No busques más allá, porque no hay nada. La sargento tiene razón: hay gente que vive una vejez de mierda, y es triste porque todos lo sabemos y nadie hace nada. Pero es así. Sufren depresiones y, aunque parezca increíble, les da miedo el futuro. No tienen vida social ni dinero para tomarse un café. Están solos y es duro seguir viviendo y saber que lo que te queda de vida solo puede ser peor: más enfermedades, soledad... No quieren vivir más. Muchos no se atreven por sus hijos, pero esta mujer no los tenía. No le ha dejado el muerto a nadie, nunca mejor dicho.

—De eso no estoy tan segura. La casera me comentó que no tenía hijos; sin embargo, Jesús me dijo que uno de los vecinos le contó que la había escuchado llorar diciendo que habían envenenado a sus niñas. Según sabemos, María no tenía descendencia. Podría ser por el alzhéimer, pero en ese momento apenas tenía síntomas, o eso dijo la casera. ¿No os parece extraño? Quizá si...

—Las niñas eran sus perras, una yorkshire y una chihuahua —interrumpe Sandra—. Murieron hace un par de años y estaba convencida de que las había envenenado un vecino.

Candela siente el peso de sus miradas sobre ella.

—Escucha, es normal que te afecten esos temas —interviene Prieto—. Nos recuerdan a nuestros padres y abuelos... —Candela vuelve la cabeza hacia Sandra, que mira al suelo. No se puede creer que se lo haya contado—. Lo entiendo, estás cansada. Tómate unos días libres si quieres, te vendrán bien. Y ni una palabra más a los medios, ni un solo detalle de la vida de esta señora. No quiero problemas por haber puesto en bandeja que salga a la palestra la situación actual de las pensiones, ¿estamos?

El jefe de policía y Adolfo sonríen con amabilidad y condescendencia a Candela. Ven que ella asiente, pero no los mira; ha dejado de escuchar y fulmina a Sandra con la mirada.

29

La rabia la corroe, pero la teniente opta por no rebatir más la decisión de su superior. Sabe que cualquier cosa que diga será malinterpretada y se volverá en su contra; siempre ha sido así. Son hombres y sabe cómo piensan: si es perspicaz, dirán que es obsesiva; si es exigente, una maniática; si sufre una injusticia y lucha contra ella, es una histérica, y si tiene que pasar por un golpe duro de esos que te da la vida, la victimizarán y aprovecharán para mandarla a casa y quitársela de en medio, como sucedió en su caso, aunque sin éxito. A partir de ese momento, cualquier salida fuera del tiesto es una oportunidad para señalar su mal carácter; porque si un hombre como Prieto se impone, hay que respetar su autoridad y todos querrán parecerse a él, pero, si lo hace una mujer como ella, es una loca que no les deja vivir. Así que no le queda otra opción que andarse con pies de plomo si no quiere represalias. Lo que no se esperaba era la traición de su subordinada, que recibe como un verdadero golpe bajo.

Una vez terminada la reunión, Sandra sale del despacho seguida de su superior. Ninguna dice nada durante todo el camino, hasta que llegan a la calle y, al doblar la esquina, Candela comienza a hablar enfurecida.

—¿Se puede saber qué cojones les has dicho?

—Nada —rehúye la sargento sin dejar de andar.

—Algo les has tenido que decir sobre mi abuela para que me vengan con el rollito ese de los mayores. ¿Qué les has contado?, ¿que estoy traumatizada por no saber qué ha sido de ella y que eso afecta mucho a mi trabajo?

—No les he dicho eso. Al ver la que has montado, antes siquiera de saber si existían o no indicios de criminalidad, me han preguntado y les he explicado que te recordaba a tu abuela, nada más. Nada de tu historia. No quería que pensaran que era algo más grave o que no eres profesional. Se lo he contado para que lo entendieran, porque estaba preocupada por ti.

—¡Anda ya! No seas dramática. Estaba revuelta, pero porque la han matado, por mucho que digáis que no. Nunca dejo que mi vida personal interfiera en mi trabajo, y lo sabéis. ¿De verdad pensabas que iba a afectar a la investigación? ¡No me jodas! —Sandra la mira con intención. Ambas saben lo que sucedió cuando trabajaba en el caso más famoso de su carrera—. Eres muy inocente. A ver si te crees que les importa un carajo que yo esté bien... ¡Y, para que te enteres, mi preocupación no era por mi abuela, lista! —estalla.

—No te pongas así, joder.

—Es que alucino. Pues sí que me he perdido cosas. ¡Cómo venís las nuevas generaciones... pisando bien fuerte! —Se va calentando ella sola—. Es que encima te preguntan y cero apoyo, ni un ápice de duda. Oye, lo tienes todo clarísimo. Caso resuelto en dos días...

—¡Es que no hay caso!

—Perdona por haberos hecho perder el tiempo, entonces...

—Lo siento mucho, pero no te voy a dar la razón como a los locos. No es mi estilo. Y tampoco creo que hayamos perdido el tiempo. El trabajo me ha servido para sacar mis conclusiones. El problema es que tú nunca quieres conocer otra opinión que no sea la tuya. Y ahora te jode que crean que la mía es igual de válida.

—No, no te equivoques. La mía vale menos. Lo acabas de comprobar. Además, también les pones más.

—Vete a la mierda, tía.

—¡Encima tampoco me habías explicado lo de las perras! ¡Manda huevos!

—¡Y tú no me dijiste lo que hablaste con Mateo, no te jode!

—No te equivoques, que ya te estás pasando. Tu trabajo es responder ante mí y mantenerme informada, no al revés.

—No te lo dije porque cuando lo resolví nos dijeron que dejáramos el caso y... eso mismo hice. —Intenta calmarse y baja la voz—. La que tendría que estar cabreada soy yo, que no haces más que revisar y cuestionar mi trabajo como si se me fuera a pasar algo por alto. ¡Encima!

—También es mi trabajo. Soy tu jefa y, te guste o no, tengo muchos más años de experiencia que tú. Hablando de trabajo, ¿la caja de somníferos estaba en la papelera? —pregunta, retóricamente.

—Debería...

—Ah, pensé que lo sabrías a ciencia cierta, como te ocupabas tú —dice, con sarcasmo.

—Y me ocupaba yo, pero también estoy con otras mil cosas. Y delego otras, que no pasa nada. Confío en que no soy más lista que la gente que me rodea, en que hay compañeros capacitados para hacer el trabajo igual de bien que yo. Deberías probarlo.

—Dime, ¿de verdad te conformas con la explicación que nos han dado? ¿Los has oído? Llevan trescientos años aquí y no tienen ni puta idea. Qué vergüenza. Si no sabes explicarte bien, llama a un forense, joder. Pero entiendes por qué no lo han hecho, ¿verdad? Porque les habrán callado la boca, se lo habrán pedido y habrán dicho que nanay, que una cosa es no decirlo, y otra, tener que mentir. Me juego el cuello.

—Pues llámale si estás tan segura.

—Sí, a mí me lo va a decir... Para que la monte y se le caiga el pelo. Lo que más me jode es que vayáis todos de que os importan los pobres viejecitos, cuando no es así. Una menos, pero da igual lo que haya pasado. Nadie va a reclamar. Son vidas que no cuentan, ciudadanos de segunda, como pasa con los inmigrantes y las prostitutas. Por eso no quieren perder el tiempo ni más recursos investigando. ¡¿A quién le importa mientras tenga el último iPhone del mercado, siga en mi trono desde hace treinta años o se me marquen los abdominales y me sigan en redes sociales?!

—Oye, que a mí también me importa esa mujer, joder. He hecho todo lo que he podido para ayudar a entender lo sucedido. —Candela le dedica una mirada escéptica—. Están llegando las grabaciones de las cámaras de seguridad de las churrerías. He pasado horas viendo las que teníamos, pero no hay nada. Lo que de verdad te jode es que te haya dicho que no a algo, que me haya plantado. ¿No has pensado que nunca discutimos porque siempre tengo que comulgar con lo que dices tú?

—Porque soy tu jefa de equipo.

—Sí, ya me ha quedado claro. No te quejes, porque eres igual que ellos. ¡Qué asco de jerarquías, joder! Yo no tengo la culpa de que tengas un trauma con tu abuela y con todo en general. No lo pagues conmigo. —Sandra empieza a andar, pero se da la vuelta a los pocos pasos—. Dime una cosa: ¿a Mateo también le decías lo que tenía que pensar y hacer? Me apuesto lo que quieras a que no. No, no lo creo... A ver si vamos a estar todo el día dando lecciones de feminismo y al final va a resultar que nosotras somos más machistas que ellos.

Candela se queda pensativa mientras la ve avanzar de nuevo. Menos mal que no ha mencionado nada del vídeo que encontró su excompañero. Aunque le diese mucha rabia, había optado por no comentarlo ni en la reunión ni ahora, y así no había tenido que justificar por qué había incorporado a gente ajena a la investigación. Volverían a tacharla de sensacionalista, le pedirían el vídeo y, al ver que se trataba del cuerpo en la escena del crimen, le dirían que lo había grabado algún chismoso oportunista. Fin.

—Diréis lo que queráis, pero sigo pensando que a María la han matado y que tiene que ser alguien que la conocía —masculla entre dientes.

30

El teléfono de Felicidad suena insistentemente, pero ella no lo escucha porque tiene la televisión muy alta. No se dan por vencidos hasta que, por fin, la mujer se da cuenta de que el sonido que escucha de fondo y no lograba identificar es una llamada. Baja el volumen corriendo y se fija en que en la pantalla aparece el mensaje «Número desconocido». No le sorprende, porque cada dos por tres la llaman para ofrecerle algo. Está harta, pero siempre acaba respondiendo por miedo a que sea una urgencia por algo importante. ¿Cuándo cojones van a sacar una ley que prohíba de verdad utilizar tus datos para acosarte día y noche intentando venderte algo que no has pedido? Es un tema que se pregunta siempre, indignada. «Es que te llaman para timarte con todo el descaro», le gritó a Ignacio la última vez. Pero ahora está sola y responde.

—Dígame.

La matriarca llevaba décadas respondiendo con un «sí» en lugar del habitual «Dígame» de toda la vida, pero había dejado de hacerlo desde que oyó en la radio que muchas veces llaman y cuelgan para grabar el «sí» y usarlo luego en algún contrato de esos que se firman verbalmente por teléfono. No se había terminado de enterar bien, pero no había vuelto a hacerlo, por si acaso.

—Buenos días. ¿Hablo con Felicidad? —pregunta una voz de mujer con un acento que le resulta familiar pero que no es capaz de identificar, entre otras cosas, porque la escucha algo lejana.

—Sí, soy yo.

—¿Qué tal, Felicidad? Verá, mi nombre es Clarisa. La llamo del banco en relación con unos movimientos que está realizando...

—Mire, yo estas cosas no las hablo por teléfono. Luis Miguel, que es quien me atiende en la sucursal, ya está al tanto y...

—Lo sé —interrumpe, amablemente—. Cuando se trata de un cliente con una permanencia y un nivel como el suyo, nos gusta tener una atención más personalizada para saber si hay algún motivo específico para retirar tales cantidades. Y también por si podemos hacer algo para satisfacer sus necesidades. Nos consta que ha tenido algunas quejas y nos gustaría saber el motivo de su descontento para ofrecerle el trato que se merece.

La matriarca guarda silencio unos segundos. Aunque tenga acento extranjero, los buenos modales de la mujer la hacen dudar. En realidad, no le ha pedido ningún dato, número de cuenta ni nada de lo que suelen hacer en los casos que aparecen en los periódicos y le cuentan sus hijos. Le ha comentado algo que solo saben su familia y ella. La tal Clarisa quiere saber los motivos de su descontento, y no hay cosa que a Felicidad le guste más que explayarse, sobre todo cuando sabe que tiene razón. Va a contarle lo mucho que tiene que estar pendiente para que no le carguen comisiones, la de enlaces del banco que recibe, las batallas para dejar claro que ella no entiende de aplicaciones y que necesita que se lo expliquen a la cara...

La empleada se sigue mostrando igual de interesada y atenta después de cinco minutos de conversación. Responde con un «tomo nota» a cada cosa nueva que saca a relucir Felicidad hasta que, de pronto, cuando el diálogo está de lo más distendido y la matriarca ha bajado totalmente la guardia, la mujer hace otra pregunta que activa sus alarmas.

—¿Y podría especificarme si va a seguir sacando dinero de la cuenta y si será en próximas fechas, Felí?

Felicidad siente de pronto como si le cayese un jarro de agua fría, pero no es por la pregunta que le ha hecho, sino porque acaba de identificar a quien le habla de manera persuasiva al otro lado del teléfono. Solo hay una persona que la llame Felí en lugar de Feli, y la conoce muy pero que muy bien y, por supuesto, no se llama Clarisa. A la matriarca se le han puesto los pelos de punta porque sabe que esta llamada es solo el principio.

31

Un mes después

Emergencias, dígame.

—Mire, llamo porque estamos esperando a mi madre y no viene. Es una mujer mayor. Habíamos quedado a comer en su casa, pero no está... No hay ni rastro de ella.

—De acuerdo. ¿La han llamado al móvil?

—Sí, pero está apagado. ¡Cuando ha llegado mi hijo la puerta de casa estaba cerrada pero sin echar la llave, y ella siempre la echa! Al entrar, no estaba. Ha desaparecido, no la encontramos...

—¿Me puede decir la dirección, por favor?

—Calle de Francisco Muñoz, 35, en El Escorial, al lado del mercado de San Lorenzo.

—Esperen ahí. Enseguida va una patrulla de la Guardia Civil. ¿Cómo se llama su madre?

—Felicidad López Pombo.

Parte II

Parte II

Matriarca:

Mujer que, por su experiencia o sabiduría,
es respetada por un grupo familiar o una comunidad
en los cuales goza de autoridad.

1

No sabe cómo ha llegado hasta ahí, pero sí que ya no hay vuelta atrás. Algo inexplicable la empuja a hacerlo. No puede seguir enfrentándose a sus demonios. Está al borde de la ventana, de rodillas y mirando hacia abajo. Son diez pisos, pero parecen muchos más. No atisba a ver el fondo. Piensa en María y en cómo debió de ser su caída desde donde está ahora hacia lo que en esos momentos identifica como el mayor de los abismos.

No decide cuándo hacerlo, sino que nota una fuerza que la empuja, y ya no hay marcha atrás. Cae a gran velocidad y siente el viento, los golpes, las rajas y el sabor oxidado de la sangre, cuyos restos deja a modo de rastro.

Las heridas de su amiga no son nada comparado con lo que está padeciendo su cuerpo en el peor viaje de su vida. Lo que prometía ser algo rápido parece ralentizarse hasta el infinito. Una ráfaga de recuerdos y pensamientos en forma de remordimientos la acecha en sus últimos segundos de vida. Ha hecho muchas cosas mal, por más que trate de convencerse de lo contrario.

El crujido de la cabeza contra el suelo anuncia el final. Felicidad queda postrada boca abajo, con los brazos y las piernas desperdigadas, como María. Su corazón ha dejado de latir y de su cuerpo empieza a brotar algo caliente de color anaranjado. De repente, consigue salir de su cuerpo y se ve a sí misma tirada en el suelo, como una muñeca de trapo. Comienza a echarse hacia atrás, conmocionada por el momento. Conforme se aleja, se da cuenta de que no es la matriarca quien ha caído, sino ella misma: Candela. La teniente está soñando y es ella quien yace en el suelo con las cuatro extremidades desperdigadas. Es entonces cuando se percata de que quien la observa a ella es Felicidad. ¿O es su abuela? La dueña del edificio se ha transformado en la mujer con la que guardaba gran parte de los recuerdos más felices de su infancia. Candela empieza a llorar, intenta levantarse para abrazarla, pero no puede. En ese momento le habla, la llama para que la ayude. Le dice que la quiere y cuánto la ha echado de menos, pero esta parece ida, no responde, y enseguida se da cuenta de que no la reconoce porque tiene alzhéimer. La visión se ve interrumpida por algo borroso que se interpone entre ambas. Tiene calor y está sudando a mares. Consigue ver qué es lo que le bloquea el campo de visión y descubre que son pequeñas llamas que no tardan en expandirse y coger altura. Su cuerpo empieza a arder, devorado por el fuego, mientras la anciana sigue inerte y mira sin pestañear siquiera. Pronto no quedarán más que sus cenizas.

2

No suele echarse siestas porque la dejan peor de lo que estaba antes: casi siempre se levanta mareada y de mal humor. Pero la noche anterior Candela se había quedado viendo un documental hasta las tantas y hoy lleva todo el día como una zombi. Por eso aprovecha para descansar, ya que es domingo. Empezar la semana destruida no es buena idea. Tarda en convencerse de que es la mejor opción, pero al final se derrumba en el sofá.

A eso de las tres y media de la tarde, cuando acaba de terminar de picar algo rápido, recibe una llamada a su móvil: es Sandra. Llevan más de un mes casi sin hablar, salvo cuando se cruzan en el cuartel rodeadas de compañeros, para disimular. Aun así, estos son testigos de su evidente distanciamiento y es que, desde que discutieron cuando dieron por concluida la investigación de la muerte de María, la anciana que cayó al patio de vecinos, ni siquiera han quedado para ver su serie favorita.

Por injusto que fuera, Candela se había propuesto actuar de una manera diplomática y, por primera vez en su carrera, aceptar lo que se le pedía. Era evidente que no podía luchar contra los elementos. No es tonta y sabe que, cuanto más discutiera, más loca parecería y acabaría por darles la razón.

Tuvo que convivir con la gran frustración que le había provocado el caso por la combinación de varios factores: la muerte de la primera mujer de una forma tan violenta, el convencimiento de que algo parecido le tenía que haber ocurrido a la supuesta suicida y, luego, la conmoción tan grande que le produjo conocer a Felicidad, quien le recordó lo mucho que echa de menos a su abuela y lo lejos que siente a su madre.

Prueba de ello fue que, a partir de ese momento, empezaron las pesadillas recurrentes en las que la veía caer para luego descubrir que era ella misma. Lo pasaba fatal y se despertaba sudando a mares.

Desde entonces, Sandra y ella se han estado evitando y han conseguido ocuparse cada una por su lado de los pequeños fuegos que ha habido que apagar en ese tiempo. Por eso la llamada de su subordinada cobra mayor interés en ese momento. Le gustaría saber si lo hace porque quiere arreglar las cosas o porque ha sucedido algo importante.

—Sargento —responde Candela, para marcar distancias.

A Sandra la pilla desprevenida.

—Mi teniente. Hemos recibido una llamada y he preferido adelantarme y ser yo quien te lo comunicara…

Candela solo puede pensar en su madre. ¿Qué le ha sucedido?

—Dime —pronuncia, entre dientes.

—Han llamado para denunciar la desaparición de una mujer mayor…

—¿Mi madre?

—No, no. Aún es pronto, quizá no sea más que un susto, pero podría estar relacionado con el edificio en el que cayó la anciana desde el décimo.

La teniente se da cuenta de que utiliza «cayó» para evitar enfrentamientos, y lo recibe como señal pacificadora.

—¿Quién es?

—Felicidad, la dueña del bloque.

Candela siente un fuerte golpe en el pecho.

3

La teniente llega al edificio en el que vive la desaparecida en unos escasos veinte minutos. Está situado en la calle paralela al edificio de alquileres del que es propietaria, en el casco antiguo de El Escorial, muy cerca del ayuntamiento y del mercado de San Lorenzo. Sandra ha bajado a recibirla en la acera mientras Jesús está con los familiares en la vivienda de la matriarca.

En cuanto se apea del taxi, la sargento empieza a darle toda la información que tienen, como siempre. Agradecen que no haya tiempo para situaciones incómodas y tonterías que les hagan perder un tiempo que no tienen.

—Ya conoces a la desaparecida: Felicidad López Pombo, setenta y siete años. Nacida en este mismo barrio. La llamada la hace su hijo mediano, que vive con ella aunque no estaba cuando la mujer ha salido. Todos los domingos reciben en su casa a los otros dos hijos: el mayor y la hermana pequeña. El único nieto de Felicidad se queda en el piso cuando le toca por la custodia, como hoy, ya que es hijo del que vive con ella. Nos ha contado que suelen llegar tarde y que su madre les echa la bronca porque ella siempre es muy puntual.

—¿No hay marido?

—No. Es viuda desde hace veinte años, pero no sé más detalles de momento.

—¿Pareja?

—Uy, no, no. «Ni hablar», como han dicho sus hijos. El tema es que el primero que ha llegado ha sido el nieto adolescente. Se ha encontrado con la puerta cerrada, sin la llave echada, y dice que se extrañó porque en casa de su abuela es una norma echarla siempre.

—¿Pudo haber salido después su padre, el hijo que vive con ella, y haberse olvidado?

—Le hemos preguntado y dice que no, que él salió antes que su madre, y ella segurísimo que la habría echado. Cuando entró el nieto la comida estaba a medio preparar y la mesa puesta, pero nada más.

—Entiendo que la llaman al teléfono y no contesta...

—Lo tiene apagado. Hemos preguntado, y los hijos nos han dicho que no lleva tarjetas encima porque solo paga en efectivo. Así que no creo que haya movimientos en su cuenta bancaria, pero podemos mirarlo.

Normalmente Candela preguntaría si la desaparecida tiene algún deterioro cognitivo, trastorno mental o enfermedad degenerativa que hubiera provocado que se desorientara, pero hacía tan solo un mes que había visto a Felicidad y le pareció que estaba estupenda.

—¿Y por qué tanta alarma? ¿Tienen alguna sospecha? Porque puede haber sido un despiste y que haya perdido el teléfono. ¿Habéis llamado a los hospitales?

—Sí, pero no ha ingresado ninguna mujer con ese nombre y tampoco con sus características y sin identificar.

—Quizá haya tenido alguna urgencia en su edificio o esté ayudando a algún inquilino y se haya quedado sin cobertura... —continúa, prudente, pese a que también tiene el pálpito de que hay que preocuparse.

Sandra hace una leve pausa antes de continuar. Le dedica una mirada que anuncia que aún no sabe lo peor.

—Nos han explicado que Felicidad ha dado un buen bajón en el último mes y que está tomando medicación, pero que se sigue apañando bien. De hecho, después de salir ha ido a su edificio a cobrar los alquileres. Así lo atestiguan algunos vecinos. Pero dejó de hacerlo cuando llegó a la quinta planta. Se esfumó. Los hijos dicen que aún tiene teléfono fijo en casa y que, si le hubiera pasado algo a su móvil, habría llamado a ese.

—O sea, que tenemos a una mujer que entra en su propio edificio y no sale.

—Eso parece. Es como si se la hubiera tragado la tierra. Una mujer mayor sola y con mucho dinero encima de los alquileres que está cobrando. Todo apunta a que se trata de una desaparición forzosa.

—Manda una unidad al inmueble para inspeccionar en detalle cada rincón del edificio. No perdamos tiempo.

—Ya están en ello. Me he adelantado. Ya llevo un añito a tus órdenes —señala, buscando su complicidad—. Hay más patrulleros recorriendo la zona con una imagen que hemos enviado y la información de la ropa que llevaba, por si hubiera tenido un despiste o algún accidente. Los hijos han preguntado en los comercios a los que suele ir, pero es domingo y muchos están cerrados. He conseguido que se quedaran en la casa, porque querían seguir colaborando en la búsqueda. Te están esperando.

—Pues vamos a ver qué se cuentan. ¿Dónde está Toni?

Toni es la última incorporación. No tiene tanta experiencia como otros agentes del equipo, pero es el más avispado con diferencia. Eso, sumado a su carácter servicial, hace que Candela le dé mucha bola, algo que muchos se toman a mal, además de que se ríen de él con insultos racistas por ser de ascendencia china, pese a haber nacido en Madrid.

—Está en el edificio de alquileres.

—Avísale para que busquen las cámaras que pueda haber del trayecto de su casa al portal del edificio.

—Hecho, aunque creo que estaba ya con ello. Aprende rápido.

—Menudo es. Intentad que no se corra la voz antes de decidir cuándo pedir la colaboración ciudadana.

Mientras se dirigen al portal, Candela se propone tratar de ser imparcial y no anticiparse, por mala pinta que tenga el asunto. Sabe que la mayoría de los casos de este tipo con personas mayores están relacionados con demencias, despistes o problemas con los familiares, pero su intuición le dice que no es una casualidad y que tal vez el destino de María y de Felicidad estaba escrito de antemano. En ese momento, le viene a la mente la imagen de la casera, algo esquiva cuando se despidieron aquel día, lo que le había resultado extraño. ¿Quizá sabía más de lo que le contó? ¿Podría ser que ambas mujeres fueran cómplices de algo relacionado con el edificio y que se hubiese vuelto en su contra? Su cabeza se dispara en busca de mil posibilidades diferentes, a cuál más rebuscada. Pero no tiene la culpa. No es que sea muy mal pensada, sino que ha visto demasiado. Solo espera que Felicidad no haya corrido la misma suerte que su inquilina.

4

Antes de pasar al salón, donde esperan los hijos y el nieto de Felicidad custodiados por Jesús, Candela se da una pequeña vuelta por el piso acompañada por Sandra, a quien ha pedido, bajo su responsabilidad, que avise de que se trate el asunto como una desaparición forzosa. Ojalá tenga que arrepentirse por haber metido la pata, pero la intuición le dice que está en lo cierto y no tienen tiempo que perder.

—¿Han echado un vistazo?

—Muy por encima. Los hijos dicen que todo está en su sitio y que no falta nada.

Recorren un largo pasillo, de parquet brillante en tonos anaranjados, desde el que asoman las puertas del mismo color, con molduras y pomos en dorado, que dan a las habitaciones.

—Menuda casita.

—Recuerda que es multipropietaria.

Al fondo hay una puerta abierta; Candela entra. La madera de los armarios tiene un tono anaranjado como el del cabecero de la cama y el resto del domicilio. Los muebles son antiguos, con un toque rococó. Cada mesa, estante o rincón está poblado por decenas de figuras de porcelana bañadas en oro. Salta a la vista que es una casa en la que ha entrado mucho dinero. Todo está muy ordenado, demasiado quizá, pero una mujer que lleva a cuestas tanta responsabilidad tiene que serlo a la fuerza. Hay una ventana cubierta por unas cortinas blancas, pero apenas destaca. Junto a ella ve una butaca. Candela se acerca y abre las cortinas con la mano para mirar. Su orientación no le ha fallado y comprueba con éxito que desde ahí se ve la puerta del edificio de alquileres de la matriarca. Parece sacado de otro barrio, pese a estar a escasos metros, en la calle paralela. La acera es mucho más estrecha y el edificio tiene una altura excepcional para la zona, lo que hace que apenas pase la luz y la calle quede en sombra. Aun así, los agentes recorren la vía y hacen guardia en el portal abierto.

—¿Has visto? —pregunta la teniente.

Sandra se acerca.

—Desde aquí se puede controlar bien quién entra y quién sale del bloque —responde la sargento.

—Incluida a ella...

—No empecemos.

Las dos mujeres se miran un instante. El comentario habría pasado desapercibido en una situación normal, pero cualquier descuido hace que salten chispas después del conflicto entre ambas.

—No, tranquila. No quiero asustarte, vamos a hacerlo a tu manera, que lo estás haciendo muy bien —responde Candela con retintín mientras camina de vuelta al pasillo.

Al llegar al salón, se encuentra con un hombre que parece el mayor de todos, moreno, con bigote y buen porte. Viste pantalón de pana y camisa de cuadros, y está sentado en el sofá con las manos en la cara. Es Juan Antonio, el primogénito. También hay otro un poco más joven que tiene una alopecia acentuada y va vestido con un polo gris y un vaquero. Es Ignacio, el hijo mediano de la desaparecida, que está mirando por la ventana y se da la vuelta en cuanto la escucha entrar. Una mujer, con pelo corto teñido de un tono de rubio que roza el blanco y vestida de *sport*, da vueltas por la estancia. Es Noemí, la hija pequeña, que debe de tener unos años menos que Candela. Por último, ve a un chaval de unos dieciséis años sentado en una de las sillas de la mesa del comedor con una sudadera marrón. Es Álvaro, el hijo de Ignacio y nieto de Felicidad.

La decoración es antigua y algo recargada: las dos lámparas de araña de cristal con detalles en dorado conviven con numerosas figuras de porcelana, jarrones de cristal de bohemia, decenas de marcos pequeños con fotos de la familia y tapetes en cada apoyo de los asientos, que parecen amontonarse a su alrededor.

—Buenas tardes. Soy la teniente Candela Rodríguez, jefa del equipo encargado de encontrar a su madre. —Mira con el rabillo del ojo a Sandra para que se dé por enterada—. Ahora mismo estamos buscando en este edificio y en el que es propietaria, así como por la zona y los hospitales por precaución. Confiamos en que aparecerá pronto y todo se quedará en un susto. Entendemos por lo que están pasando, pero lo mejor es no perder la calma. —Candela hace un barrido con la mirada para comprobar si su breve discurso ha causado el efecto deseado y cuenta con la confianza y la colaboración de la familia—. Mientras mis compañeros hacen su trabajo, necesito hacerles unas preguntas. Sé que están nerviosos, pero ayudarán a encontrar a su madre. —Los familiares asienten y se acercan poco a poco al sofá. Ignacio hace un gesto con la mano a su hijo para que se siente a su lado, y este obedece. Candela continúa—: Tengo entendido que no había nadie en la vivienda y que, al llegar, el primero de ustedes se encontró con que la puerta estaba cerrada pero sin llave.

—Sí, fui yo. Me extrañó porque siempre la echamos y pensé que igual acababa de entrar mi padre o alguno de mis tíos, pero vi que no había nadie y me di cuenta de que pasaba algo raro —responde el chaval.

—En esta casa siempre se echa la llave. Es una norma de mi madre —puntualiza Ignacio, el padre de Álvaro.

—La puerta no está forzada, y Felicidad salió a la calle después. ¿Podría haber tenido un descuido o que saliera alguien después que ella?

—Imposible. Yo salí antes que ella, así que fue la última —responde de nuevo el hermano mediano—. Y ya le he dicho que en esta casa siempre cerramos bien, cuando entramos y cuando salimos. Mi madre es muy estricta.

—Hay que decir que es muy precavida porque es una miedosa —añade Juan Antonio.

—Por eso lleva ese tipo de costumbres a rajatabla —se suma Noemí.

—¡Menudas broncas me suelta cuando me olvido de echarla! —dice Álvaro.

Todos parecen estar de acuerdo, pero, en cuestión de segundos, un cruce de miradas y un pequeño silencio aventuran lo que viene siendo un «pero» de libro. Candela aguarda, expectante.

—Pero es que mamá no está muy allá. —«¡Ahí lo tenemos!»—. Llevaba una temporada regulera —interviene el hermano mayor—. Ha dado un bajón...

A Candela le sorprende la manera en la que hablan del estado de la matriarca. No percibió nada extraño cuando habló con ella hará cosa de un mes. Quizá alguna laguna y un ligero tembleque, pero nada raro para la edad y en una situación tan dura.

—Ya quisiera yo estar así —dice Noemí.

La teniente mira a Ignacio. El hijo que vive con Felicidad mantiene la cabeza gacha, pero se arranca a hablar.

—Yo estaba cerca cuando me ha llamado Álvaro, así que he llegado enseguida. La hemos estado llamando y buscando al no tener respuesta. Hemos bajado a preguntar al portero, que nos ha dicho que se había puesto a organizar el cuarto de basuras y no la ha visto ni entrar ni salir. En eso, han llegado mis hermanos y he ido corriendo al edificio de mi madre, porque pensé que tendría que estar allí. Igual se había liado a hablar con alguien o a ayudarle, en su línea. He ido llamando a los inquilinos desde el décimo hacia abajo, porque ella tiene la manía de empezar siempre por arriba, pero a partir del quinto piso no sabían nada y estaban extrañados de que no hubiera aparecido.

—No se preocupen, que estamos rastreando el bloque y hablando con los vecinos por si hubiera alguna información que no les hubieran dicho a ustedes. O por si la hubieran pasado por alto. ¿Felicidad conduce? ¿Tiene vehículo propio?

—Tiene plaza de garaje, pero la usa él —responde el hermano mediano señalando al mayor con gesto irónico.

—Ella no tiene carnet —puntualiza el mayor.

—Siempre va andando a los sitios. Tampoco es que salga mucho del barrio, la verdad —se suma Noemí.

—¿Y siempre cobra los alquileres en persona?

—Sí, el primer domingo de cada mes. Se queja de que tiene que hacer malabares para organizar la comida, que le dé tiempo a cobrar y que todo esté listo cuando lleguemos, pero se niega a cancelar la reunión familiar o pasarla a otro día, por mucho que le digamos. Para ella es sagrada —dice su hija.

—Y tampoco quiere cambiar a otro día el cobro de los pisos, porque dice que entre semana le cuesta más encontrar a la gente y, como es domingo, no hay excusas para que los inquilinos no estén. Así lo hace todo del tirón y «se ahorra viajes y discusiones» —apunta Juan Antonio.

—También le digo que cualquiera le dice a mi madre que le va mal ese día —dice con sorna la más pequeña.

—¿Saben a qué hora ha salido?

—Normalmente, sale más o menos a las once y media. Deja preparado lo que haya de comer y hace la ronda —responde Ignacio—. Llevo un año viviendo aquí y es más o menos la rutina que tiene.

—Una vecina nos ha dicho que se ha cruzado a esa hora con ella —informa Sandra.

—¿No les llamó o les mandó algún mensaje diciéndoles algo que quizá no les llamara la atención pero que pueda darnos una pista de qué ha podido suceder, aunque parezca una tontería? Hagan memoria, por favor. Los nervios nos juegan malas pasadas...

Los familiares de Felicidad piensan por unos segundos, pero enseguida niegan con la cabeza.

—No. Lo tengo clarísimo —responde Noemí seguida del resto.

—¿Podrían decirme cuándo fue la última vez que la vieron y a qué hora han llegado hoy a la comida?

—Yo esta mañana, antes de marcharme a dar un voltio —dice el adolescente.

—¿Por el barrio?

—Sí, me aburría...

—¿Has ido solo o...?

—Sí, solo.

—Y no has visto de nuevo a tu abuela desde que saliste...

—Qué va.

—¿A qué hora has vuelto?

—No sé. A las dos menos veinte o así.

—Gracias. —Candela mira a la hija de Felicidad para que continúe—. Es importante saber si suelen ser puntuales o no, para determinar si su madre sabía que tenía mayor o menor flexibilidad a la hora de volver.

Sandra la mira con complicidad. Lo que de verdad quiere saber es qué estaba haciendo cada uno de ellos y si cabe la posibilidad de que hayan participado en la desaparición de alguna manera. Si no es accidental, la respuesta suele estar en el entorno más cercano.

—Habíamos quedado a la una y media, como cada domingo, pero hemos llegado tarde. Siempre lo hacemos —reconoce Noemí, con la boca pequeña—. Además, cuando tiene que cobrar siempre le pilla un poco el toro con la comida y empezamos más tarde. La conocemos y apuramos lo que podemos.

—¿A qué hora han aparecido?

—Yo llegué a las dos y poco. Vine corriendo porque me llamó Ignacio para decirme que no localizaban a mamá. Me asusté, la verdad. Mi hermano aún no estaba aquí —dice, mirando al mayor.

—¿Y cuándo fue la última vez que la vio?

—Creo que el martes o el miércoles; pasé cerca y subí a darle un beso —dice Noemí.

—Yo he llegado después. Un poco más tarde, sobre y diez o así —aclara Juan Antonio en tono serio—. Mi mujer y yo hemos discutido porque está indispuesta y no quería venir. —Los hermanos se miran entre ellos—. Y al final la hemos tenido. Yo la vi por última vez el viernes, creo, que la acompañé a hacer unos recados.

—Como le he dicho, yo vivo aquí —se adelanta Ignacio antes de que le den el turno—. He pasado la mañana en casa y, a eso de las once y veinte o así, he ido a por el pan y a dar un paseo. Lo hago porque, si me quedo, mi madre se pone muy pesada y me toca estar pendiente de la comida y de mil recados de última hora. Al salir le he dicho adiós y esa ha sido la última vez que la he visto. Ahora, respóndame a mí: si usted es la jefa, ¿quién coño se encarga de dirigir la búsqueda de mi madre mientras pierde el tiempo con nosotros?

Sandra y el resto de los familiares le piden que se calme. Sin embargo, Candela no se inmuta. Podría amenazarle con terminar la operación de inmediato. Solo haría falta una llamada a Prieto y decirle que lo más seguro es que se hubiese perdido. Tendría que omitir todos los indicios que apuntan a que, efectivamente, no se trata de una desaparición voluntaria o de un accidente. Es posible que se equivoque, pero cuando hay dinero de por medio la estadística no suele fallar. Ahora, no piensa hacerlo. Está acostumbrada a ese tipo de situaciones y no puede culpar a los familiares por estar nerviosos y perder las formas. Pero eso no significa que se vaya a poner a explicarles que lo que hacen no es perder el tiempo, puesto que la respuesta puede tenerla uno de ellos. Para la teniente, lo único importante en ese momento es que ninguno tiene una coartada firme y, por tanto, todos y cada uno de ellos son sospechosos.

De pronto, escuchan un golpe fuerte y empiezan a oírse unos ruidos similares a los que haría alguien que arañase algo de manera continuada, como si quisiera salir de algún lugar. Todos se sobresaltan. Candela no lo duda y atraviesa el pasillo a toda prisa hacia el cuarto del que provienen los ruidos, mientras que Sandra y Jesús permanecen con la familia, en guardia por si hay alguna sorpresa, la situación se vuelve hostil de repente y tienen que actuar con rapidez. Conforme la teniente se acerca a uno de los cuartos del fondo, el sonido de los arañazos se hace más presente, al igual que un olor muy fuerte, parecido al de la lejía. Candela se prepara para cualquier sorpresa, aun sabiendo que ya han inspeccionado la vivienda. Desenfunda el arma y entra al ritmo de los frenéticos latidos de su corazón.

5

Justo antes de descubrir quién araña y da golpes al otro lado del pasillo de la casa de Felicidad, Candela tiene un debate interno fugaz pero intenso: desea encontrar a la mujer, pero espera que sea en buenas condiciones, no de esa manera. No le gustaría que hubiese sido víctima de sus hijos, pese a que es consciente de que, en gran parte, los maltratos que sufre la tercera edad son causados por familiares. No sabe si es fruto de los nervios, pero le asalta la imagen de María de pronto: la anciana muerta, con las extremidades rotas, la piel azulada y el rostro inerte. Aprieta el estómago para bloquear cualquier signo de flaqueza y continúa avanzando, preparada para encontrarse a Felicidad de la misma forma.

La puerta está cerrada. La abre de golpe, sin titubear. Es una habitación con muebles de madera y paredes de gotelé pintadas de azul. Hay una mochila y ropa de adolescente tirada por todos lados. Vuelve a oír el ruido y dirige la mirada al suelo: debajo de la ventana hay una jaula de dos pisos en la que un conejo gris araña el fondo con insistencia. No obstante, en cuanto la ve se queda quieto para después dar unas patadas, que retumban de manera sorprendente para el tamaño del animal.

—Lo hace para protegerse, porque siente que está en peligro —aclara Sandra, que aparece detrás de ella—. De pequeña tenía uno que también lo hacía cuando nos quería echar la bronca. Tenía muy mal carácter… Era mayor. Cosas de la edad, ya sabes —le dice intentando volver al origen de su relación.

—Razones tendría. Vamos, que hay mucho que hacer —dice Candela mientras sale, aún con el nervio en el cuerpo.

Barbie la ve salir con una sonrisa, contenta de que empiece a aflojar.

—Es el maldito conejo. Por mucho que sepamos que está, siempre nos da unos sustos de infarto —dice Juan Antonio cuando aparecen de nuevo en el salón.

—Es de Álvaro, se lo regalé unas Navidades hace ya unos años, cinco o seis. Cuando me separé de mi mujer, se negó a que se quedara en casa, ya se imaginará por qué, y me lo traje a vivir conmigo —explica Ignacio.

—Se lo encasquetaste a mamá, básicamente —interviene Noemí.

—No se lo encasqueté, ella se ofreció…

—¿Y qué te iba a decir, que lo soltaras en la calle? Mamá se muere de pena y, aunque le da un asco horrible limpiarle los pises y recoger las doscientas bolitas de caca, hace el esfuerzo. Pero es algo que no debería hacer… —responde la única hermana.

—¿Me quieres decir algo, eh?

Noemí hace una pausa. Los tres agentes asisten al cruce de dardos. Resulta evidente que, en el fondo, no discuten por el conejo y que entre los hijos de Felicidad hay mucho más que meros reproches.

—Tengo entendido que su madre es la propietaria del edificio entero. ¿Es una herencia o lo compró ella? ¿Hermanos, primos, algún conflicto relacionado con el tema?

—Sí, es una herencia. Pero no hay conflictos. Solo tenemos a la prima Mayte. En realidad, es prima de mi madre —aclara el hermano mayor—. Está soltera, no tiene más familia y, como tienen la misma edad, siempre han estado muy unidas.

—¿Lo sabe?

—Sí, claro. Vive en las afueras, pero hemos llamado, por si acaso estaban juntas. Aunque sería raro porque se ven como mucho una o dos veces al mes. Mi madre nunca iría en domingo, vendría Mayte, pero lo hace cada siglo y lo sabríamos, nos habrían avisado. La tía nos ha dicho que no ha hablado con ella en todo el día —interviene Ignacio.

—¿Su madre tiene caja fuerte en casa? —pregunta Candela para reconducir la situación.

—Que yo sepa no —responde Noemí; el resto de los hermanos niegan con la cabeza—. Si tiene dinero, estará guardado estratégicamente.

Candela lanza una mirada a Jesús, que los había estado custodiando, y este sale de inmediato para volver a echar un vistazo.

—Siempre le digo que un día se le va a olvidar dónde lo tiene. Es lo que me pasaría a mí. Lo esconde tanto que es un imposible —dice el mediano.

—¿Sabrían decirnos qué joyas llevaba?

—Una cadenita —comienza a decir Noemí, pensativa—, el anillo de casada y seguro uno que…

Candela la interrumpe.

—Piénsenlo y se lo detallan todo a mi compañero cuando vuelva, por favor. Si tuvieran alguna fotografía de esas joyas o algún dato, como alguna inscripción o grabado, ayudaría mucho. Me gustaría comprobar que nadie las haya llevado a alguna casa de empeños de la zona. Ya termino y les dejo descansar…

—No vamos a descansar hasta que aparezca —dice el mayor.

—Por supuesto, ninguno lo haremos. Unas preguntas más: ¿su madre era confiada, abriría a algún desconocido, dejaría que la ayudaran a subir la compra o algo así?

—¡No! —responden a la vez—. Y menos después de la mujer que mataron en su portal. Mi madre vive muerta de miedo —dice Ignacio.

—No recibe ningún paquete en casa entonces, entiendo...

Todos miran a Ignacio porque es el que vive con ella.

—Ella no compra por internet. No sabe y se niega a aprender, pero yo sí. Me suelen llegar, sí...

—Y, si no está usted, abre ella.

—A regañadientes, pero sí.

—¿Esperaba alguna entrega para hoy?

—No, que recuerde. No.

—Eso quería saber. Gracias.

—¿Asistenta con llaves de la casa? —pregunta Sandra.

—Viene una mujer desde que María empezó a estar regular, pero no tiene llaves. Ya le digo que mi madre es muy desconfiada. Además esa mujer está de baja. Se rompió el tobillo al apearse del autobús, o eso dice —sigue Ignacio.

—Me voy a callar, porque... —interviene Juan Antonio.

—¿Porque qué? —pregunta su hermano pequeño.

—¿Cómo que «porque qué»? ¿Tú de qué vas?

—¿De qué vas tú? ¿Qué ibas a decir? —se suma Noemí.

—¿Me lo he inventado, acaso? ¿He sido yo quien se lo ha roto? ¿Eh? —se queja Ignacio.

—No me refería a ti, tranquilooo... Hablaba del morro que tiene la tía, que cada dos días pone la excusa de que le pasa algo para no venir... ¡No lo digo yo! ¡Es lo que mamá dice siempre!

Candela los escucha y recuerda la conversación que tuvo con Felicidad al morir su inquilina, cómo hablaba de que su familia la necesitaba, de la dependencia que su hijo tenía de ella y de la hostilidad que se profesan. «Si yo no estuviera, él y sus hermanos se matarían entre ellos».

—¿Creen que podría haber ocurrido algo que le hiciera volver precipitadamente para continuar después con los cobros? —Todos se quedan pensando, pero acaban por negar con la cabeza—. ¿Podría haberlo hecho para supervisar algo que estuviera cocinando o similar?

—Me habría llamado para que lo hiciera yo —responde Ignacio, que siente cómo le atraviesa la mirada de las dos agentes. Sigue hablando—: No estaba en casa, pero habría tenido que acercarme.

—Había alubias y solomillo. Las alubias estaban hechas y solo hacía falta calentarlas. La carne ya era cosa de prepararla en el momento —ayuda Noemí.

—Acaba de decir que no compraba por internet, pero ¿su madre tiene alguna red social?

—Facebook, pero tampoco le daba mucho uso. La pobre no se entera de nada —responde de nuevo la hija.

—No entiende nada, pero me pidió que la ayudara porque su prima la convenció después de un viaje del Imserso. Creé el perfil y le subí unas cuantas fotos. Creo que no ha puesto más desde el año pasado, que fue la última vez que viajó con ellos —añade Juan Antonio.

—¿Se conecta desde su teléfono?

—No, desde una *tablet*.

—¿Les importa si le echamos un vistazo?

Noemí se levanta, coge el dispositivo electrónico, que está sobre el tapete de una de las mesas auxiliares de madera que hay junto a la butaca, y se lo da.

—Aquí está.

Candela hace un gesto a Jesús, que ya ha vuelto, para que la agarre. Él ya sabe qué implica que estudien su contenido.

—Lo último. —La teniente hace una pequeña pausa hasta que capta toda la atención de la familia—. ¿Su madre tiene algún enemigo, alguien que pudiera querer hacerle daño?

Los tres hermanos se miran. Candela sabe que ha dado en el clavo.

6

Sin más dilación, Juan Antonio empieza a hablar con gran contundencia ante la atenta mirada de Candela, Sandra y Jesús.

—Hay un inquilino con el que ha tenido enfrentamientos…

—La lleva por la calle de la amargura. Una mosca cojonera, vamos —interrumpe Ignacio.

—¿En qué planta vive? —pregunta la teniente.

—En la novena —responde.

Candela se da cuenta de que es el piso de abajo de la vivienda de María, la anciana que se precipitó al patio interior del edificio, y recuerda las palabras de Felicidad cuando hablaban sobre la inquilina en el rellano de la planta en la que vivía: «No me gusta hablar en el descansillo, nunca sabes quién puede estar escuchando… Aquí hay mucha gente buena, pero alguno se las trae, y no quiero problemas». ¿Se estaba refiriendo a él?

—Es un hombre de unos cincuenta años —continúa el mayor—. Fernando, se llama. Lleva poco más de un año en el edificio. Por lo visto empezó fuerte, con exigencias y chorradas varias. Pero lo mejor fue cuando, meses después, mi madre se dio cuenta de que le estaban llegando todos los gastos de suministros a ella porque no había domiciliado nada.

—Es la leche. El que más pide menos da... No sé en qué habrá quedado la cosa, porque mi madre tampoco nos cuenta mucho. Dice que bastante tenemos con nuestros problemas y no quiere aburrirnos... —señala Ignacio.

—Es pesada, pero bastante mártir —añade Noemí, con una sonrisa amarga.

—Además, creo que el tipo le quiere comprar el piso y ella no está por la labor. Es raro, muy grande y rudo, con un pronto violento —dice Juan Antonio—. He intentado hablar con él alguna vez y tela. Ahora, ya le digo que a nuestra madre no la torea.

Según pronuncia la última frase, su expresión cambia, como la del resto. Porque se han dado cuenta de que esta vez sí podría haberlo hecho.

7

La teniente y la sargento salen del portal del edificio donde vive Felicidad y caminan a paso rápido, mientras esquivan el jaleo de compañeros y vecinos que peinan las calles que rodean la vivienda de la desaparecida.

—Quiero que estés muy pendiente de cada movimiento que hagan los familiares —le dice Candela a Sandra, que la mira decepcionada—. Acompáñame un poco y luego te vuelves.

Mientras se dirigen al edificio de alquileres, aprovechan para poner en común la información que tienen.

—A ver qué nos cuenta el vecinito —continúa la teniente—. Lo de las peleas entre inquilinos es bastante común, como la tipa esa que se cargó a la presidenta de su comunidad hace poco por una disputa. Quizá no sea por un conflicto, sino algo más sencillo: móvil económico. Puede que haya sido alguien que supiera que hace los cobros el primer domingo de cada mes y solo ha tenido que esperarla.

—¿A mitad de recorrido? Eso es la mitad de dinero.

Candela sonríe porque esperaba esa respuesta. Dice:

—Tal vez sucedió algo que le hizo intervenir antes de lo que tenía previsto o supo que pensaríamos esto mismo.

—A lo mejor hay una razón importante que la hiciese volver, como decías. Alguien que le indicó que iría a verla o que le llevaba algo... o la engañaron y le hicieron el truco del telefonillo. Hemos tenido muchas denuncias de ese tipo en los últimos meses: llaman al telefonillo o al timbre, una mujer educada y bien vestida. Muchas veces sube en el ascensor con la víctima, se queda con el piso en el que vive y después llama.

—Lo conozco —remarca Candela—. Aunque digan que es desconfiada, si ve a una mujer bien arreglada que le dice que va a dejar un paquete a una vecina que no está... Podría haberle abierto la puerta e incluso dejarla pasar al baño si se lo pide, momento que podría haber aprovechado para noquearla.

—¡Qué asco de gente!

—Las adicciones, que son muy malas. Lo normal es que sea para drogas o ludopatías...

—A ver si conseguimos imágenes de alguna cámara de la zona que nos despeje un poco el camino —dice la sargento.

—Cuando vuelvas, le dices a Jesús que se cercioren de que de verdad no hubo ninguna entrega en su domicilio, que no tuviera que abrir por algo así. Y quiero que les preguntes si recuerdan algún conflicto más con alguien en el edificio de alquileres. Tenemos que centrarnos en eso y en la familia, principalmente en sus hijos: ¿quién podría tener interés en que desaparezca? ¿Quién podría ganar algo si no regresara?

—La herencia desde luego que no, al menos a corto plazo —responde Sandra.

—Sin cuerpo no hay premio —añade Candela.

—Hay muchas opciones en caso de que no aparezca. Espera, porque creo que si la persona es mayor...

—Si la persona desaparecida tiene setenta y cinco años, no llega. Y es a los cinco años sin noticias. El estándar es diez años sin rastro o noticias. O uno cuando se ha producido en una situación de alto riesgo de muerte. Creo que en ciertos casos, tipo naufragios y accidentes aéreos o así, se reduce a tres meses —dice la teniente.

—Un mes si ha habido accidente o naufragio y se encuentran restos que no sean identificables.

Las dos se miran por un instante. Pese a sus desavenencias, hacen un buen equipo.

—Aunque no haya herencia oficial, seguro que sacarán beneficio y probablemente harán uso del dinero en efectivo y de sus bienes... —sigue diciendo Candela.

—Creo que, legalmente, no lo podrían hacer...

—Es otro trámite. Declaración de ausencia para poder gestionar todo y hacer uso de liquidez. Para eso habrá que esperar. Ojalá pudiéramos saber ya lo que van a tardar en pedirlo. En cualquier caso, ya de primeras el hijo mediano disfrutaría del piso y de la independencia que tanto debe añorar, por ejemplo. Apuesto a que el resto debe de estar a la par. Ya has visto que no hemos tenido que rascar mucho para que sacaran las uñas entre ellos.

—Conflictos e intereses, un clásico. Pasa hasta en las mejores familias —termina diciendo Sandra, con su habitual sonrisa.

8

Los tres hijos de Felicidad se quedan solos en el salón de la casa de su madre cuando las dos guardias civiles salen hacia el edificio de alquileres, donde presuntamente podría haber desaparecido Felicidad. Juan Antonio no para de dar vueltas mientras sus hermanos se quedan sentados; Noemí en una de las sillas del comedor e Ignacio en el sofá. Se masca la tensión en el ambiente. Ninguno dice nada, pero se dedican miradas furtivas. Hasta que, por fin, el mayor de todos se arranca a hablar y vuelven a empezar los reproches.

—Te pido que, la próxima vez, no grites a quien dirige la búsqueda de mamá —dice Juan Antonio a su hermano.

—¿Ah, sí? ¿Y por qué, si puede saberse? —pregunta su hermano.

—Pues, entre otras cosas, porque nos hace parecer culpables —interviene Noemí.

—¿Y qué pasa?, ¿que lo eres? —sigue Ignacio.

Los dos hermanos la miran expectantes.

—¿Tú eres idiota o qué? No, no lo soy —se defiende ella—. No estarás echando balones fuera, ¿no? Aquí tú eres el que está más harto de mamá, que no nos chupamos el dedo.

—Es importante para que nos ayuden a encontrarla. A ver si van a pasar de nosotros por ir de listos —insiste el mayor—. Con malas formas no vamos a poder exigir nada.

—Por cierto, ¿dónde está Ariela? —pregunta Ignacio al hermano mayor.

—¿Por qué? —se defiende él.

—Qué casualidad que justo hoy no venga a comer...

—Se encuentra mal. Le duele la cabeza.

—Ajá.

—¿Qué pasa?, ¿que no te lo crees o qué? ¿Por qué lo preguntas?

—Por nada. Pensando en gente que quisiera quitarse de en medio a mamá me ha venido ella a la cabeza.

—¡Tú eres imbécil! —exclama Juan Antonio mientras se lanza a por su hermano. Noemí le intercepta antes de llegar a las manos.

En ese momento, Álvaro aparece caminando por el pasillo. Su padre se separa al verle.

—¿Dónde estabas? —le pregunta su tía.

—En el baño. ¿Por?

—Por lo que tú ya sabes...

—¿El qué? —pregunta su padre.

—El otro día le pillé en la habitación de mamá —explica ella.

—¿Haciendo qué? —vuelve a preguntar.

—No estaba en la habitación de la abuela, ya os lo he dicho.

—¿Qué hacía cuando lo pillaste? —pregunta Ignacio, directamente a su hermana.

—No me lo dijo.

—No estaba haciendo nada. Miraba por la ventana. Ya está.

—¿Te crees que somos idiotas? —interviene Juan Antonio.

—No. Estaba. Haciendo. Nada —remarca el chaval, tajante.

—Pues no quiero que vuelvas a entrar ahí, ¿me oyes? —exclama su padre.

—¡Que estaba cagando! ¿Tengo que pedir permiso para cagar o qué?

Álvaro sale escopetado.

—¡¿Adónde vas?!

—Me bajo, que aquí no hacemos nada.

—Cuidadito con lo que dices a los vecinos, que aquí todo corre como la pólvora —le avisa su progenitor.

—¡Espera, que bajo contigo! —exclama Noemí antes de oír el portazo.

—Yo también. Aquí no hacemos nada —dice Juan Antonio mientras lanza una mirada desafiante a su hermano.

Ignacio se queda solo en el salón y se dirige por el pasillo hacia la habitación de su madre. A primera vista parece que todo está en orden. Corre la cortina y se asoma para mirar hacia el edificio de alquileres, a tiempo para ver cómo las dos guardias civiles llegan al portal. Se aparta y vuelve a echar la cortina. No quiere que le descubran observando si les da por mirar. Después, sale de la casa para unirse a la búsqueda en la calle.

9

La conversación entre las dos agentes termina antes de que lleguen al portal del edificio de Felicidad, situado en la calle paralela a su vivienda. Sandra vuelve con los familiares de la desaparecida para desempeñar las tareas que le ha encargado su jefa: estar atenta a cualquier gesto extraño hasta que se confirmen sus coartadas y que lo que han contado es cierto.

Candela llega al edificio en el que encontraron muerta a María, la vecina que se precipitó desde el décimo piso. No había vuelto desde entonces. La negativa a seguir con el caso fue tajante y, después del primer disgusto, quiso pensar que era una señal para que dejara reposar los sentimientos en forma de miedos provocados por la soledad de la anciana, los que le hacían enfrentarse a la idea de que quizá ella también acabaría así.

El agente que custodia el portal saluda a la teniente cuando la ve llegar. Ella le devuelve el saludo con la cabeza y entra. Tiene la sensación térmica de que la temperatura baja varios grados con solo poner un pie en el pequeño *hall*, que cruza rápido hasta alcanzar el estrecho pasillo que da al patio. La luz natural se proyecta por el camino, pero el breve trayecto resulta oscuro a pesar de todo. Por un momento, siente que está dentro de un túnel del tiempo en el que tuviera que sortear una lluvia de imágenes que la asaltan en cuestión de segundos: el cuerpo despatarrado de la anciana, la cara aplastada, la herida en la mejilla, toda la sangre, los dientes... Vuelve a la realidad cuando llega al pequeño habitáculo. Mira hacia arriba y encuentra el dato que buscaba: la luz del noveno piso está encendida.

Da media vuelta para dirigirse hacia el ascensor y, cuando está a punto de pulsar el botón para que se abra la puerta, oye una voz a su espalda que le hace dar un brinco. Se gira y, aún con el corazón en un puño, ve que se trata de un hombre mayor en la primera planta, asomado al borde de las escaleras. Es Ramón, el que tenía problemas económicos y del que le habían hablado, el mismo que vieron Sandra y ella cuando visitaron el edificio por primera vez, el que estaban seguras de que ocultaba algo cuando le sorprendieron. Le ha reconocido por su peso desproporcionado, el pelo blanco peinado hacia atrás y las enormes gafas de pasta.

—Es de la Guardia Civil, ¿verdad? —Candela asiente—. Ya sé qué van a preguntarme. Me lo ha dicho Santiago, el del tercero, pero quería decirles que yo la oí, a Felicidad. No ha llegado a venir a casa, pero un poco antes de la hora la escuché hablar fuerte con alguien...

—Discutir —corrige una mujer un poco más joven que él, que aparece a su lado. La acompañan otra pareja de vecinos de la misma edad, un hombre y una mujer que llevan puesto un chándal que parece un pijama.

—Sí, discutía con alguien. Era un hombre.

—¿Sabe quién puede ser? —El señor niega con la cabeza—. ¿Y dónde los oyó?, ¿en qué planta? ¿Sabría decirme?

—No estoy seguro. Estaba entrando en casa y se oía por el eco de las escaleras. Aquí retumba todo, ¿sabe? No se puede decir nada.

—Yo también lo oí —añade la mujer más joven—. Pero no sabría decirle si estaba con alguien o si era por el altavoz del móvil. Felicidad tiene la costumbre de hablar a voces con el altavoz puesto. —Candela sonríe para sus adentros. Ella ha cogido la misma costumbre para hacer más cosas mientras habla—. Es muy discreta, pero creo que no es consciente de lo que grita.

—¿No se imaginan con quién podía ser? ¿Saben si tenía conflictos con algún vecino? —Prefiere evitar mencionar directamente al del noveno antes de tiempo, para no dirigir las respuestas, en cualquier caso.

El hombre de las gafas lanza una mirada fugaz a los pisos de arriba, pero corrige de inmediato el gesto que lo delata, consciente de que lo han sorprendido.

—Aquí hay mucha cosa rara, hija. Y Feli es muy combativa —dice la otra mujer.

Candela espera a que amplíen la información, pero ninguno de los cuatro dice nada más. Está segura de que ocultan algo. Ella intenta discernir qué pasa por sus cabezas estudiando sus miradas, pero se mantienen firmes a excepción de la señora que ha hablado en último lugar. El miedo ha aflorado en ella. Consciente de lo que acaba de ocurrir, la otra mujer la mira como llamándola al orden.

—Gracias por su colaboración —dice Candela, antes de entrar en el ascensor.

Sube hasta el noveno y todo está oscuro cuando se abren las puertas. Busca a toda prisa el piloto rojo del interruptor de la luz y se lanza hacia él para encenderla cuanto antes. Después, se gira hacia la puerta a sabiendas de que, sin darse cuenta, tal vez acabe de avisar de su presencia y el hombre la esté mirando en ese mismo momento. Aun así, se dirige firme hacia allí y toca el timbre, atenta a cualquier movimiento dentro de la casa. Espera unos segundos, pero nadie abre. Vuelve a llamar. No se va a rendir; aunque la ignore, sabe que hay alguien dentro. Ha visto la luz encendida y, además, le ha parecido oír el ruido de algún mueble siendo arrastrado. Obtiene una respuesta al quinto intento.

—¿Sí? —dice una voz ronca y desganada.

—Buenas tardes, Fernando. Soy la teniente Candela Rodríguez y querría hacerle unas preguntas sobre su casera y propietaria del edificio, Felicidad López. —Él se mantiene en silencio—. No sé si sabe que ha desaparecido. La estamos buscando y su familia está muy preocupada. Por favor, solo será un momento. —Espera unos segundos más y vuelve al ataque—. Sabemos que ha tenido algún problema con ella, y es importante que nos atienda ahora si no quiere que regrese con una orden para…

La puerta se abre antes de que termine la frase; apenas una rendija, lo justo para que únicamente asome uno de los ojos del hombre, pero suficiente para que Candela sienta escalofríos.

10

La teniente esperaba que el vecino del noveno terminara abriendo la puerta lo suficiente como para mirarse a la cara mientras hablan, pero el hombre se esfuerza en mantener la apertura mínima. Su mirada, que asoma afilada, y la respiración entrecortada hacen que el momento resulte de lo más inquietante. Sobre todo, cuando la luz del rellano se apaga. Candela vuelve a encenderla disimulando su inquietud. Fernando también actúa de manera extraña. Disimula, pero ella aún no es capaz de descifrar el motivo. Se debate entre si estará tratando de que no le llegue el intenso olor a marihuana o si se trata de algo peor.

—No tengo ningún problema con Felicidad. Nos llevamos bien.

—No lo niego, pero tengo entendido que sí los hubo en el pasado. A los pocos meses de mudarse. —Él actúa como si no supiera de qué le habla—. Algo relacionado con las domiciliaciones de los gastos del piso…

—¡Ah, joder! Pero de eso hace ya mucho tiempo y se solucionó… No fue más que un malentendido.

—Pues no es lo que cuenta la familia de Felicidad.

—A mí lo que diga su familia me da igual. Ellos no saben lo que hemos hablado su madre y yo. Que son muy listos sus hijos. ¿Qué pasa?, ¿que se la han quitado de encima y me quieren endosar a mí el muerto, no? Ya me conozco esa cantinela. Todo el día por aquí, olisqueando como buitres en busca de carroña…

—¿Se refiere a sus dos hijos?

—No sé cuántos tiene. Juan Antonio y el otro, el calvo, que no sé cómo se llama. No se fíe de ellos.

Candela intenta no desviarse de la labor que la ocupa en ese momento para tratar de esclarecer si el hombre que tiene delante pudiera tener algo que ver con la desaparición.

—Lo tendré en cuenta. Gracias. —Entonces decide cambiar de táctica y marcarse un farol—. Aunque no han sido sus hijos, sino varios vecinos los que me han dicho que les han oído discutir hace poco.

—¡¿Quiénes?! Putos vejestorios, todo el día inventando. Como no tienen nada que hacer… ¡Me cago en…! ¿Quién ha sido?

El hombre ha abierto más la puerta a causa de la explosión de ira, y Candela lo observa mejor. Le saca casi una cabeza, tiene el pelo largo y algo encrespado y viste con una camiseta de tirantes que deja ver un cuerpo algo flácido pero todavía fuerte para su edad. Vuelve a resguardarse tras la puerta enseguida, aunque menos que antes.

—Por favor, le pido que se calme. Le estoy dando la oportunidad de explicarse. Aprovéchela.

—Es que me hace mucha gracia, ¿sabe? Como no le bailo el agua a nadie, pues hablan mal —se explica el hombre—. Esto es una corrala llena de cotillas. No sabe el coñazo que han dado con la muerte de la vieja de arriba, todo el día hablando del tema a voces. No oyen, gritan y aquí se escucha todo. ¡En toda la casa! Y de lo de abajo sí que no dicen nada.

—¿A qué se refiere?

—¿No lo han visto? Pues igual hoy se han cortado. A los trapicheos. Por eso discutía con Felicidad. Debo de ser el único que se queja de que venga tanta morralla, pero ella no hace nada. La tienen acojonada.

—¿Quién? ¿El vecino del bajo?

Se queda en silencio.

—Puede que la casera haya decidido plantarle cara hoy. —Candela lo mira con atención—. Solo le digo que se ha equivocado de piso. No pierda el tiempo conmigo.

11

Cuando el misterioso hombre cierra la puerta, una ráfaga con olor a marihuana golpea la cara de Candela, que ya se había percatado del aroma desde que abrió.

Es evidente que Fernando esconde algo y que podría tratarse de una mera estrategia, pero había conseguido escurrir el bulto sibilinamente y poner el foco en otro lugar. No puede confiar en el testimonio de un personaje así, pero no le parece descabellado que apuntara hacia Andrés, el vecino del bajo, y las posibles disputas con Felicidad por una actividad ilegal que estuviera llevando a cabo.

La teniente aún está en el descansillo del noveno piso y, unos segundos después, vuelve a oír un ruido similar al de un mueble pesado cuando lo arrastran. Tiene que controlarse para no desenfundar el arma e intervenir, consciente de que no puede entrar a la fuerza en un domicilio solo porque el inquilino no le haya gustado un pelo y se haya puesto a mover muebles. Adolfo y compañía presionarían al capitán Prieto para que la apartara de todos los casos delicados, que son los que a ella, en el fondo, le dan la vida.

Se pone en marcha de nuevo y da unos pasos hacia las escaleras, mientras se pregunta si el movimiento dentro del piso de Fernando será casualidad o si está siendo previsor porque oculta algo.

Baja andando mientras le da vueltas a lo que ha dicho el vecino acerca de los dos hijos de la desaparecida. Esta vez, se asegura de encender todas las luces y fijarse en los detalles de cada planta en la que viven los vecinos que Fernando acaba de calificar de buitres. «En los familiares cercanos suele estar la respuesta», no debe olvidarlo. Pero el vecino del bajo ha vuelto a cobrar protagonismo. Quizá nunca debiera haberlo perdido, aunque por el perfil de ambos inquilinos no le extrañaría que Fernando y Andrés se conocieran. De hecho, puede que incluso trabajen juntos y estén jugando al despiste para ganar tiempo y reorganizar lo que quiera a lo que se dediquen. Candela apuesta a que tiene que ser algo relacionado con el tráfico de estupefacientes. Quizá se hagan la competencia y haya aprovechado para intentar quitárselo de encima. Pero ¿y si alguno de ellos es la persona que grabó a María muerta en el patio interior? Podría haberlo hecho con intenciones turbias, como había sugerido Mateo, y haberse ocupado ahora de Felicidad. Tal vez lo hicieron ambos y trabajan en equipo. De ser así, se habrían quitado ya de encima a María y a la matriarca. ¿Quién sería la siguiente?

Cuanto más tiempo pasa en ese edificio, más estrecho y oscuro le parece. Le da la impresión de que puede empezar a encogerse hasta aplastarla dentro en cualquier momento. Tiene que volver a salir a la calle y pensar con claridad.

No puede esperar. Saca el teléfono para llamar a Mateo. Habla muy bajo, consciente de que cualquiera puede escucharla.

—¡Qué sorpresa! —le dice este al cogerlo.

—Necesito tu ayuda…

—Uy, qué misteriosa. ¿No estarás metida en un lío de los tuyos?

—No. ¿Recuerdas que te dije que no hicieras nada con el vídeo que encontraste? El del cadáver de la anciana en el patio del edificio. Quiero que busques la IP. Ha desaparecido una mujer de características parecidas a la del vídeo en el mismo edificio, y me gustaría descartar que se trate de un caso similar. Tengo dos sujetos que no me gustan un pelo…

—Y quieres atajar por la vía rápida…

—Si pudiera ser, claro —recula, consciente de que ya no trabaja para ella y las órdenes sobran.

—Me pillas a punto de ver la versión del director de una peli muy gore de los setenta que me encanta, pero todo sea por acabar con otro bicharraco despiadado. Ufff, ¿te imaginas que encuentro otro vídeo con el mismo patrón: un psicópata que vaya a por pobres abuelitas? El tipo de persona que hace algo así necesita imponerse, sentir que tiene el control. Y los abuelos son como niños: se vuelven vulnerables y dependientes…, necesitan amor y… ¡zasca!

—Lo he captado, gracias. Te dejo, hazme el favor, anda. Te lo agradecería…

—A sus órdenes. Si me lo pides así… Mándame un mensaje con la dirección y todo lo que tengas sobre la abuela desaparecida y los tipos esos. No te prometo nada, pero… conseguiré lo que me pides —se despide, vacilante.

Candela sonríe. Siempre puede contar con él. Aminora el paso para enviar el mensaje a Jesús y que le confirme que los datos que va a pasar a su antiguo subordinado son los correctos.

Mientras desciende el último tramo de escaleras que da a la planta baja, aparece Toni por la puerta del ascensor que tiene enfrente. El más novato, aunque lidera el rastreo del edificio.

—Te estaba buscando —le dice nada más verla. Sus rasgos son completamente asiáticos, pero no tiene acento y se expresa con un deje madrileño que resulta muy cómico—. Hemos comprobado todos los accesos posibles, el cuarto de contadores, el de la máquina del ascensor y la azotea del edificio, pero por ahí sería imposible entrar. Cada rincón. La mayoría de los vecinos está colaborando, solo nos faltan…

—No me lo digas: el del noveno y el del bajo.

El novato la mira, alucinado.

—Y la del segundo —añade él—. Pero el del tercero nos ha dicho que no responde porque no está. Y cree que el del bajo tampoco. Hay luz, pero tiene las cortinas echadas y no vemos movimiento.

—No te preocupes, que de esos dos me encargo yo. Aunque estad atentos a los demás, que no me fío un pelo. En este edificio hay gato encerrado.

—Tampoco hemos podido acceder al otro bajo. Nos han dicho que no vive nadie porque lo usan Felicidad y su familia.

—Lo tienen de trastero, por lo que nos han contado.

Candela, que se da cuenta de la importancia que tiene conforme lo verbaliza, ha avanzado mientras hablaban y se gira para mirar hacia el pasillo oscuro con el patio de fondo.

—Hemos visto algún tipejo a punto de entrar en el edificio y se ha dado la vuelta al vernos. Los vecinos confirman que hay mucha gentuza que se cuela. No me extrañaría nada que supieran que llevaba dinero y la hayan asaltado. Alguien con problemas con las drogas o similar...

Candela le mira con gesto interrogante. Podría haber sido el caso, pero tendría que tratarse de alguien que tuviera un lugar donde esconderla o que supiera cómo sacarla sin que nadie la viera. No pierde el tiempo en ponerlo en común con él, no se le vaya a subir a la chepa. Además, no hay tiempo para teorías. Necesitan pruebas que lo confirmen.

—Me acerco al domicilio para pedir las llaves a los familiares y te las traigo —dice Toni, eficaz.

—No. Aviso a la sargento para que nos las traigan. Quiero entrar yo y que tú estés pendiente de cualquier movimiento sospechoso en el patio y en el noveno. Aquí hay algo turbio, y como que me llamo Candela que les voy a cerrar el chiringuito.

Candela sale a la calle para llamar a Sandra, pero oye unos pasos a su espalda, alguien que camina sigilosamente pegado a ella. Se gira de golpe y se encuentra a una mujer parada delante, muy seria. Es una de las vecinas de antes, la del chándal que parecía contenerse cuando le hablaba. Esta se acerca un paso más y, después de asegurarse de que no hay ningún conocido cerca, le susurra:

—Feli no estaba discutiendo por teléfono. No fue una llamada. Yo estaba en casa, a punto de salir, y oí unas voces. Tampoco es que fuesen muy escandalosas, pero aquí se oye todo, y salí para ver qué pasaba. No soy una cotilla, es por si alguien necesitaba ayuda. Las voces venían de arriba y reconocí la suya de inmediato. Estaba con un hombre y le pedía con desesperación que la dejara sola.

—¿Lo vio?

La mujer pone cara de circunstancias y niega con la cabeza.

—Me asomé al rellano y lo vi un segundo, pero estaba de espaldas… Solo sé que llevaba puesta una sudadera marrón. No la volví a oír y pensé que la había obedecido. ¿Cree que ha podido hacerle algo? No me lo perdonaría…

Candela ha dejado de atender y tiene los ojos como platos. Cuando ha conocido a Álvaro, el nieto de Felicidad, vestía una sudadera de ese color.

12

De nuevo, cambio de planes. Después de la información que le acaba de dar la vecina, Candela decide ser la que vuelva al edificio donde vive Felicidad para saber de primera mano por qué ha mentido el nieto de la desaparecida. De camino, saca el teléfono y llama a Sandra.

—¿Alguna novedad? —responde su subordinada.

—¿Dónde estás?

—Estoy en el portal, con la hija y algunos vecinos...

—¿Está Álvaro?

—Sí, pegado al móvil. Parece cabreado. Su padre y el mayor de todos están buscándola, pero él está aquí. Ahora mismo está fumando. ¿Por qué?

—Ha mentido. Estaba en el edificio de alquileres. Una vecina oyó a Felicidad discutir con un hombre con sudadera marrón... Que no se mueva de ahí hasta que llegue yo. Otra cosa, necesitamos abrir el bajo. No el de nuestro amiguito, sino el otro, el de las ventanas tapiadas. Felicidad me dijo que era un trastero de la familia. Pedid las llaves a los hermanos. Toni está esperando en el edificio; del nieto me encargo yo. Llego en nada.

Candela cuelga y sigue andando a ritmo frenético. ¿Por qué les había ocultado el chaval que estaba con su abuela en el edificio? Empieza a imaginarse teorías perfectamente posibles, como que podrían haber discutido y la matriarca caerse accidentalmente o que el nieto lo hubiera planeado porque necesitaba el dinero. Cualquiera de los dos casos presentaban la misma incógnita: ¿qué había hecho con ella? ¿Dónde la tenía? La teniente se pregunta si seguiría ahí o si habría llegado a salir del edificio.

Cuando llega al portal, ve al grupo de vecinos que ha mencionado Barbie. Álvaro está junto a ellos y un poco apartado, con un pitillo en la boca. Sandra, que está atenta, la ve e intercambian una breve mirada. Sabe lo que significa: tiene un segundo para dejarle paso.

—¿Nervioso? —le pregunta la teniente mirando el cigarrillo.

El crío le dedica una mirada helada.

—¿Tú no lo estarías?

—Hábleme de usted, que soy mayor y a las personas mayores hay que tenerles respeto. Que no se te olvide.

—¿Usted no lo estaría? —corrige, con intención.

—Sí, es verdad. Lo estaría si hubiera mentido, sin duda. —El chico palidece y se queda mudo unos segundos—. ¿Qué hacías esta mañana en el edificio de tu abuela? —continúa Candela.

—¿Cómo?

—Lo que has oído. ¿Qué estabas haciendo?

—No sé de qué me habla.

—¿Por qué discutías con tu abuela?

—Pero ¿qué dice? No se invente cosas.

—Estoy siendo muy generosa. Sé que estabas en el bloque de alquileres de tu abuela y que discutisteis, así que déjate de jueguecitos a no ser que quieras que sigamos la conversación en el cuartel. Necesitas descansar y pasar la noche ahí encerrado. Te va a sentar genial, ya verás.

—¡Yo no he discutido con mi abuela!

La gente de alrededor los mira, pero ellos continúan el enfrentamiento, ajenos a todo.

—Hay testigos que dicen que tu abuela discutía con alguien, y era un hombre con una sudadera marrón —dice Candela, que baja la voz.

—¡Le digo que yo no era! ¡Yo no he discutido con mi abuela, joder! —exclama perdiendo los papeles.

Candela no va a tolerar que un niñato le levante la voz. Le enerva que las nuevas generaciones hayan perdido el respeto por los adultos, incluidos sus profesores y sus padres. Pero no va a permitir que le hagan lo mismo. Es la teniente Candela Rodríguez de la Guardia Civil y a ella hay que respetarla. Alguien los interrumpe cuando está a punto de ponerle las esposas.

—Yo era quien discutía con mi madre.

Candela se gira y ve a Ignacio, el padre del chico.

13

Ignacio, el hijo mediano de Felicidad, está plantado frente a Candela. Junto a él están su hermano Juan Antonio y el agente que estaba con ellos cuando Sandra le ha llamado para que volvieran de su búsqueda por el barrio porque necesitan las llaves del bajo que usan como trastero y Noemí no sabe dónde están guardadas.

La teniente les pide que suban a la vivienda de Felicidad, donde podrá hablar tranquilamente con Ignacio mientras la sargento acompaña a Juan Antonio en la búsqueda de las llaves. El otro agente se queda abajo con Noemí y Álvaro, que mira preocupado cómo se alejan con su padre.

Una vez dentro, Sandra y el hermano mayor van al cuarto de Felicidad, donde piensa que podría estar el llavero. Se nota que el tiempo avanza, y la luz que entra por las ventanas de la calle empieza a ser más fría. Candela hace un gesto a Ignacio para que se siente en una de las sillas del comedor y, seguidamente, ella hace lo propio en otra frente a él.

—La sudadera la llevaba yo. Acompañé a mi madre y me la puse —dice sin preámbulos—. Es de mi hijo, pero decidí acompañarla en el último momento y, como se iba sin mí, agarré lo primero que pillé. Álvaro la había dejado tirada por ahí.

Candela lo mira, impasible.

—¿Por qué decidió acompañarla en el último momento?

Le da la impresión de que Ignacio piensa la respuesta.

—La acompañé porque mi madre es mayor y me da miedo que vaya sola. Estamos en el centro y aquí hay mucha gente. Muchos turistas, sí, pero también pasan otras muchas cosas. No creo que sea conveniente. Pero, vamos, que la acompañé muy poco, solo unos pisos. Después discutimos y me largué. Se quedó sola.

—¿Por qué discutieron?

—Porque es muy cabezona y no quería que yo estuviera allí. Se empeñó en que me fuera para casa y me ponía excusas tontas de hacer recados para llevar a la comida o que estuviera pendiente de si venían mis hermanos... Discutimos porque me jode que no me diga las cosas como son, que haga lo que tanto le molesta que le hagan a ella. Le dije que si quería que me fuera, que me lo dijera tal cual, pero que no buscara excusas y me tomara por tonto. Yo sabía que lo que le pasaba es que no quería que pensaran que necesita ayuda, que la vieran incapacitada o algo así. Toda la vida siendo una mujer muy válida e independiente para, de pronto, sentirse como una pobre abuelita. Eso a mi madre la mata. Acaba con ella, vamos.

Candela se siente reflejada en el comportamiento de Felicidad. Las palabras que acaba de escuchar bien podrían ser las de Sandra, Jesús, Toni o cualquiera de los subordinados que bailan a su alrededor.

—¿Y se fue por eso?

—Sí. Cuando le dije que fuera sincera, me respondió: «Pues sí, quiero que te vayas». Me lo dijo con la mala hostia que sacaba cuando se enfadaba, y me cabreó muchísimo. ¡Intentaba ayudarla y encima me echa la bronca!

—Y se fue sin más. ¿Le dijo algo antes de irse?

Los ojos de Ignacio se vuelven cristalinos.

—Solo hablé yo. Le solté: «Pues ahí te quedas». Esa fue la última vez que la vi.

Ignacio carraspea un poco, se le ha hecho un nudo en la garganta. Candela espera un momento antes de continuar.

—¿Discute a menudo con su madre?

—¡No! Bueno, no sé, lo normal. Tengo cuarenta y ocho años y vivo con ella. ¿Qué quiere que le diga? Tenemos nuestros roces, como cuando era adolescente, pero con mis hermanos también discute. Mi madre siempre nos acaba dirigiendo porque tiene mucho carácter y ellos no se quedan cortos. Mi hermana, sobre todo. Les falta tirarse de los pelos.

—¿Por algo en particular?

—Igual he exagerado un poco. Es solo que mi hermana viene mucho a verla y está más encima. Pasan mucho tiempo juntas y... —Parece que va a decir algo, pero se contiene—. Noemí es muy especialita. Es la pequeña y está acostumbrada a que se haga siempre lo que quiere. Cuando era una cría, empezaba con pataletas hasta que lo lograba. Y, ahora que es mayor, no grita ni pierde las formas, pero insiste e insiste hasta que lo consigue, aunque solo lo aceptes para que te deje en paz. Es muy cabezona cuando se propone algo... Se ha quejado de que mi madre es muy invasiva toda la vida, y es cierto, pero ella también lo es. Por eso chocan tanto, porque se parecen mucho. Las dos tienen mucho carácter.

—¿Por qué me ocultó que había ido con ella y se habían peleado?

—Peleado no, discutido. Lo hice porque estaba con mis hermanos, y están al quite de cualquier metedura de pata que hago para despellejarme. La dejé sola. No es lo mismo irme sin acordarme de que hoy cobraba los alquileres a saberlo e ir con ella para después dejarla sola y que más tarde desaparezca.

—Si salieron a la vez y fue detrás de ella, fue usted quien se olvidó de echar la llave —deduce Candela.

—Mentí porque tampoco cambiaba nada: mi madre está desaparecida. Además, pensé que eso ayudaría a que la empezaran a buscar... Verá, está regulera. Noemí la llevó al médico y les dijeron que tiene principio de alzhéimer, como María, y ya comenzaba a tener muchos despistes. Se le empezaba a ir la cabeza.

Candela se pone en guardia, el puto alzhéimer otra vez. Ese dato lo cambia todo: la mitad de los desaparecidos mayores de setenta años en nuestro país tiene la enfermedad. De ellos, un altísimo porcentaje no aparece.

—¡¿Por qué no nos lo han dicho desde el primer momento?! —exclama.

—Se lo dijimos...

—No. Dijeron que estaba regulera y que tomaba pastillas, que había dado un bajón... Eso no es decir que tiene alzhéimer. —Candela toma aire—. Cuando estuve con ella por la muerte de su inquilina, no le noté nada... —La teniente consigue disimular la mala espina que le da que tanto la inquilina fallecida como la desaparecida tuvieran la misma enfermedad.

—María era mucho más que su inquilina. Era nuestra madrina...

—¿Su madrina? —interrumpe Candela, sorprendida. ¿Por qué Felicidad no le había contado eso cuando le preguntó por su relación?

14

Un año antes

María estaba sola en su piso. Eran las cuatro de la tarde, la hora en la que normalmente se echaba la siesta, pero ese día se había despertado sobresaltada porque le había parecido oír un ruido extraño en su habitación. La anciana seguía sentada en el sofá. Se había llevado un buen susto, pero no se había movido del sitio. El miedo se lo impedía. Lo único que había sido capaz de hacer era quitarse de encima la manta con la que siempre se tapaba para no helarse, ya que no podía permitirse prescindir de ella y poner la calefacción, como haría cualquier persona con medios.

Tenía los ojos abiertos como platos, pendiente de si volvía a oír algo o si estaba equivocada y mezclaba la realidad con el sueño en el que estaba inmersa hasta hacía apenas un minuto.

Entonces volvió a escucharlo, con mayor nitidez en esa ocasión: era un sonido similar a una arcada, como si hubiese alguien con náuseas o vomitando. Miró a un lado a toda prisa: no se había percatado de que sus dos perritas no estaban con ella. En ese momento, se incorporó de golpe para mirar por el salón.

—¡Niñas! ¿Dónde estáis, bonitas? ¡Venid con mamá! —exclamó al no verlas.

Sin embargo, no apareció ninguna de sus mascotas, lo que la dejó muy extrañada. Sintió un escalofrío cuando le vinieron a la mente las dos opciones de lo que podría estar pasando: la primera era que las perritas estuviesen en la habitación, lo que dejaba claro que estaba ocurriendo algo anormal. La segunda, que quien estuviese allí fuese una persona. ¿Estaba haciendo esos ruidos extraños para que pensara precisamente que era una de sus niñas y atacarla a traición? Hacía unos años le hubiese parecido impensable, pero podrían haber entrado desde el tejado, tal y como estaba el patio.

María empezó a ponerse muy nerviosa y volvió a llamarlas, pero seguían sin venir. Se levantó con cuidado y se dirigió a su cuarto mientras el corazón le palpitaba como nunca antes. La puerta estaba cerrada, así que la abrió despacio y, al momento, vio a sus dos perritas tiradas sobre la alfombrilla que tenía a los pies de la cama. No se movían y, a su lado, había dos charcos de vómito y restos de sangre. La mujer se arrodilló junto a ellas y las agitó, con la esperanza de que volvieran en sí, pero nada más tocarlas se dio cuenta de que estaban muertas y rompió a llorar, desconsolada.

Cuando recuperó la compostura, llamó a su ángel de la guarda. Felicidad se presentó en su piso quince minutos después y la abrazó con fuerza mientras ella lloraba todo lo que llevaba años sin llorar. Cuando terminó, su amiga le sirvió una tila que le acababa de preparar.

—¿Es posible que les hayas dado algo de comer y les haya sentado mal? ¿Quizá tenían alguna alergia que desconocías? Piensa.

—No les he dado nada. Las han envenenado.

La matriarca intentó quitarle esa idea de la cabeza. Acababan de diagnosticarle alzhéimer a su amiga, y había momentos en los que los síntomas se agudizaban. No podía consentir que empezara a expandir bulos entre el resto de los vecinos, ya que la perjudicarían a ella directamente.

—Cariño, creo que te equivocas...

—Alguien las ha envenenado. Te digo que algo está pasando en este edificio y me preocupa que no quieras darte cuenta.

—¡Claro que me doy cuenta! Pero no es tan sencillo. Solo te pido que tengas paciencia y confíes en mí. Yo me las apañaré para que no te falte nada y vivas tranquila, ¿estamos? —María asiente—. ¿Cuándo te he fallado yo?

—Nunca.

—Pues ahora no va a ser la primera vez. Ten un poco de paciencia.

Felicidad recogió la taza donde había servido la tila y la llevó a la cocina. Podría haberla recogido antes de irse, pero necesitaba salir de ahí y respirar hondo. Sabía que su amiga estaba en lo cierto y era consciente de que eso podría tener fatales consecuencias.

15

En el salón de la casa de Felicidad, Ignacio continúa explicando a Candela la relación que tenía María con su familia.

—La madrina, así la llamábamos. Se encargaba de la casa y de nosotros desde chavales. Pasamos muchas horas con ella, tanto nosotros como mi madre. Hubo un momento en que eran uña y carne. Se quedaba muchas veces a dormir en casa. Estaba sola y nosotros le hacíamos compañía. Éramos su familia, y ella era un miembro más de la nuestra. Creo que su muerte ha sido fundamental para que mi madre también empeorara. Lo llevó fatal..., lo está llevando, perdón. —Ignacio se corrige a sí mismo, consciente de lo que implica el error. La teniente aguza los sentidos para tratar de averiguar si le ha traicionado el subconsciente—. Ella sabe que, tarde o temprano, pasará por lo mismo, por eso casi no hablamos del tema. Omitirlo es una manera de negarlo. No existe.

Candela lo entiende a la perfección, porque es el motivo por el que dejó de acudir a la consulta del psicólogo cuando empezó a sentirse un poco mejor, a pesar de que la había ayudado en el peor momento de su vida. Decidió tirar para delante en solitario porque sabía que, si volvía a esa consulta y hablaba de ello, corría un alto riesgo de que el castillo de naipes que se había construido se viniera abajo. Pero no puede bajar la guardia y dejar escapar la oportunidad de pillarle en un descuido.

—¿Y sus finanzas las sigue llevando ella?

—Sí.

—Pues me va a perdonar, pero, si su madre ya no es la mujer independiente que siempre ha sido, ¿cómo es capaz de encargarse de tantas cosas? ¿Cómo es posible que decida acompañarla en el último momento y que no fuera algo que usted y sus hermanos ya tuviesen previsto?

—Bueno, es que esto no es blanco o negro. Tiene días, pero gran parte del tiempo está medianamente bien, y se nos olvida que están los otros momentos. También es que es muy reciente, y nosotros tenemos nuestras vidas. No pensamos que pudiera ocurrir algo así. Además, le dije que la ayudaba. De hecho, ¡la acompañé, joder! Juan Antonio no deja de insistir en encargarse él del edificio, para que mi madre se olvide y disfrute del tiempo que le queda. Mi hermana y yo no somos tontos. Sabemos que es una forma de asegurarse de que se quedará con el negocio cuando mi madre no esté, ya que podrá decir que era el único que se ocupaba de ello cuando vivía. Pero, sinceramente, me da igual con tal de que ella descanse. Ahora, mi madre se resiste y nos manda siempre a la mierda. ¿Qué quiere que le diga? No podemos hacer nada. Aunque una cosa le voy a decir: si mi madre se tiene que quedar en casa, se muere en dos días. Estar activa es lo que la mantiene viva.

En ese momento pasa Sandra con el hermano mayor y le enseña las llaves, sin interrumpir, para que sepa que ha tenido éxito y van al bajo que utilizan como trastero. Sin embargo, la teniente es quien aprovecha y para la conversación.

—Avisa a todas las unidades. Felicidad tiene alzhéimer y podría estar desorientada en una zona más extensa de la que estamos peinando. Que amplíen el perímetro de búsqueda. —La sargento asiente mientras los dos hermanos cruzan la mirada—. Una última pregunta: ¿qué ha hecho desde que salió del edificio hasta que le ha llamado su hijo?

—Estuve en la Cantina, al lado del mercado. Puede comprobarlo.

—Puede bajar con su hijo si quiere. Hemos acabado —le dice Candela, aunque presiente que no es más que el principio.

16

Sandra sale del piso en el que vive Felicidad acompañada por Juan Antonio e Ignacio. Candela los ve marchar y, en cuanto se cierra la puerta, pide que pregunten en la Cantina si es cierto que Ignacio estuvo ahí. Después aprovecha que se ha quedado sola para echar un vistazo a la habitación de la desaparecida, antes de que suban su hija y su nieto.

Mientras camina por el pasillo, no deja de darle vueltas a la conversación que acaba de mantener con el hijo mediano de la matriarca. Cualquiera que esté al tanto de las estadísticas de la mayoría de las desapariciones de la tercera edad en España pondría, sin dudar, todos los huevos en la cesta de la enfermedad que padece la mujer que buscan. Sin embargo, cada vez son más los interrogantes y detalles que llaman su atención: la explicación que le ha dado Ignacio podría ser cierta, pero ¿por qué Felicidad le había ocultado el vínculo estrecho que unía tanto a ella como al resto de su familia con María? ¿Acaso escondía algo más? Las dos mujeres podrían tener una relación sentimental o, al menos, haberla tenido. ¿Habría sido su muerte el motivo de su deterioro, tal y como afirmaba Ignacio?

Por otro lado, si María tenía una relación tan estrecha con ellos como para considerarla parte de la familia, podría haber invitado a pasar a cualquiera sin sospechar lo que iba a sucederle. Por eso la puerta no estaba forzada. ¿Habrían ido a visitarla con la excusa de llevarle unos churros? Le da muchísima rabia que el capitán Prieto hubiera cerrado el caso y que ya no tengan las grabaciones de las cámaras de seguridad de las churrerías.

La habitación de Felicidad está decorada en colores pastel, con detalles en dorado, e igual de ordenada que el resto de la casa. Se acerca a la mesilla de noche y registra sin suerte cada cajón. No encuentra más que cuadernos con bolígrafos y objetos revueltos, como un rosario, una carpeta con papeles, unos tapones para los oídos y demás chorradas y antiguallas desperdigadas. Candela se pregunta si se desahogará dejando desordenado lo que no se ve a simple vista, como hace ella, o es que alguien ha estado revolviendo de mala manera después de que lo inspeccionara su equipo. Sigue buscando la medicación de la que hablan sus hijos en los cajones de la cómoda que preside el cuarto y sobre la que descansa una televisión. Mira detrás de los objetos, a cuál más ostentoso, que decoran una pequeña estantería que hay en la esquina junto a la ventana. También dentro del armario, en cada rincón, pero no tiene suerte.

Entra en el cuarto de baño, con los azulejos, el inodoro y la pila del mismo rosa palo, y revisa con detenimiento las cajas que hay dentro de un mueblecito. Ninguna es la que busca. Después, va a la papelera y, por fin, debajo de un par de bolas de papel higiénico doblado, encuentra una caja vacía en la que pone: «Memantina». Dentro hay un blíster vacío. Candela se pregunta qué cantidad habría consumido ese día y si ha sido por decisión propia. También por qué cojones nadie de su equipo lo ha visto. Saca el prospecto con las indicaciones y confirma que, efectivamente, se trata de un medicamento que se usa para tratar los síntomas del alzhéimer. Busca las contraindicaciones y lee: «La tolerancia es buena en general, pero algunas personas pueden experimentar efectos no deseados, como alucinaciones, confusión, mareos...».

Candela levanta la mirada del papel. El hecho de que las dos mujeres tuvieran una edad similar, una relación estrecha, padecieran ambas la misma enfermedad y les haya sucedido algo en el mismo lugar vuelve a poner sobre la mesa la posibilidad de que se trate de una desaparición forzosa guiada por un mismo patrón. Aunque, según las estadísticas, su estado de salud debería inclinar más la balanza hacia una desaparición accidental. Sin embargo, hay detalles que indican que sucede algo más. Ignacio ha resultado muy convincente en sus explicaciones; las lagrimitas han ayudado, pero a ella no le gusta. En parte, porque pone en duda que sea cierto que la matriarca necesite actividad constante para estar ocupada y no morirse. Ella, desde luego, se ha quedado con las ganas de decirle que no cree que los motivos sean esos, sino que pertenece a una generación de mujeres que ha sido educada para eso y no sabe disfrutar sin sentirse culpable. Y él se aprovecha para justificarse por no hacer ni el huevo. ¿O es que acaso cree que su madre disfruta dejándose la piel para ocuparse de todo y cargando su peso a sus espaldas? Seguro que preferiría ceder, pero no aguantaría el fracaso. Muchas mujeres no pueden permitirse cometer errores. Nunca les perdonarían que se hubiesen equivocado y eso las hundiría, dejarían de ser importantes en el momento en el que no fueran necesarias. Candela conoce muy bien esa sensación. Nota cómo el corazón le late con fuerza. Ha vuelto a identificarse con la matriarca y seguramente no sea del todo parcial. Intenta ser objetiva y vuelve a pensar lo primero que le vino a la cabeza cuando el hijo mediano de Felicidad le dijo que era él quien llevaba la sudadera, quien había estado con su madre en el edificio. Pensó que el hombre estaba protegiendo a su hijo. Quizá nunca ha llevado esa prenda marrón y tal vez solo recibiera una llamada de Álvaro para ayudarlo a deshacerse de la matriarca.

Una vez más, surge la maldita pregunta de qué han hecho con la mujer. ¿Dónde está? Pero quizá, en esta ocasión, pueda haber encontrado una posible respuesta: en el trastero de la familia.

17

En cuanto Sandra sale del portal de la vivienda de Felicidad, junto con los dos hijos mayores de esta, se adelanta unos pasos y da el aviso para que todas las unidades sepan que la desaparecida padece alzhéimer y amplíen el perímetro. Quizá se haya desorientado y cualquier descuido, por tonto que resulte, podría haber desembocado en un accidente.

La sargento se siente optimista: si la mujer padece dicha enfermedad, podría haber quedado encerrada por accidente en su trastero y, aunque no sea por iniciativa propia, va a ser ella quien la encuentre. Eso suele ser lo más importante para muchos, por lo menos para los que no están al tanto de los detalles.

Aparecen varios vecinos cuando llegan al bloque de apartamentos de Felicidad, entre ellos la pareja del chándal y la mujer algo más joven que hablaron con Candela y también Ramón, el vecino con sobrepeso, que se acerca enseguida para decirle a Juan Antonio que están muy preocupados, pero que seguro que «todo irá bien». Sandra presta atención para valorar el grado de premeditación que hay en sus palabras, además de fijarse también en que el matrimonio con chándal no ha abierto la boca. Pero no pueden entretenerse y se lo hace saber al primogénito. Este les da las gracias y sigue a la guardia civil al interior bajo la atenta mirada de los moscones.

En cuanto enciende la luz para adentrarse en el pasillo, al fondo del patio interior donde apareció muerta la anciana, la sargento ve que la luz del otro bajo, el que la matriarca tiene alquilado, se apaga de golpe.

«Tranquilo, Andrés, que ahora no estoy para jueguecitos», piensa.

Juan Antonio la adelanta, llega hasta la cerradura del bajo familiar y hace un amago de abrir. Sin embargo, parece no conseguirlo de primeras porque la han forzado y, aunque esté casi abierta, la puerta se ha quedado encajada y no lo consigue.

—¡Joder! Esto está fatal —dice, visiblemente preocupado, al tiempo que mueve la llave con insistencia y manipula el pomo hacia dentro y hacia fuera—. Esta cerradura... a veces se atranca. Tiene su truco, pero estoy convencido de que la han intentado forzar...

El hombre sigue empujando mientras repite la operación, hasta que la puerta se abre al fin. El interior está del todo a oscuras, ya que las ventanas están tapiadas y solo llega la luz del exterior que se cuela por la puerta. Juan Antonio extiende el brazo y enciende la luz. La escena se vuelve aún más dantesca: frente a ellos aparece un rectángulo diáfano lleno de cajas amontonadas, sobre todo en uno de los lados, varios sillones muy viejos y un par de armarios aparadores pegados a la pared. También hay mantas tiradas, restos de comida, alguna botella de agua vacía... Sandra observa, atenta.

—¡Madre mía, cómo está todo! Si lo ve mi madre, nos asesina. Menos mal que ella no entra —se excusa Juan Antonio—. Hace bastante que yo tampoco. No sabía que olía así. Alguna vez lo he usado para alojar a la gente más necesitada, esos que están en la calle y a los que la fundación solo puede dar de comer y poco más. Hay mujeres y niños, ¿sabe? Cuando he podido, les he dejado quedarse unos días hasta que encuentran algo. Pobre gente. No es un lugar óptimo, pero algo es algo. Al fondo hay un servicio, así que por lo menos...

La sargento se dirige a la única puerta que hay. Observa la estancia: el baño es viejo y está en mal estado, como el resto de las cosas. El olor también es bastante fuerte, aunque no alarmante. Simplemente, ninguno debió de pensar en la ventilación cuando lo tapiaron.

—Ufff... Cuando aparezca, no le diga cómo está esto. Espere a que yo lo limpie. En su día, lo usábamos sobre todo para guardar los alimentos cuando la fundación no tenía almacén, pero dejé de venir cuando abrimos el nuestro y se me fue el santo al cielo hasta ahora. Como no paro... Conociendo a mis hermanos, la vamos a tener, aunque ellos no se ocupen de nada. Lo harán con tal de señalar mis errores, y más si está relacionado con los inmigrantes. Van de modernos y ejemplares, pero son un poquito conservadores, ¿sabe? Lo de ayudar al prójimo queda muy bien en misa, pero como no seas español y pienses como ellos, olvídate.

—Tranquilo. Lo importante es que aparezca.

—Dios la oiga.

Sandra sale para dar una bocanada de aire. Está decepcionada, pero saca su teléfono de igual manera para llamar a Candela e informarle de que no ha habido éxito. Mientras, Juan Antonio coloca alguna de las cajas y objetos que hay tirados.

La teniente sigue en la vivienda de Felicidad cuando llama su subordinada. Sale al pasillo y escucha atenta cada palabra, por si a Sandra se le hubiera pasado algo por alto. Es algo que enerva a la sargento, quien no lleva bien que su superior salte a la mínima para corregirle o contradecir lo primero que se le ocurra, aunque sea un detalle sin importancia que no aporte nada. Sabe que Candela no sería ella si no le pusiese la puntilla, pero ¿qué necesidad tiene siempre de quedar por encima diciendo la última palabra? Sin embargo, esta vez la teniente no llega a intervenir, porque recibe un mensaje de Mateo: «Comunicas. Llámame, que tengo premio».

—Sandra, tengo que colgar. Que le echen un buen vistazo de todas maneras, no me fío ni un pelo de los «hermanitos». Hablamos, gracias —le dice con el altavoz puesto.

Candela corta la llamada y pulsa el botón para llamar corriendo a su antiguo pupilo.

—¿Cuál de los dos es? ¡No me lo digas! ¡Los dos! —exclama, refiriéndose a quien está detrás de la cuenta con la IP que subió el vídeo de María destrozada por la caída.

—Aún estoy con eso. Pero quería hablar contigo antes... Es que no te lo vas a creer...

—¿El qué?

—La vieja es famosa. —Su antigua jefa se queda de piedra. ¿Famosa? No tiene constancia de que los medios se hayan hecho eco aún de su desaparición—. Me he puesto a investigar con la info que me has dado y he encontrado vídeos de la tal Felicidad.

Candela no tiene valor de preguntar. Solo piensa en la grabación que vio del cadáver de María y teme que la respuesta que reciba le confirme que ha vuelto a suceder.

18

He encontrado vídeos de la tal Felicidad», las palabras retumban en la cabeza de Candela. No puede ser verdad. En una fracción de segundo, cientos de imágenes bombardean su cabeza, entre ellas las del vídeo en el que alguien se recreaba con cada detalle del cuerpo fragmentado de María estampado contra el suelo del patio. Ve a la matriarca siendo torturada: la abofetean, está en el suelo y alguien la graba mientras la violan. Ha ocurrido el peor de los supuestos: no se ha perdido ni tenido un accidente por su enfermedad, sino que alguna persona depravada está disfrutando con el dolor de mujeres mayores con demencia, que son aún más vulnerables. Tiene un patrón, y eso significa que podría repetirse. Empieza a sentir un terrible desasosiego. Tiene que parar. Por eso se apartó de ese tipo de casos en los que la maldad se queda corta y ya es cuestión de perversión.

—Candela, ¿estás ahí? —pregunta Mateo, después de unos segundos sin recibir respuesta.

—Sí…

—¿Me has oído? Tu abuelita es famosa en las redes sociales. Tiene cuenta de TikTok.

Ahora sí que no entiende nada.

—¿Eso es lo de los bailecitos?

—Bueno, ahora ya hay de todo. Encuentras cualquier tipo de vídeo, pero en clips. Vídeos cortos, vamos, con o sin edición. Cualquier cosa vale con tal de que pases rapidito y no pienses mucho.

—Y para que la atención se te vaya a la mierda. El día de mañana, ni Dios va a ser capaz de firmar un contrato porque no van a pasar de la primera página ni van a entender lo que están leyendo.

—Eeeh, no siempre. Mírame a mí. Yo puedo hacer muchas cosas a la vez. De hecho, mientras buscaba me la he...

—No me interesa. Gracias. La sinceridad está sobrevalorada. Sigue, por favor.

—Mejor míralo tú misma. Te mando uno, pero su cuenta es @lasuperaguela y hay decenas. Además, tiene más de sesenta y cinco mil seguidores. No le va nada mal. Llámame cuando lo veas.

—OK.

Candela se siente aliviada. El vídeo llega al chat casi en lo que tarda en colgar. Lo pulsa y espera expectante a que se reproduzca.

19

Candela reproduce el vídeo que le acaba de enviar Mateo en su móvil a pantalla completa. En él, aparece Felicidad sentada a la mesa de comedor del salón de su casa. Es de día, pero por su aspecto podría haberse grabado de madrugada, recién sacada de la cama y medio dormida. Está en camisón y tiene el pelo desaliñado y la cara lavada. Nada que ver con la mujer despierta y arreglada que conoció hace poco más de un mes y que tanto le recordó a la imagen idealizada que Candela conserva de su abuela. Ahora, la mujer fuerte y resolutiva en la que se proyectaba tiene una cara mucho más frágil y desamparada que le recuerda a los peores momentos de su soledad. Ver un cambio tan drástico en Felicidad le da pavor, porque ella misma se ve así y le muestra una realidad de la que no se puede escapar.

Los movimientos de la matriarca son más lentos y tiene la mirada perdida por encima del tiro de cámara. Parece no darse cuenta de que la están grabando. A Candela se le hace un nudo en la garganta. Conoce ese gesto. Entonces, una mano entra en el plano y deja sobre la mesa, frente a ella, una bandeja pequeña con un plato de sushi.

—¿Esto qué es, el chuchi ese que os gusta? No pienso probarlo, qué asco —dice a voces cuando cae en la cuenta.

Una voz femenina le responde desde fuera de plano.

—Que este te va a gustar, que es de salmón. Venga, no seas cabezona.

La mujer niega con la cabeza y termina por darle un mordisco a una pieza. Pone cara de asco enseguida, y a Candela le recuerda a los vídeos de bebés que prueban un limón por primera vez que hay por todas partes. Les espanta, y la gente se ríe de la cara que ponen cuando notan la acidez.

—Que no me gusta. Está crudo. ¡Qué asco!

—Es que le tienes que echar eso verde...

—¿El pegotito este? —pregunta mientras señala la esquina de la bandeja.

—Sí. Se lo tienes que poner, que sin nada está muy soso. Pruébalo, hazme caso.

La mujer que le habla aún no aparece en imagen, pero está convencida de que se trata de Noemí, su hija. Felicidad vuelve a coger la pieza que había dejado y la moja en la salsa pastosa que Candela identifica como *wasabi*. Antes de que lo haga, la teniente niega con la cabeza adelantándose a lo que va a suceder. La desaparecida da un nuevo bocado y lo escupe arrugando la cara. La mujer que graba se ríe a carcajadas, y el plano da tumbos hasta que vuelve a posarse sobre el rostro de la matriarca, que se limpia la boca.

—¡Aggg! ¡Qué horror! ¡Dame un vaso de agua!

—No te pongas así. Hay que ponerle un poco de picante a la vida.

Entonces la cámara se gira y enfoca a Noemí muy de cerca y sonriente.

—¡Di adiós!

Felicidad vuelve a aparecer en el plano, pero esta vez no levanta la mirada, sino que alza un poco la mano como despedida. El vídeo se corta de golpe.

Candela se queda mirando la pantalla del móvil, pensativa. Recuerda lo que le acaba de decir Ignacio, el hijo mediano de

Felicidad, sobre lo mal que se llevaba su hermana Noemí con su madre y lo mucho que discutían. Después de lo que acaba de ver, se pregunta si el motivo por el que pasa tanto tiempo con su progenitora es para cuidarla o para grabar estos vídeos. Pero lo que importa de verdad es si la mujer es consciente de ello o si lo hace sin su consentimiento. La verdad es que, viéndola así, no se la imagina oponiéndose. Y es que Felicidad parece otra: le llama la atención que, aunque refunfuñe, lo haga sin energía y parezca dócil. Se queja, pero cede enseguida. Reacciona muy despacio y apenas habla. Es evidente que su enfermedad avanza rápidamente y hace mella, aunque por lo que ha contado Ignacio sea puntual y aún conserve autonomía. En su recuerdo, la matriarca era una persona locuaz, con cabeza y rapidez mental. La pantalla se enciende de nuevo. Una llamada de Mateo.

—¿Lo has visto?

—Sí.

—¿Y qué te ha parecido? No se la ve muy contenta que digamos...

—No. Su hija sí que lo parece, en cambio.

—¿Es su hija? Joder, pensé que sería una cuidadora o algo así. Pues me apuesto lo que quieras a que es ella la que tiene la cuenta y la suya no la ve ni Dios. Ahora lo busco, pero este tipo de gente no pone los vídeos porque sí, lo hace por los seguidores. Menudos ardillas.

—¿Qué insinúas?

Es inevitable que aflore el caso que llevaron ambos sobre el famoso niño *influencer* que destapó la oleada de crímenes contra menores en España, ese que Mateo sigue persiguiendo. Menores que son sobreexpuestos en redes sociales sin ser conscientes de los riesgos que a veces conlleva esa actividad. Niños frágiles y vulnerables, incapaces de saber que la información que sus mayores dan en sus publicaciones y el precio de la fama, a veces inexistente y otras efímera, se puede volver contra ellos sin piedad. Ahora, la historia podría repetirse, pero en el espectro de edad inverso: la tercera edad.

—Ojalá me equivoque, pero me da que tú y yo ya hemos visto algo así.

—¿Qué pasa, que me echas de menos y quieres venir conmigo o qué? —bromea Candela para quitar hierro al asunto, pese a la enorme inquietud que le provoca la mera posibilidad de que pudiera repetirse la pesadilla que vivieron juntos.

—No te flipes. ¡Ya te gustaría!

—Estamos sacando conclusiones precipitadas. No tiene por qué ser eso —responde, no muy convencida.

—Piénsalo: al final los abuelos son como niños: frágiles, dependientes y tienen casi el mismo reclamo en las redes. A la peña le encanta ver vídeos suyos opinando sobre cosas nuevas para ellos, bailes, caídas, momentos cariñosos... Despiertan la misma ternura, aunque también haya bestias que disfruten viéndolos caerse y burradas así. La cuestión es que esto es un reclamo, y el reclamo se traduce en seguidores, visualizaciones y, luego, en publicidad, patrocinadores o lo que viene siendo una buena pasta gansa si te sale bien. Y, por lo que veo aquí, no van mal encaminados.

—Dime una cosa. ¿Cuánto tiempo lleva abierto el perfil?

—Mmm, espera que lo miro... Desde junio del año pasado, pero parece que la mayoría del contenido está subido desde hace poco. No llega a un mes.

—Más o menos desde que se le diagnosticó su enfermedad...

—Si me dijeran que se puede provocar el alzhéimer, pensaría... —deja caer Mateo.

—He leído en algún sitio que se puede agudizar, aunque no sé qué credibilidad darle —interrumpe Candela.

—Qué mal pensada eres, jefa.

—Muy a mi pesar, créeme. Aunque sobre todo tiene que ver con lo que daña al corazón: diabetes, cardiopatía, colesterol y esas cosas.

—¡Hostia!

—¿Qué pasa?

—Estoy viendo un clip sin volumen mientras hablamos, y en él aparece con ella la mujer de pelo corto y muy rubio que dices que es la hija.

—Noemí, sí…

—Pues…

—¿Qué?

—Creo que la cosa es mucho peor de lo que pensábamos.

20

La primera imagen del vídeo muestra a Felicidad de nuevo sentada, pero esta vez en una butaca con estampados florales. Está muy dormida, pero hay luz natural, por lo que es probable que se esté echando la siesta. No se oye nada. De hecho, Candela revisa el sonido del teléfono por si se lo hubiera quitado sin querer. De pronto, suena un golpe de música muy fuerte, una canción de reguetón, concretamente. La matriarca se despierta de repente, sobresaltada, y vuelve a oír las carcajadas de la que podría ser Noemí. Es ella. Acaba de entrar de espaldas en el plano y, sin dejar de reír, invita a su madre a levantarse para bailar. Pero ella está desorientada y le dice que no. Su hija insiste, a pesar de todo, y la termina ayudando, o más bien forzando, a levantarse. Candela piensa que esta actitud tan patosa, por llamarlo de alguna manera, que tiene Noemí a la hora de tratar a su madre, de grabar algo cómico que obtenga muchas visualizaciones, es a lo que se refería Mateo cuando le ha dicho que el asunto es más grave y que vea el vídeo, para opinar. Pero sucede lo inesperado. Su compañero tiene razón: es aún peor. Pese a que Felicidad aparece en mejor estado que en el vídeo anterior, lleva puesta una blusa lisa de manga corta y, cuando su hija la levanta del brazo, en la parte interior se ve un moratón negro que ocupa prácticamente todo el antebrazo. Solo dura un instante, pero Candela se queda con la boca abierta. El vídeo termina al poco tiempo, después de que las dos hayan bailado torpemente. La teniente desliza el dedo hacia atrás y para la imagen en el fotograma en el que se ve bien el morado. Candela vuelve a ver a su abuela en esa mujer y tiene que apretar los dientes de la impotencia tan grande que siente.

—Jo-der —suspira, mientras vuelve a llamar a Mateo.

—¿Qué me dices? —pregunta este nada más cogerlo.

—No tengo palabras. Espero que no sea lo que estamos pensando, porque me muero de la rabia.

—Mientras lo veías he leído comentarios, y en alguno preguntan por el cardenal. La hija, o quien lleve la cuenta, responde diciendo que no se preocupen, que la «superagüela» está estupenda, que solo ha sido una caída. Me juego lo que quieras a que había algún comentario más fuerte hablando de maltrato, acusándola o similar, y los ha borrado. Ha dejado un par para que no cante, te lo digo yo...

—Me pongo enferma. Me pasa como con los niños; cuando veo que tratan mal a una persona mayor, me da una rabia, unas ganas de...

—Pues siento decirte que está a la orden del día.

—No solo me preocupa esto. No es que la grabe o que le haga un moratón. El abuso a los ancianos no se limita al maltrato físico o psicológico, es que encima se aprovechan de su incapacidad o dependencia para gestionar su dinero y saquearles. Les tienen en la mierda, totalmente abandonados, y encima se gastan sus ahorros y la pensión de pacotilla que les queda después de pasarse la vida trabajando como mulas —se queja Candela.

—Espera, que el otro día leí un artículo bastante currado con datos y porcentajes, que hablaba del tema: las pensiones y demás, a colación de las elecciones. Un segundo, que lo tengo en favoritos. Aquí está. Mira: «Según datos de la OMS, una de cada seis personas mayores de sesenta años ha sido víctima de algún tipo de maltrato. Las situaciones se producen tanto en el entorno comunitario (instituciones, residencias o centros de atención crónica) como en el familiar. No en vano, en el noventa por ciento de los casos, corresponde a maltrato por parte de un familiar, sobre todo hijos, que son los primeros en maltratar. El diez por ciento restante corresponde a vecinos o personas no relacionadas con ellos directamente, si bien los cuidadores son solo el siete por ciento de los que abusan de su situación. Pues bien, de todo esto solo se denuncia el cuatro por ciento de los casos de maltrato a mayores».

—Y la mayoría serán mujeres.

—Un momento, a ver si pone algo... —continúa Mateo—. El sesenta y seis por ciento frente a un treinta y cuatro por ciento de hombres, para ser exactos. Aunque seguro que también somos menos porque la palmamos antes.

—Algo haréis...

—Y no has hablado de los que sufren abuso sexual...

—Qué horror... Bueno, vamos por partes.

—¿La hija vive con ella?

—Noemí vive sola, pero su hermano me dijo que iba mucho a visitarla. También comentó que no se llevan muy bien.

—Normal, no te jode. Si la trata como en el vídeo, ¡qué quiere!

—Parece Mari Carmen y sus muñecos —mastica Candela.

—¿Quién?

—Déjalo, no habías nacido.

—Te preguntaba si vive con ella porque también señalan que el maltrato puede darse en hijos que vuelven al hogar por un divorcio con o sin descendencia. Esto origina situaciones incómodas entre los abuelos, los nietos y los propios hijos, y favorece el maltrato verbal, sobre todo.

—El que vive con Felicidad es Ignacio, el hijo mediano, y es tal cual: se ha separado y mudado con la madre. Es el que me dijo lo de Noemí. Tiene un hijo adolescente que va algunos fines de semana, un pieza.

—La hermana tiene lo suyo, pero igual lo hizo para quitarse el muerto y jugar al despiste. Lo tienes jodido, porque cualquiera de los dos pinta mal.

—¿Crees que fue primero lo de grabarla o empezó a propósito de su deterioro?

—¿Si se aprovechaba de su enfermedad? Obvio —sentencia él.

—He encontrado una caja vacía de las pastillas que toma para el alzhéimer en el baño de su casa. He visto que las contraindicaciones son mareos, vértigo, somnolencia, tensión alta, pérdida de equilibrio... ¿Se le fue la mano? Porque a ella le interesa tenerla bien sumisa para crear contenido.

—Le interesaría más hacerla desaparecer para llamar la atención en las redes. Es un reclamo muy fuerte, ya lo sabes. Ahora ella será la protagonista, y también en los programas de televisión, pódcast y demás.

—Pienso en alto —continúa ella—. Tal vez se enteró de que Felicidad iba a quejarse a sus dos hijos de que la grababa y se la quitó de en medio. Igual le dio a sabiendas más medicación y, hala, para la calle...

—O tuvo un accidente mientras grababa. Tal vez la obligó a hacer alguna chorrada y la mujer se cayó, o algo por el estilo.

—Bueno, no olvidemos que es una mujer mayor que llevaba mucho dinero en efectivo encima y todo el edificio lo sabía...

—Sí, sí, pero es una opción. ¿Te vas a permitir descartarla?

—Imagino que es imposible saber cuándo se grabó el vídeo, ¿no? Podría no ser reciente, sino de una fecha distinta a cuando lo subió.

—Ayer por la tarde. Sobre las seis.

—¿Cómo lo sabes? —pregunta, sorprendida.

—Porque se subió a TikTok un poco después, pero he descubierto que también tiene un perfil en Instagram y he visto que era un directo. Tiene bastantes, supongo que lo hace para momentos más espontáneos, como el susto que le da en este. Los sube como clips porque duran poco y se quedan guardados cuando dejas de emitir a tiempo real. Te da la opción de subirlos al terminar, luego tuvo que grabarse unos minutos antes. Yo calculo que a las seis menos cinco.

—¡Qué cabrona! Nos ha mentido. ¡Me dijo que llevaba días sin verla! Voy a hablar con ella. Gracias por la ayuda.

—Para eso estamos. No me eches mucho de menos, ¡¿eh?! Y no te olvides del hermanito, que igual también está en el ajo.

21

La teniente vuelve al edificio en el que vive Felicidad. Cuando se acerca a la entrada, observa que no hay nadie fuera. Sin embargo, en el portal hay un grupo de vecinos junto al portero de la finca. También está Sandra por allí, que custodia a Noemí y a su sobrino. La sargento está al tanto de todas las novedades porque su superior la ha llamado cuando iba de camino y, en cuanto la ve llegar, se acerca a la puerta para abrirle.

Candela tiene una innegable complicidad con Mateo, pero no puede olvidar la buena relación que ha tenido desde el principio con su subordinada actual, y va siendo hora de dejar de hacer el tonto. Al fin y al cabo, Sandra tiene razón en muchos de los reproches que le espetó cuando discutieron por sus discrepancias respecto a la muerte de María: no hay que ser soberbio y pensar que uno lo sabe todo, porque te perderás nuevos enfoques que quizá sean más acertados que el tuyo. Por mucho que duela en el ego, es una afirmación cierta. Tener a la sargento a su lado no solo es mejor para ella, sino también para el caso. Y, si quieren encontrar cuanto antes a Felicidad, tienen que unir fuerzas. Los vecinos la ven entrar, expectantes, y ella es muy consciente de que la observan. Se acerca a Noemí con amabilidad, para no llamar demasiado la atención.

—¿Hay alguna novedad? ¿La han encontrado?

—No, solo quiero hacerle unas preguntas. —Candela vislumbra algo de miedo en los ojos de Noemí—. ¿Puede acompañarme un momento, por favor? —Álvaro las mira—. Usted sola.

Las dos mujeres suben las escaleras de mármol del portal, que parecen las de un castillo en comparación con las del edificio de Felicidad, y se quedan en el *hall* junto a los dos ascensores.

—¿Prefiere subir al piso?

—No, aquí está bien. Dígame, ¿de qué se trata?

Candela cambia el gesto. No hay tiempo para rodeos.

—¿Qué ha hecho esta mañana a la hora aproximada en la que ha desaparecido su madre?

—Pues es probable que estuviese dormida. Bueno, probable no. Seguro. Mi pareja, Carla, y yo fuimos ayer a cenar con unas amigas y después a tomar algo. Nos hemos levantado supertarde. Pero, vamos, aunque no hubiéramos salido, al final siempre soy la última en llegar porque vivo más cerca. Después de Ignacio, por supuesto. Me confío y nunca llego puntual. Justo cuando iba a salir ya de casa, me ha llamado él y he venido pitando...

—¿Ha venido andando?

—No, en metro. Es una parada.

—Tengo entendido que sus hermanos la llamaron para contarle que su madre no estaba en casa.

—Así es.

—Le dicen que su madre ha desaparecido y usted viene en metro. No me imagino recibir una noticia así y bajar a esperar el tren en el andén —dice la teniente, tajante.

Noemí acusa el cambio de tono en la conversación.

—No se tarda nada. Ya le he dicho que solo es una parada. Además, pensé que estaban exagerando y no sería tan grave.

—¿Y ayer por la tarde?

—En mi casa. No salimos hasta la noche. Empezamos una serie después de comer y casi nos la terminamos.

—¿Por qué miente? —La mujer la mira, intrigada; parece que se le ha cortado el aire—. En el piso, nos ha dicho que vio a Felicidad el martes o el miércoles porque subió a darle un beso, pero ayer estuvo aquí. Hemos visto el vídeo con su madre. Se grabó ayer a las seis de la tarde en su casa.

—Es cierto. Lo había olvidado.

—No me mienta. ¿Por qué no nos lo contó antes?

—Porque a mis hermanos no les hace ninguna gracia el tema de las redes sociales.

—¿Y a su madre?

—¡Sí! A ella sí. Si no, no la grabaría. Es muy suya, pero luego le gusta verse.

—¿Y que la vea la gente también?

—Ya ha visto que no la obligo a nada.

—¿Su madre y sus hermanos saben que existen esas cuentas?

—Mi madre sí, mis hermanos no. Sabían que había subido a mi cuenta algún vídeo de ella muy encendida hablando de política y que resultaba muy gracioso porque se lo toma todo muy a pecho. Retrata a una generación que merece ser escuchada en las redes sociales. Pero me dijeron que no subiera más.

—Y aun así usted lo ha hecho constantemente…

—Es que ellos no son mi padre. No salen en los vídeos. Ni siquiera tienen redes sociales. Sale mi madre y a ella le parece bien.

Candela no la cree.

—Le pregunto si su madre lo sabe porque uno de sus hermanos ha insistido en que usted pasa mucho tiempo aquí con ella, pero que no se llevan nada bien.

—¿Quién? No me lo diga. Ignacio, ¿verdad? Para que lo sepa: paso mucho tiempo con ella porque mamá está peor; y él, que vive aquí, no le hace ni caso. Vamos, se lo hace, pero de Pascuas a Ramos, porque es un desastre. Arrastra una vida de mierda que le ha traído a esta casa, pero luego no se ocupa de nada y se pasa el día fuera haciendo Dios sabe qué. Si vienes de gorrón absoluto, hay que arrimar el hombro, macho. No solo cuando a ti te vaya bien, que es NUNCA. Me pone enferma. Es un calzonazos que va dando lecciones. Perdone, es que me sienta fatal que diga algo así. Nosotras no nos llevamos mal, pero nos ha costado encontrarnos. Mi madre es muy buena gente. Es trabajadora como la que más, muy agradecida y generosa, siempre ayuda y se deja la vida por los que la rodean. Pero cariñosa no es. No la educaron para expresar el afecto, y yo soy lesbiana, ya sabe. No es nada nuevo, pero imagínese cómo eran las cosas en casa que, hasta hace un par de años, no ha sido oficial para mi familia. Todos lo sabían, estoy segura, pero no querían verlo. Sobre todo ella. Mis hermanos son dos machos ibéricos que van a lo suyo, solo piensan en su interés y no les importa nadie, ni siquiera nuestra madre y menos yo. No se fíe de ellos. —Hace una pausa y toma aire—. Cuando mi madre se enteró, nos distanciamos mucho. Después de insistirle, conseguí que se sentara conmigo y me explicara por qué le preocupaba tanto el tema, y ella me dijo que no es que no le gustase, sino que le preocupaba que no fuera feliz. —Está visiblemente emocionada—. Después, me pidió que hiciera lo que quisiese, pero que fuera discreta porque no había necesidad de que lo supiera todo el mundo.

Ahí podría estar el motivo que explicaría la venganza de Noemí en forma de maltrato y violación de los derechos de quien había coartado su libertad casi desde que nació.

Candela no es homosexual, pero desde muy pequeña le gustó jugar a los juegos que se consideraban de chicos. También cualquier deporte y todo lo que implicara fuerza física o estrategia, por lo que sabía lo que era que la gente de tu edad y los mayores te miraran raro y te insultaran. Le había costado mucho tiempo manejar la ira que le provocaba.

—Debió de enfadarle mucho todo eso. Entiendo que se rebelaría...

—Pues sí. Pero, en lugar de apartarme, decidí demostrarle que se equivocaba. Que no hay nada malo en lo que hago y que estar con otra mujer no es una decisión errónea que haya que ocultar al resto del mundo. Ahora que está regulera, he querido recuperar el tiempo, porque... ¿sabe una cosa? Por mucho que digan, el tiempo no se recupera. Todos desaparecemos y mañana podría no estar. —Se da cuenta de que es un hecho y afloran las lágrimas—. Y yo quería disfrutar de mi madre, o al menos cuidarla y acompañarla. Intentar no culparla por lo que me ha hecho, por educarme en un mundo retrógrado, porque en el fondo es lo que le enseñaron a ella. Mis hermanos, en cambio, están felices porque tienen el control de pronto. Llevan toda la vida tirando de nuestra madre para que les resuelva todo, porque son un desastre, y porque a ella, otra cosa no, pero le gusta organizar y estar pendiente de hasta el mínimo detalle. Así que lo viven en parte como una revancha, aunque no lo reconozcan... Apuesto a que eso no se lo ha dicho, ¿verdad?

Candela tiene un nudo en la garganta. No solo por lo que simboliza Felicidad para ella, sino porque Noemí ha dado en las teclas que se esfuerza en esquivar a diario. No es tanto el no saber qué ha sucedido con su abuela y el motivo por el que se pelearon. Por primera vez, siente que Sandra tiene razón y que tendría que haber hablado con su progenitora para que le contara qué había ocurrido entre ellas. Cuando piensa en su madre y el abismo que las separa, nota cómo el mundo se desmorona a sus pies. Es cierto que cualquier día no estará, pero el problema es que siente que, por desgracia, ese momento ya ha llegado. Se ha dejado llevar por el relato cargado de emoción de Noemí, pero tiene que cortar por lo sano y dejar su historia a un lado. Aunque, de momento, la manera que tiene de poner su granito de arena es encontrando a la matriarca. Es hora de dejar a un lado las emociones y aguzar sus sentidos si no quiere que se la cuelen como a una cría y afecte a su trabajo.

22

Después de la declaración de intenciones de Noemí, Candela vuelve al ataque sin más miramientos. Si la hija pequeña de Felicidad tiene algo que ver con la desaparición de su progenitora, es el momento de esclarecerlo.

—¿Su madre está medicada cuando la graba?

—Desde hace un tiempo. Sí, claro. Tiene que tomar su medicación para que la enfermedad avance lo más lento posible.

—¿Sabe dónde guarda las pastillas?

—En el baño o en la mesilla, imagino. Mi madre aún es independiente...

—¿Le pareció que ayer podía haber tomado más dosis de las recetadas? ¿Notó algo extraño en ella, mareos o que estuviera más desorientada de lo habitual?

—Igual que en el último mes. Un poco más ida de lo normal, más floja. Es una putada, porque es una enfermedad y ojalá no la tuviera, pero es cierto que a ella le viene bien aflojar un poco y descansar. —Noemí percibe la mirada inquisitiva de Candela—. Espere. No pensará que yo le di la medicación u otra cosa, ¿verdad?

—Yo no he dicho eso.

—Pero sí que yo la obligaba a hacer los vídeos.

—Dígamelo usted. No creo que la obligara, porque me parece que ni ella se daba cuenta. También creo que lo hace en secreto, pero que sabe que tarde o temprano su familia se enterará.

—Me está amenazando.

—Le estoy pidiendo que colabore y me diga la verdad. En el vídeo hemos visto el golpe que su madre tiene en el brazo.

—¿Todo este numerito es por el golpe? Ya lo tenía. Yo misma le eché la bronca cuando me dijo que se había caído. Pero qué le vamos a hacer, a veces se desorienta, pierde el hilo. Cada vez más.

—¿Ha hablado con su madre esta mañana?

—No, ya habíamos quedado. La vi ayer y la iba a ver luego.

—Entonces no la ha llamado en toda la mañana, entiendo.

—No.

—¿Puede enseñarme su historial de llamadas, por favor? Voy a pedir el registro igualmente, pero ganaremos tiempo y centraremos el tiro si no ha sido usted.

—A ver si es verdad —le dice mientras busca en el móvil.

Candela comprueba que no miente. Si había llamado a su madre para hacerla venir desde el otro edificio, lo había hecho con un número diferente.

—¿Ya está tranquila? ¿Hemos acabado?

—Sí, hemos acabado. —Noemí se da la vuelta, pero Candela llama su atención en cuanto da un par de pasos—. ¿Sabe una cosa? Deseo con todas mis fuerzas que aparezca Felicidad, aunque solo sea para preguntarle si de verdad es consciente de que usted se aprovecha de su imagen, porque no creo que sea así.

—Pero ¿a ti qué te pasa? ¿Qué problema tienes? —le grita Noemí muy exaltada, perdiendo las formas.

—Me pasa que se empieza a hablar bastante de la exposición de los menores en las redes, pero ¿qué pasa con los mayores? Porque veo vídeos como los que sube con su madre y tengo serias dudas de si nos reímos con ellos o de ellos, de si resultan graciosos y tiernos o torpes y paletos, en muchos casos. Me planteo si de verdad los ancianos que son expuestos, como su madre, son conscientes del alcance que tienen, de toda la gente que los va a ver... Si el que graba a sus mayores lo hace realmente porque sabe la repercusión que tienen en número de *likes* y difusión, y si algo de todo esto ha tenido que ver en su desaparición. Eso me pasa.

—Sinceramente, creo que está usted muy nerviosa y fuera de lugar, pero ¿sabe lo que le digo? Que todo depende de los ojos con los que mire, o tal vez sea cuestión de conocer la verdadera relación entre el que graba y el que es grabado, para saber si se basa en ese cariño y respeto o es algo oportunista y faltón, como dice. En mi caso, está muy claro, aunque no se lo crea.

—Pues si las bromas que le gasta en los vídeos no son faltonas..., pero debo de ser yo la que tiene una visión equivocada, sí —dice, irónica.

—¿Algo más? —pregunta Noemí, que prefiere no entrar al trapo.

—Por ahora no. Bueno, sí. ¿Gana dinero con su perfil?

Noemí resopla. Se calma y la mira a los ojos para responder con tranquilidad.

—No sé en qué mundo vive. Bienvenida al 2023 —le dice antes de irse.

La hija de Felicidad se da la vuelta y, ahora sí, baja las escaleras de nuevo, pero esta vez sale a la calle para fumarse un cigarrillo. Candela se queda en el mismo lugar, pensando en lo que acaban de hablar y en que, por mucho que tenga una opinión tan opuesta, en realidad, ella no tiene derecho a coartar la libertad de nadie, por sospechoso que le parezca.

Sin embargo, tiene muy claro que jamás dejaría que la expusieran de esa manera, y mucho menos hacerlo ella: grabar a alguien a traición, sabiendo que será objeto de risas, aunque sean compasivas. Nunca lo haría porque no le gustaría nada que la vieran de esa forma, pero no por eso podría prohibirlo ni detener a quien lo haga. No es delito a día de hoy, salvo que lo hubiera denunciado. Así que no puede juzgarla por ello. Pero el tema de las redes sociales la enerva. Es capaz de entender una parte de la defensa de Noemí, pero se pregunta dónde estará el límite entre compartirlo por amor y hacer homenaje por mantenerles entretenidos y que lo disfruten, como defiende, o aprovecharse de su situación. Porque todos somos mayorcitos y sabemos lo que hay detrás. Candela no puede evitar pensar que es un negocio, aunque quizá es muy mal pensada porque ha visto mucho. Demasiado. Tal vez todo lo que ha vivido le influya sobremanera. Desde el momento en el que se hace algo para obtener *likes* o seguidores, ya todo se contamina, deja de ser natural o un acto bonito. Joder, que en el 2023 tengamos que recurrir a las redes para proclamar el amor... ¿Es que no se lo puedes decir a los ojos, cara a cara? ¿O es que si no queda constancia es como si no contara?

Por mucho que lo intente, la teniente no es capaz de ver la parte tierna del vídeo de Felicidad bailando. Lo que ve es a la mujer haciendo el ridículo, que el que lo graba lo sabe y es consciente del alcance que tendrá cuando lo suba. Nada es arbitrario. En las redes, todo está muy bien pensado. Aunque también supone que eso va en la persona y en lo que la exposición masiva suponga para ella. Igual no le importa... Eso la hace dudar... Seguramente se sienta así porque, para ella, los adultos merecen el mayor de los respetos. Se pone mala solo de pensar que se les graba sin consentimiento o sin que dispongan de la información real de la repercusión que puede tener ese vídeo. Antes, se respetaba a las personas mayores porque acumulaban años de experiencia y sabiduría. El anciano era una figura venerada a la que había que cuidar y atender. Pero, desde que hay internet y tenemos una respuesta inmediata a todo lo que buscamos, ya no los necesitamos y han perdido su lugar privilegiado. Ya no son indispensables y se han vuelto una carga porque no aportan nada estrictamente necesario para la sociedad. Candela está segura de que aún tienen mucho que ofrecer: la experiencia es la mayor de las sabidurías y ya no se tiene en cuenta. No entiende que seamos tan inconscientes como para infravalorarlo así.

Cuando ve a una persona mayor, lo primero que hace es pensar en sus cuatro abuelos y en quiénes habrán sido. Y después lo que le sale es imaginárselos de jóvenes. De niña, le costaba creer que en algún momento de su vida hubiesen tenido la misma edad que tenía ella entonces. Es algo que mucha gente no tiene en cuenta hoy en día cuando se les falta el respeto. Y lo mismo le sucede ahora con su madre.

Cuando habló de esto con Sandra, ella le dijo que tampoco se podía dulcificar o idolatrar en exceso a la tercera edad, que anda que no hay viejos que empujan, que no esperan colas, que están pasados de vueltas y son maleducados, solo porque son mayores y creen que se lo pueden permitir... Candela había respondido que claro que los hay, pero que ese comportamiento no tiene nada que ver con la vejez: gilipollas y groseros los hay de todas las edades. Es verdad que el carácter y las manías se agudizan con la edad, pero está segura de que el que lo es de viejo es porque ya lo era de joven.

Se pone en marcha y camina también hacia la salida del portal hasta que, cuando empieza a bajar las escaleras a la calle, le suena la notificación de un mensaje que no había llegado porque en el interior apenas hay cobertura. Es Jesús, y le dice que lo llame porque ha encontrado algo en el iPad de Felicidad. Es importante.

«Espera, que subo. Estoy en el portal», responde.

Candela asciende de nuevo por las escaleras para llegar al piso en el que vive la matriarca cuanto antes y descubrir qué sorpresa le depara el destino en esta ocasión.

En cuanto llega al rellano recibe una llamada para informarle de que en la Cantina confirman que Ignacio estuvo solo bebiendo entre que salió del edificio de alquileres y volvió a casa de su madre tras la llamada de alerta de su hijo.

La teniente cuelga y se pregunta si tener una coartada tan clara no sería parte de su plan.

23

Jesús espera a Candela en la vivienda de Felicidad con su *tablet* sobre la mesa de la cocina. El espacio es igual de amplio que el del resto de las estancias. Sin embargo, su subordinado es tan alto que hace que los muebles parezcan casi de juguete. También predomina la madera, lo que, unido a la iluminación tenue, ofrece un aspecto tenebroso.

—La sesión está abierta y he estado echando un ojo. Tiene el perfil público. Muy pocos amigos, la mayoría del grupo del Imserso.

—¿Ha subido algún vídeo en el que se la vea con su hija o sola en casa hablando sobre política, de alguna caída o chorrada, bailando…? ¿Algo tipo TikTok?

—Qué va, no hay casi nada colgado. Solo una decena de fotos de un viaje en grupo organizado hace casi dos años.

—Lo que nos habían dicho sus hijos.

—Sí, he encontrado alguna más porque Felicidad, o Feli, como la llaman por aquí, está etiquetada en bastantes imágenes, todas realizadas en las fechas que ya sabemos. Nada nuevo por esa parte.

—¿Entonces?

Jesús sonríe. Llega el momento de ponerse la medalla.

—Mantiene contacto con un hombre del grupo, un tal Bruno Vázquez. Se mandan mensajes y se conectan en el chat para hablar. Es este. —Candela observa la fotografía que le muestra, en la que aparece un hombre de edad avanzada, complexión fuerte y muy moreno. Es atractivo para los años que tiene y parece un poco más joven que la desaparecida—. Los mensajes no dicen nada. Solo se escriben para conectarse al chat, pero esos son más complicados de recuperar. La última conexión ha sido esta mañana. Ella le manda un mensaje a las nueve para recordarle la hora: a las diez y media, «porque después me va a ser imposible».

—¿Y no sabemos de qué han hablado? —Él niega con la cabeza—. ¡Joder!

—Es una putada, sí. Puedo intentar conseguir las conversaciones, pero lleva su tiempo. Lo que sí tengo es uno de los últimos mensajes, enviado hace una semana, en el que él le dice que tiene ganas de venir a verla.

—¿Lo habéis localizado? ¿Sabemos dónde está?

—Sí. He llamado a la prima de Felicidad para preguntarle. Ella sabía que hablaba con alguien y la veía ilusionada, pero le decía que solo era un amigo. No sabía su identidad, pero cuando le he dicho el nombre y apellidos me ha hablado bien de él. Nada extraño, que es muy educado, muy caballeroso...

—Como todos los que engatusan. A ver si te crees que te van a engañar siendo unos bordes.

—Me ha llamado de vuelta con el contacto. He hablado con él y me ha parecido muy tranquilo. Igual me equivoco, pero me he creído lo que me contaba. No sabía nada y le ha extrañado que le preguntara por Felicidad. Le he explicado el motivo y no se lo podía creer. Se le veía preocupado. Me ha dicho que, efectivamente, se conocen de los viajes, pero que no se ven desde el último. Entre ellos hay una «bonita amistad» y tenía planeado venir a verla, aunque es algo que se dicen desde hace tiempo y luego lo van retrasando.

—Qué tierno. Me encanta que te haya convencido —dice Candela con retintín.

—He avisado antes para que rastrearan la llamada. Está en Salamanca, donde vive con uno de sus hijos. Veo un poco complicado que le haya dado tiempo a volver, la verdad —se defiende.

—Si no tiene por qué haber hecho nada, pero, si es un timador del amor de esos, lo tendrá bien organizado. Esos tipos son sabandijas y estafadores sentimentales profesionales. Se construyen perfiles a medida con los gustos de las víctimas, ya sea porque las conocen o porque sacan toda la información, aficiones y demás de sus perfiles abiertos en redes sociales. Conocen sus carencias y se presentan como el hombre ideal. Engatusan a mujeres con falta de atención o cariño o, ¡qué coño!, mujeres buenas, con ganas de enamorarse y, cuando las tienen bien cameladas, les empiezan a pedir dinero. En un primer momento son pequeñas cantidades, para alguna emergencia o problema grave que les ha surgido. Ellas acceden sin sospechar que las están engañando, y luego van estirando el chicle hasta que las despluman. Después desaparecen. Viven con un tren de vida que jamás se podrían permitir, porque las víctimas no se atreven a denunciarlos. A esas alturas, ya se han encarado con ellos, pero tienen miedo porque suelen amenazarlas. Además, no es fácil asumir y hacer público que te han tomado el pelo de esa manera. También las extorsionan mediante fotos, aunque no creo que sea el caso.

—Lo sé. Me parece increíble que haya personas que piquen el anzuelo de esa manera. Con toda la información que tenemos... —dice Jesús.

—Bueno, es que la soledad es muy mala. A todos nos gusta gustar y que nos presten atención. Y lo de los timos es así... Yo he picado más de una vez con *links* y mensajes, porque no tengo ni idea de informática y le termino dando.

—¿Crees que podría estar pidiéndole dinero?

—Por lo que nos han contado sus hijos, no creo que supiera operar por internet. Hay que comprobar si ha sacado dinero recientemente. Necesitamos ver los movimientos de sus cuentas.

—Estamos en ello. Los pedí antes de encontrarme este panorama, pero no tenemos las claves. Ninguno de sus hijos es apoderado y las sucursales están cerradas por ser domingo. Nos está costando...

—Otra cosa que me choca es que, siendo tan mala con la tecnología como dicen, se conecte así al Facebook y no elija hablar por una vía más normal, como el teléfono —comenta la teniente.

—A ver, mucho de tecnología te confirmo que no sabe, porque el perfil está casi vacío y no hay interacciones, salvo con este señor, otra mujer de la excursión y poco más. Al chat no tiene ni que darle ella. Se le abre la ventana y solo hay que escribir, igual que en el teléfono. Quizá alguien le husmeaba el móvil y esto le pareciera más discreto... ¡Ah! Su amigo dice que la ha notado extraña, que parecía nerviosa. Le ha preguntado y le ha dicho que tenía mucho miedo, que no se sentía segura en el barrio. Él piensa que hay algo más, pero no se lo ha contado.

—Me pregunto qué es lo que la asustaba tanto.

Suena el teléfono de Jesús, que lo coge, y Candela se da cuenta de que ocurre algo. Cuelga y se dirige a ella.

—Tenemos trabajo. Ha llamado la vecina del segundo. No dábamos con ella porque, al parecer, estaba en casa de un hijo suyo con sus nietos. Quiere contarnos algo y está muy nerviosa.

—¿No está Toni?

—Sí, es quien me ha llamado.

—Joder, pues que se lo cuente a él y que nos llame. Que estoy hasta el mismísimo de tanto paseíto.

—Eso le ha dicho, pero ella insiste en que vaya quien esté al mando. Dice que es muy importante. —Candela resopla mientras se pone en marcha—. No te quejes, que al menos no tenemos que aparcar.

Ella entorna los ojos y sale por la puerta como una exhalación.

24

Trinidad, la vecina del segundo piso del edificio de alquileres de Felicidad, espera a Candela en la calle junto a Toni. Hace buena temperatura y la mujer aprovecha para fumar sin parar. Jesús se ha quedado en el domicilio de la matriarca, inspeccionando la *tablet* y la red social que usa la desaparecida, por si se le hubiera pasado por alto algún detalle.

—¿Es usted la jefa? —pregunta al verla. La teniente asiente—. Tengo que comentarle algo..., porque seguro que los vecinos no le han dicho nada, ¿verdad?

—¿Sobre qué? Si no concreta algo más, no sé a qué se refiere... —responde la teniente en el mismo tono chulesco.

—De lo que pasa en el edificio. —Candela la mira, interrogante—. La gente que va y viene. Esto parece un mercado..., qué digo un mercado, ¡el Rastro! Gentuza. Unas pintas... Yo me muero de miedo. ¿No lo han visto?

—Sí, hemos visto algo, pero no son tontos y se cortan con nuestra presencia.

Candela le hace un gesto para invitarla a seguir hablando.

—Feli estaba muy disgustada con el tema. Da miedo entrar en el portal, por lo que ha ido a hablar con él. Me lo ha contado muchas veces, y yo la he visto entrar a su casa, no a diario, pero casi.

—¿De quién está hablando?

—De Andrés, el vecino del bajo. —El famoso Andrés, una vez más—. Desde que llegó, esto ha cambiado. No somos tantos vecinos como para que haya tanto trajín. Y no te libras, porque yo bajo muchas veces por las escaleras, a mi edad, ya ve, y a veces me los encuentro escondidos en el descansillo del primero, esperando para no cruzarse con alguien que entra en ese momento, y disimulan de mala manera. Tíos con unas pintas horribles y gente de la zona, muchos mayores, aunque también me cruzo con adolescentes.

—Dice que ha visto a Felicidad con él. ¿Sabe si discutían?

—Sí, sí, me lo decía ella, pero le tenía miedo porque no sabía qué hacer para pararle el negocio. Se le ha ido de las manos. Se cree el rey del edificio. ¡Qué digo, del barrio! Y a mí me da miedo porque no puedes llevarle la contraria o denunciarlo. Esto es como una ratonera.

—¿Cuándo fue la última vez que vio a la desaparecida?

—Uy, pues hace una semana o un poco menos. La escuché hablando con ese tipejo en el patio.

—¿Discutían?

—Tanto no sabría decirle, pero supongo que sí, porque siempre que levantan la voz termina pasando. Él le insiste para que entre, porque aquí es que se escucha todo, pero todo todo.

—No habló después con ella, entonces.

—No. Ya le digo que solo la vi hablando. Desde la ventana de mi tendedero. Yo estaba tendiendo...

—¿Recuerda notarle algo raro las últimas veces que la ha visto, como si estuviese contrariada o algo parecido?

—La recuerdo más mayor, como más despistada... La edad, que no perdona, aunque te bañes en dinero... Le cuento esto porque creo que algo ha podido pasar con el vecino. Igual le amenazó con denunciarlo de una vez, porque ella tiene mucho carácter. No digo que quisiera hacerle daño, pero igual perdió los nervios... No sé...

—Esperemos que no. Gracias por la información...

—Si es que lo peor es ver a todos los abuelitos rendidos a sus pies, totalmente dependientes —interrumpe.

—Si es un profesional, sabrá muy bien cómo captar a sus clientes. Y después no será tan difícil mantenerlos. Las drogas son muy malas. —La mujer la mira, extrañada—. Vamos a revisar la casa para asegurarnos de que no tenga a Felicidad dentro y luego llamaremos a la unidad antidroga para que se encargue de ello. No se preocupe.

—No me está entendiendo. Lo que vende no es droga, sino otra cosa...

25

A Candela se le vuelven a romper los esquemas una vez más cuando Trinidad, la vecina del segundo, baja la voz para resolver el misterio sobre lo que vende de manera ilegal Andrés, el vecino del bajo:

—Vende alimentos.

Los dos agentes la miran, desconcertados.

—¿Quiere decir que tiene montado una especie de supermercado? —pregunta el joven.

—No, no. Es peor. Es trapicheo. ¿No han visto que la gente que va y viene siempre esconde bultos en los abrigos? Son bolsas y paquetes que llevan ocultos con comida y otros productos que roban y que luego venden más baratos.

—Lo llaman «hacer la mecha». También venden ropa y otras cosas por encargo —interviene Toni—. Suele ser gente que está enganchada a la droga. Hay mucha actividad en Lavapiés y Embajadores, donde está el mercadillo más transitado, cerca del Rastro. Yo vivo cerca.

—Lo conozco, pero no sabía que por aquí también se daba —responde Candela.

—Uy, no sabe cuánto… —asegura Trinidad, mirando hacia todos lados.

—Los vecinos no denuncian porque los compradores principales son personas mayores que hasta hacen encargos. Si pasa por ahí, los verá en corro esperando a que llegue la mercancía —añade Toni.

—Pues aquí pasa lo mismo, aunque todo mucho más discreto —continúa la mujer, que hace que Candela recuerde las miradas de complicidad entre las dos parejas de vecinos con las que habló antes en la escalera—. Por eso callan, lo encubren. Yo sabía que pasaba algo, pero no me imaginaba que fuera esto. Desde luego que no ha podido elegir mejor sitio con clientela fija. Aquí no hay más que abuelos en situación de precariedad. Quizá les parezca increíble porque son muy jóvenes y no saben lo que les va a pasar en la vida, pero yo soy muy mayor y he visto muchas cosas.

Candela sonríe para sus adentros. La mujer le debe de llevar unos veinte años, pero es una frase que ella repite a menudo.

—Pues por desgracia es bastante común, y los consumidores son igual de culpables que los ladrones. Porque, como decía, muchos hacen encargos, listas de la compra, como si fuese un robo a la carta. Así que son cómplices —explica el novato.

—La cuestión es si lo hacen por necesidad o por picaresca —interviene la teniente.

—Mire —dice Trinidad, enfadada—, Adela, la del súper, está desesperada. Le roban bandejas incluso del mostrador. Dice que van, la despistan entre varios, las cogen descaradamente y salen corriendo. Y, a los cinco minutos, lo venden al lado. No es solo el delito del hurto, sino que encima es competencia desleal. Sin impuestos ni licencias. Es que no hay derecho. ¡Ella también lo necesita y se lo están robando!

—Si lo hacen con asiduidad, lo normal es que elaboren todo tipo de tretas: ellos llevan doble forro en las cazadoras; ellas, faldas y vestidos anchos para simular que están embarazadas y donde guardan un auténtico almacén. Yo he visto cómo detenían hasta a embarazadas de verdad —cuenta Toni.

—Sí, ella dice que roban en carritos de niños con doble fondo y que lo que más se llevan son cuñas de queso —comenta la mujer, con gesto de extrañeza—. Y yo le digo: «Denuncia. En cuanto los pilles, llama y que se los lleven, para que se lo piensen la siguiente vez». Pero es que le da igual. Por lo visto, aunque lo haga, los dejan en la calle enseguida y no le compensa.

—Es que son muy listos porque, cuando se los detiene, se les piden los papeles y van directos al juzgado. Les cae una multa, pero no la pagan porque se declaran insolventes al vivir en la calle. Así que vuelven a quedar libres sin castigo y vuelta a empezar —explica el novato.

—El problema de este país es la impunidad: por menos de cuatrocientos euros es falta de hurto y, si va a juicio, seguirán en la calle aunque lo hayan hecho cien veces —añade Candela—. Ellos lo saben, y la suma de lo que se llevan siempre es menor de doscientos euros, que es el límite. Es una falta que se enjuicia aparte y no lleva pena de prisión. Además, se colocan en las esquinas para que, en el momento en el que uno avisa de que vamos, tengan una salida rápida. Y, en cuanto se va la vigilancia, vuelven a aparecer.

—Y, mientras, siguen desplumando a los vendedores que no tienen ni para pagar la luz de los locales, de lo que ha subido. Están completamente desamparados. Al final, pagan ellos los desastres del sistema —añade enfadada Trinidad.

—¿Por qué no lo han denunciado si están así? —pregunta Candela.

—Porque no lo sabía. Me ha pasado lo mismo que a ustedes: creía que venían a por droga. Yo preguntaba a los vecinos, pero todos hacían un poco la vista gorda. Hasta que ayer vi a un par entrando varias veces con bolsas de comida y saliendo sin nada.

—¿Y qué hizo? —sigue preguntando la teniente.

—Llamé a Felicidad para contárselo. Pareció aliviada por descartar las drogas, aunque también se enfadó muchísimo y me dijo que hablaría con él, que no me preocupara, que ella lo iba a solucionar.

Los dos agentes se miran.

26

Antes de salir escopetados hacia el patio interior del edificio para hablar con Andrés, el vecino que vive en el único bajo habitado del edificio de alquileres de Felicidad, Candela hace una última pregunta a Trinidad, que sigue fumando sin parar.

—¿Sabe si María, la vecina del décimo que cayó al patio, era también clienta?

—María era muy suya, pero, pobrecilla... La verdad es que no sé decirle. No la veía mucho. Antes bajaba a sacar a las perras, pero desde que murieron salía muy poco, a dar alguna vuelta pequeña y poco más. Si era clienta, es probable que se lo subieran.

Hasta ese momento, la teniente estaba convencida de que la anciana había abierto la puerta a alguien que conocía, una persona de la que se fiaba, como un miembro de la familia de Felicidad, que por extensión era la única que tenía. Pero Trinidad acababa de abrir una nueva posibilidad: María también podría haber dejado pasar a un vecino del edificio, alguien que le llevara la compra, como Andrés o uno de los vendedores, que le subiera los productos a casa. Esa persona también podría ser la responsable de la desaparición de la casera.

—Ahora entiendo por qué el del bajo no ha contestado cuando hemos llamado a su casa —dice Toni en cuanto dejan a la vecina entrando en el ascensor.

—Es su truquito. No abre, pero está dentro. Nos hizo lo mismo cuando apareció María en el patio.

—Pues se lo ha montado muy bien, porque no había luz y no hemos visto ni oído nada. ¿Crees que tendrá a Felicidad en el bajo? —Candela le dedica una mirada compasiva. A veces se le olvida lo inocente y novato que es Toni, pese a su eficacia—. ¿Seguirá viva o estará muerta?

—Si la tiene, no creo que siga viva. Si eres mujer y amenazas a un tipejo así con que vas a cerrarle el chiringuito, no creo que salgas airosa. Más aún si sobrepasas una edad.

Los dos agentes atraviesan el pasillo y comprueban que, efectivamente, la vivienda tiene la luz apagada y siguen sin oír nada.

—No sé si está en su casa o no. Me da igual —se queja Candela—. Tenemos que entrar como sea. —En ese momento, le vuelve a sonar el teléfono—. Joder con el telefonito de los cojones, qué estrés —dice antes de responder a Sandra—. Adivina en la puerta de qué amiguito nuestro estoy ahora mismo —le dice al responder—. Nos han chivado que lo que tiene Andresito, el del bajo, es una mafia de venta ilegal de alimentos, no de droga, y que podrían haberse quitado de encima a Felicidad por intentar pararles los pies. —A Candela le gustaría poder transmitirle su inquietud por la muerte de María y si podría habérsela cargado porque fuera a denunciarles también. Todos inciden en que ella estaba muy preocupada por el movimiento que había en el bloque. También cabía la posibilidad de que ella se aprovechara del chanchullo, le dejara pasar porque le llevara la compra y hubiera algún otro motivo. En cualquier caso, no piensa avivar el conflicto con su subordinada—. Estamos aquí y tampoco nos abre, pero esta vez no tengo tan claro que esté dentro.

—Yo tengo una sorpresa. Ya tenemos las grabaciones de las cámaras de varios locales de la calle en la que está el edificio de alquileres de Felicidad…

—¿Y? —pregunta Candela, expectante, cuando la sargento hace una leve pausa para captar su interés.

—Confirmado. Felicidad entra en el edificio, pero no la vemos salir. Las imágenes muestran cómo pasa por delante a las once y treinta y un minutos junto con su hijo mediano, como ha reconocido él. Ignacio sale al rato, justo treinta minutos después, y ella nunca llega a hacerlo. Pero hay algo más.

—¿El qué?

—Ignacio no lleva puesta la sudadera marrón. Felicidad no discutía con él en el rellano, sino con Álvaro, su nieto. Nos han mentido.

27

Sandra envía un clip al móvil de Candela en menos de un minuto. En las imágenes, se ve cómo el adolescente, vestido con la sudadera marrón, entra en el edificio antes de que lleguen su abuela y su padre. Es una grabación de pantalla y pasan el vídeo hasta que lo paran en el momento en que, quince minutos después, Felicidad pasa acompañada de su hijo Ignacio, que sale a los treinta minutos. Siguen las imágenes hacia delante hasta que, un cuarto de hora más tarde, se ve salir a Álvaro. Lo significativo no es solo que hubieran mentido, sino que el adolescente se marcha a toda prisa.

—¿Tan tarde llegabas? —masculla para sí la teniente.

Hasta ese momento, pensaba que Ignacio podría estar protegiendo a su hijo, pero ¿y si fue al contrario? ¿Y si fue él quien desde un principio pidió a Álvaro que lo ayudara y lo planearon juntos?

Saben que la mayoría de los casos de maltrato de ancianos vienen dados por sus familiares y, en ocasiones, por hijos divorciados que vuelven a vivir en casa de sus progenitores. Ignacio vive con ella y, por lo que sabe de él y lo que ha podido tratarle, está bastante quemado. Contento no se le ve, eso desde luego. Está claro que tiene que andar mal de dinero para no alquilarse algo, por caro que esté el mercado. Podría haberse hartado de compartir piso con su madre. ¿Acaso la mujer le recordaba sus fracasos y le decía lo que tenía que hacer? No conoce el móvil, pero el resto se ajusta a la perfección a los datos reales.

—¿Dónde cojones estás? —masculla Candela, sin dejar de pensar en Felicidad.

Antes de colgar, la teniente queda con Sandra en que irá corriendo hacia donde están para hablar con Álvaro, el nieto de la matriarca. Se despide de Toni, al que deja custodiando la puerta del bajo donde vive el tal Andrés. Luego pone rumbo a su destino.

Cuando llega al portal de la casa en la que vive Felicidad, ve que el número de personas que espera ha disminuido y que Noemí sigue entre ellas, sentada en uno de los sofás de cuero del *hall* junto con dos vecinas. Álvaro está de pie, apoyado en una columna mirando el móvil. Sandra se encuentra al lado del portero y un par de parejas, pendiente de ver llegar a Candela. En cuanto la ve aparecer, sabe lo que tiene que hacer: se acerca al nieto de la matriarca para pedirle disimuladamente que la acompañe fuera para hablar con su superior. El chico obedece y baja las escaleras de mármol como si la cosa no fuera con él.

—A ver si tu familia y tú dejáis de mentirnos, porque si no voy a empezar a pensar que nos estáis tomando el pelo y que alguno de vosotros ha hecho desaparecer a tu abuela —le dice Candela, muy tranquila, en cuanto llegan hasta ella.

—¿Qué está diciendo? Yo no le he mentido.

—Iba a enseñarte los vídeos, pero ¿para qué? Los dos sabemos que hoy también has estado en el edificio. No me hagas decirte las horas concretas de entradas y salidas, ni recordarte que eras tú el que vestía la sudadera que llevas ahora. Lo que quiero saber es a qué has ido y qué has hecho el rato que has pasado dentro.

El chico no se plantea rebatirlo.

—Es que no me acuerdo.

—No te acuerdas. ¿Te crees que somos idiotas?

—A ver... Pues no tenía nada que hacer y he tirado para allá porque sabía que estaba mi padre con mi abuela, para ver si me daba pasta para tomarme algo.

—Tu padre y tu abuela aún no habían llegado. Tú saliste de aquí antes que ellos, así que sabías que era imposible que ya estuvieran... —El chico no dice nada—. A ver si tu papá nos cuenta lo mismo cuando le preguntemos ahora, sin que puedas pactar antes con él lo que debe responder.

Álvaro traga saliva.

—Fuiste para esperar y ayudar a tu padre cuando llegaran porque él te lo pidió, ¿verdad?

—No.

—¿Puedo ver el registro de las llamadas de tu móvil, por favor?

El adolescente se pone tenso.

—No, es privado.

—Ajá. Eso lo decidirá el juez, pero ya te digo que me va a dejar y no pienso permitir que borres nada. Así que con tranquilidad. Si no lo hacemos ahora, lo haremos en un rato. Lo que no entiendo es por qué te pones así si, como dices, no has hecho nada. Lo único que consigues es obstaculizar la investigación para encontrar a tu abuela. A no ser que sepas dónde está, claro...

Álvaro termina por ceder y le da el teléfono a Sandra, que le pide que lo desbloquee. La única llamada realizada que hay es a su padre, pero corresponde con la hora en la que Álvaro dice que volvió a casa y no encontró a su abuela; es la que les han contado. Sin embargo, a la sargento le llama la atención que en el registro únicamente hay un par de llamadas recibidas antes de que saliera de casa de su abuela hacia el edificio de alquileres, de una duración de unos dos segundos, desde un número desconocido. Se lo enseña a Candela.

—¿De quién es este número? —pregunta la teniente.

—De nadie. No lo sé.

Candela sonríe y acto seguido devuelve la llamada. No tardan nada en responder al otro lado. Lo hace una voz masculina y, cuando la escucha, sabe inmediatamente quién es. Fernando, el vecino del noveno.

28

Sabía que en algún punto de la investigación volvería a aparecer Fernando, el vecino que vive debajo del piso desde el que cayó María. Ese hombre siniestro y maleducado que la había mirado de manera inquietante, asomado parcialmente por la puerta de su casa. Candela corta la llamada y mira con dulzura a Álvaro, que la observa expectante.

—O sea, que no ibas a ver a tu padre ni a ayudar a tu abuela, sino a visitar este señor. Menudo nieto. —Candela le pasa el teléfono a Sandra—. Avisa si hay mensajes de su padre de esta mañana, por si acaso.

El chico mira sin rechistar.

—¿Me vas a explicar qué hacías en el edificio?

—Ya se lo he dicho. He ido porque estaban mi padre y mi abuela y me aburría.

—Déjate ya de jueguecitos. Fuiste porque habías quedado con tu padre a una hora para deshaceros de tu abuela. Hiciste lo que tenías que hacer y te largaste corriendo.

—Pero ¿qué dice? ¡Está loca!

—Entonces fuiste cuando te llamó tu amiguito del noveno. Seguro que tras interceptar a tu abuela y para que le ayudaras a esconderla.

—No hay ningún mensaje a su padre de esta mañana —informa Sandra mientras devuelve el teléfono a su dueño.

El chico niega con la cabeza. Está enfadado porque sabe que no tiene escapatoria.

—No se monte películas. Yo nunca le haría daño.

—Pues dime qué hacías ahí. ¿Por qué te fuiste corriendo? —Álvaro no responde—. ¿No me vas a contestar? ¿Por qué te llamó Fernando? Dime.

El chaval continúa unos segundos en silencio, pero al final se arranca a hablar.

—Porque... me vende marihuana. Le dije que estaba el finde por aquí y que me llamara si podía pasarme. No consumo casi. Fueron veinte euros de mierda —se justifica.

—Hoy os han visto hablando a tu abuela y a ti en el descansillo, y no me digas que es porque ibas con ella, porque tenemos una grabación en la que se te ve entrar un rato antes.

—Me la encontré por casualidad. No me acordaba de que iba a cobrar el alquiler y nos cruzamos de pronto. Hablamos un minuto. Le dije que había ido por si necesitaba algo, pero se cabrea cuando la hacemos sentir mayor. Me echó, prácticamente. Creo que no se lo tragó y me pidió que volviera a casa, porque no le gusta el panorama que hay.

—¿A qué te refieres?

—A lo del patio. El del bajo es un chungo y tiene un par de amiguitos que se llevan unos trapicheos... Antes no era así. Hasta a mí me acojona ir.

—¿Notaste algo que te llamara la atención en ella?

—Estaba nerviosa, sí. Un poco acelerada, pero igual es porque iba tarde o por lo que le digo, que sabía que no le estaba contando la verdad.

—De la droga no sabía nada...

—¡Droga! Unos porros, joder... No, no lo sabía, al menos que yo sepa. Por eso me he puesto nervioso y he salido corriendo.

Candela sonríe forzosamente como muestra de agradecimiento. Ella misma olió el tufo a marihuana que salía del piso del vecino del noveno cuando habló con él y, aunque encaja con lo que ha contado el chaval, tienen que entrar en el domicilio para comprobar que no se trate de algo más gordo, como que ambos se hubieran deshecho de Felicidad porque les hubiera descubierto.

29

Unos golpes fuertes resuenan en el edificio. Son los nudillos de Candela, que aporrean sin piedad la puerta del noveno piso del edificio del que Felicidad es propietaria. Ya no hay tiempo para medias tintas y va siendo hora de centrar el tiro.

Sandra y Miguel, un integrante de su equipo aficionado al culturismo, están junto a ella. Jesús sigue pendiente de Ignacio; la coartada del hijo mediano aún tiene demasiadas lagunas y permanece en el punto de mira. Por otra parte, Toni custodia el bajo del edificio donde vive Andrés. Al no recibir respuesta, la teniente prueba tocando el timbre varias veces seguidas y, sin dejar pasar nada de tiempo, grita:

—¡Fernando, abra, por favor! —Vuelve a llamar al timbre—. Tenemos una orden para entrar. No nos haga tirar la puerta abajo —amenaza de farol.

El hombre no tarda ni un minuto en abrir. Entran, y lo primero que les sorprende es que huele mucho a pintura, las paredes son de un blanco reluciente y hay varios muebles fuera de su sitio. Candela y Sandra se miran. Podría haber pintado para ocultar las salpicaduras de sangre. Es un clásico. En un rincón, hay una bola enorme de plásticos de gran tamaño hechos un burruño. Tienen que analizarlos. Fernando está plantado en mitad del salón, muy tenso, y contempla cómo los agentes invaden su espacio.

—¿Cuándo ha terminado de pintar? —pregunta Candela.

—No sé. Hoy...

—Por la mañana, por la tarde... ¿Cuándo?

—A mediodía, igual.

Miguel hace un primer barrido por el cuarto.

—¿Por qué ha llamado esta mañana a Álvaro, el nieto de su casera?

El hombre palidece.

—¿A quién? Se equivocan, yo no...

—La llamada que ha recibido hace un rato y han colgado. Era yo. Desde el móvil del chico, así que no nos haga perder el tiempo.

Candela sabe que puede decirle lo que le ha explicado el chaval sobre la venta de marihuana, pero prefiere comprobar que los dos cuentan la misma historia.

—No recuerdo haberle llamado. No sé a qué se refiere.

—Tendremos que ver el registro de sus llamadas...

—No le he llamado.

—Pues ya van dos mentiras. —El hombre la mira con gesto inquisitivo—. Cuando he venido antes a hablar con usted, no había pintado. No olía a pintura...

—No lo sabe porque no abrí la puerta —interrumpe.

—Sí lo sé, porque olía a marihuana que echaba para atrás. Y lo que me pregunto es si ha movido los muebles para pintar y tapar ese olor porque sabía que volveríamos o si lo que tapa es algo más grave, ya me entiende. En su mano está que creamos una opción o la otra. —El hombre permanece en silencio—. Le ha llamado para venderle marihuana, ¿eh?

—Perdona, Candela. ¿Puedes venir un momento? —pregunta Sandra, que aparece por el pasillo que va del pequeño salón a la habitación y el baño.

Miguel se queda custodiando al hombre. Sandra lleva a su jefa hasta la puerta de un cuarto con un candado por fuera.

—Que lo rompan —ordena señalándolo.

Sandra toma impulso y le da una fuerte patada a la puerta. Candela sonríe. Una fuerte ráfaga con olor a marihuana les golpea en la cara en cuanto se abre. No hace falta pasar para ver la abundante plantación. Ambas suspiran aliviadas cuando, al entrar, comprueban que Felicidad no está en el cuarto y que su nieto parece haberles contado la verdad. Sin embargo, la calma solo dura unos momentos, porque oyen unos golpes y forcejeos en el salón.

Cuando llegan corriendo, ven a Miguel con el inquilino apoyado boca abajo en la mesa del comedor, en la que hay un ordenador portátil, con las manos en la espalda y las muñecas esposadas. El sonido de una notificación interrumpe el momento.

—¡Hay algo en el ordenador! —exclama exaltado el agente—. Alguien le está escribiendo y, cuando he ido a mirar, se me ha echado encima.

Candela y Sandra se acercan a la carrera, y la jefa pulsa con el dedo índice para que se vuelva a activar la pantalla. Sin embargo, no tarda más que unos segundos en pulsarla de nuevo para que se apague e interrumpir así la visión tan violenta que acaban de tener.

30

Después de tomar aire, Candela vuelve a pulsar en el teclado para activar la pantalla del ordenador. En la parte inferior hay una ventanita de un chat abierto, pero de fondo se reproduce un vídeo casero en el que aparece Álvaro sentado en el andrajoso sofá del piso de Fernando, con los pantalones bajados y masturbándose, pero la teniente lo apaga enseguida.

Sandra comienza a buscar si hay más contenido similar. No tiene que esforzarse mucho para encontrar numerosos grupos de carpetas llenas de vídeos porno y fotografías de chicos muy jóvenes, seguramente menores de edad, posando desnudos. Todas son profesionales. La luz, los encuadres y los posados son muy diferentes a la calidad con la que se grabó a Álvaro en el vídeo que ya han dejado de reproducir. Sin embargo, hay una carpeta apartada con el nombre «Proyectos» que le llama la atención. Nada más clicar, comprueban que el nieto de Felicidad no es el único. Dentro hay medio centenar de carpetas con material de otros chavales haciendo lo mismo. Cada uno tiene una carpeta propia con su nombre, incluido él.

—Qué bien te lo montas, ¿eh? —le dice la teniente, que lo fulmina con la mirada.

—No los grabo yo. Solo los compro. Nunca los he tocado. ¡Lo juro!

La teniente no le deja hablar más y se lanza hacia él como un miura hasta quedar a escasos centímetros. Sandra y Miguel se mantienen alerta por si tienen que sujetarla.

—Pienso meterte en la cárcel por esto. No voy a parar hasta que te encierren, ¿me oyes? Voy a hacer seguimiento de tu caso, aunque me cueste la salud mental, para que sean implacables contigo. ¡Monstruo!

Candela se aparta y llama para solicitar oficialmente la colaboración de la GDT, el Grupo de Delitos Telemáticos. Mientras, Sandra continúa examinando el ordenador frente al inquilino, que permanece esposado y custodiado por Miguel.

Todos los vídeos que abre la sargento son caseros, grabados de forma aficionada, y se identifica perfectamente que la ubicación es la misma casa en la que están. La media de edad gira en torno a los quince o dieciséis años, como mucho. Seguramente sean vecinos de la zona, y sospecha que lo harán a cambio de dinero o de un regalito de su plantación. Entonces amplía la pestaña que hay abierta en la parte inferior de la pantalla, semioculta, y donde sigue abierto el chat cuyas notificaciones no han dejado de sonar.

La conversación está empezada y, a simple vista, lee que hablan sobre un vídeo en concreto. Sandra abre los ojos como platos. Habla desde un perfil; minimiza el chat y ve que tiene fotografías y vídeos. Muchos son los mismos que acaba de encontrar en las diferentes carpetas que guarda en su escritorio, pero no es eso lo que busca. En la conversación se habla de muerte y de sangre, y se menciona un cadáver. No tarda mucho en encontrarlo por la fecha de subida. Es de los últimos en añadirse. Efectivamente, hay una muerta: María ya en el patio. Ese depravado lo ha colgado y lo está comercializando en un perfil anónimo que tiene dentro de la Dark Web.

31

Candela tiene que hacer verdaderos esfuerzos por disimular cuando Sandra le explica que acaba de encontrar el vídeo de María muerta. Nadie sabe que Mateo ya la avisó de su existencia el mismo día de su fallecimiento y que se lo ha ocultado a todo el equipo desde entonces. Tampoco que después de ello y en lugar de contar con Barbie, le había pedido ayuda a su anterior compañero para dar con la persona que lo grabó. En cuanto encuentre el momento, tiene que avisarla para que deje de buscar. La sargento se le ha adelantado, haciendo gala de su habitual buen hacer. No puede negar que su subordinada le sigue los pasos muy de cerca, que demuestra talento y vocación, algo que puede ser una suerte pero también un inconveniente.

Vuelven a reproducir el vídeo, y la teniente presencia de nuevo la carnicería de la que fue víctima la pobre anciana al caer. El hecho de conocer el contenido no impide que Candela pierda de nuevo los nervios y, esta vez, sí que se lanza contra el hombre. Sandra reacciona rápidamente y logra sujetarla.

—Grabaste a María, ¿verdad? La mataste y la grabaste. Te divierte. ¿Has hecho lo mismo con Felicidad? —Fernando cierra los ojos y permanece callado—. Te gustan tanto los niños que te molestan los viejos, ¿no? —Candela termina por controlarse para que la suelten—. Muy bien, haremos las demás preguntas en el cuartel. No vamos a parar hasta que nos digas qué has hecho con Felicidad.

El hombre va a rebatir las palabras de la teniente, pero termina por guardar silencio y negar con la cabeza gacha.

Enseguida aparecen en la vivienda más miembros del equipo y, mientras Sandra se encarga del ordenador, acordonan el piso para revisarlo en detalle. El teléfono de Candela vuelve a sonar e interrumpe el momento. Es Mateo. Parece haberle leído el pensamiento. La teniente se aleja con disimulo hacia el pasillo y se aparta de su equipo.

—Mateo, ahora no puedo hablar. Olvídate de lo de... —susurra.

—Ya sé desde dónde se subió el vídeo —interrumpe.

—Yo también. Te lo iba a decir ahora: desde el noveno piso del edificio. Nos llevamos al hombre que vive aquí. Tiene el vídeo en el ordenador...

—Puede tenerlo, pero eso no implica que lo grabara él.

Candela no lo había sopesado. El mundo se derrumba a sus pies.

—¿Cómo podemos saberlo?

—¿Qué teléfono tiene?

—No lo sé. ¿Por qué?

—El vídeo está grabado con el último modelo de iPhone, el quince para ser exactos. En esa fecha acababa de salir.

—¿Estás seguro?

—Me ofendes. Los metadatos del archivo de vídeo no fallan. Nos dan la ubicación exacta donde se grabó y el modelo de teléfono, entre otras cosas. Mira a ver si es el que tiene él.

—Te dejo. ¡Gracias!

—¡Ve contándome!

Candela llega justo en el momento en el que van a sacar al hombre esposado de la vivienda.

—¡Un momento! —El equipo interrumpe su actividad—. Enséñame tu teléfono —ordena.

El hombre no puede sacarlo, pero hace un gesto con la cabeza para indicar en qué bolsillo lo tiene. Candela se acerca y lo saca; no es un iPhone y mucho menos un modelo nuevo. Sabe que hay dos opciones: tiene un segundo terminal desde el que graba o no ha sido él.

—Sandra, mándame al teléfono un clip del vídeo del nieto de Felicidad que estaba viendo cuando hemos llegado.

—¿Para qué? —pregunta, extrañada. El resto también lo está.

—Quiero saber si se ha grabado con el mismo teléfono con el que se grabó a María.

—Ya te digo yo que no. El de María tiene muchísima precisión. Los otros también, pero la calidad de la imagen es peor. Tienen mucha menos nitidez.

—Deja de perder el tiempo. He dicho que me lo pases.

La sargento pone mala cara, pero obedece. Miguel se percata, pero hace como si no hubiese visto nada. En pocos segundos, la teniente recibe el vídeo en un enlace de descarga, para que no pierda calidad, y se lo reenvía sin demora a su antiguo compañero. Después, vuelve a dar unos pasos hacia el pasillo para dejarle también un audio:

—Mateo, te he mandado un vídeo al correo para que me confirmes si está grabado con el mismo modelo de teléfono. Gracias.

Candela se da la vuelta y se encuentra con Sandra, que la mira fijamente.

—Vaya —dice la subordinada, esperando una explicación que no llega—. No te vale mi opinión, por lo que veo.

—Sí me vale, pero quiero que me lo confirmen al cien por cien.

—Tampoco te vale nuestro equipo —sigue Sandra, haciendo oídos sordos.

—No tenemos tiempo y Mateo es muy bueno.

Sandra sonríe con amargura.

—¿Te ha dicho el modelo del móvil con el que se grabó?

Candela sabe las preguntas que vendrán a continuación. Es hora de contarle la verdad, antes de que la situación empeore. Ahora que podrían estar más cerca de encontrarla, no puede permitirse fisuras, así que mira a los ojos de su subordinada y le cuenta lo que esta ya intuía. No tiene por qué darle explicaciones, pero justifica no haberlo hecho antes porque sabe el rechazo que le provoca Mateo, y más aún cuando le pedía ayuda sobre un tema que ella, al igual que Prieto, consideraba resuelto. Termina recalcando que sigue convencida de que se trató de un asesinato. Sandra escucha con diplomacia y disimula su enorme cabreo.

—Eres consciente de que, aunque tenga el vídeo, puede no haberlo grabado, ¿verdad?

Candela sonríe para sus adentros. Es justo lo que acaba de decirle Mateo.

—Solo digo que a María la mataron.

—¿Qué marca y modelo es?

—El último iPhone.

A Sandra se le ilumina el rostro.

—Lo peor es que nos tomes a todos por tontos cuando la que nos necesita constantemente eres tú —dice la sargento, que se da la vuelta, pero vuelve a girarse—. Álvaro tiene ese modelo. Me juego lo que quieras a que lo grabó él.

32

Candela se dirige de nuevo hacia la vivienda de Felicidad, convencida de que Sandra ha dado en el clavo y de que es muy probable que Álvaro grabara el vídeo. El nieto de Felicidad y Fernando, el vecino del noveno, se conocen. Ninguno puede negarlo: la muestra son los vídeos en los que aparece el adolescente en la casa de Fernando y que este guarda en su ordenador. Tienen la llamada durante la mañana, y ahora deben averiguar si su gusto por los vídeos caseros no ha tomado cauces más peligrosos y los ha llevado a la desaparición de Felicidad.

Antes de irse del edificio de alquileres, la teniente ha ordenado que se lleven detenido al inquilino. El chiringuito de hierba y todas las aberraciones que oculta en su ordenador son motivos de sobra para que se pase una buena temporada en la cárcel, cuanto más larga mejor. También ha llamado a Toni, que sigue custodiando la entrada del bajo alquilado del edificio. Le da un par de minutos. Si no aparece Andrés, el inquilino esquivo, tendrán que entrar a la fuerza bajo su responsabilidad: cada segundo cuenta si quieren encontrar a Felicidad con vida.

Para su sorpresa, antes de llegar al portal recibe una llamada del novato.

—Candela, estamos dentro. Andrés ha abierto cuando hemos empezado a embestir la puerta. Se ha llevado un buen susto —le informa.

—¿Felicidad?

—No parece que esté. Solo hemos hecho una ronda rápida, pero no hay ni rastro, de momento. Es una buena pocilga. No hay casi muebles, cuatro cosas nada más, y el resto son cajas con alimentos. Asegura que hace días que no ve a la casera y que es mentira que discutieran. Dice que alguna vez, hace tiempo, le había llamado la atención porque los vecinos le habían dicho que armaba un poco de jaleo, pero nada más. Asegura que ella no conoce su negocio y que nunca tiene conflictos, como nos han dicho. Esta mañana estaba en casa, pero no ha venido a cobrarle. Al parecer, se ha enterado de lo sucedido cuando ha visto el revuelo fuera.

—Habrá que ver si es verdad. ¿Se ha puesto farruco?

—No mucho. Sabe que estamos al tanto de todo y que es mejor colaborar. Al principio ha negado que venda alimentos, pero después... ¿Sabes lo que ha soltado? Que hagamos lo que queramos, pero que estos viejos viven de ello. Que si no se lo vendiera más barato, no comerían...

—Ya has escuchado a la vecina. El problema es que ese gasto no corre a cargo del estado, sino del vendedor.

—Eso le he dicho yo, que para eso están los comedores sociales...

—No es tan fácil. Hay que verse en esas..., aunque eso no es excusa para que se esté aprovechando de la situación. ¿Y qué explicación ha dado para estar escondido y no abrir?

—Dice que estaba dormido y que no se ha enterado.

—¡Qué valor!

—Te dejo. Solo quería que supieras que aquí no está Felicidad. Vamos a intentar confirmar que no lo haya estado en algún momento del día.

—Mantenme al tanto.

Candela cuelga satisfecha con el trabajo de Toni, que apunta maneras. En cuanto tuerce la esquina, ve que Sandra la espera en la calle, cerca del portal.

—No me quito de la cabeza la posible conexión con la muerte de María —le dice Candela sin remilgos al acercarse. Está harta de no ser clara con ese tema—. Qué putada que haya pasado tiempo y no tengamos los vídeos que pedimos a las churrerías. Estoy segura de que alguno de nuestros amiguitos compró ese día para llevárselos a María. Ahora mismo, podría ser cualquiera de los familiares de Felicidad, con los que ella tenía una relación estrecha, y ya hemos visto que visitan el edificio. O el del bajo si, por ejemplo, se relacionaba con ella porque le subiera alimentos de los que vende. También podría ser Fernando, su vecino de abajo, que se los llevara con cualquier excusa… —Sandra la mira de reojo. No sabe si es un reproche o un simple comentario. Está cansada, pero todavía le queda energía para averiguarlo. Candela se da cuenta de su actitud y se toma el silencio casi como un desprecio. Aun así, hace un esfuerzo por enterrar el hacha de guerra y concluye—: Vamos a por el nieto. Menudo regalito de chico.

33

El nieto de Felicidad ha subido a casa de su abuela para fumar marihuana en la ventana de su cuarto mientras el resto sigue en la calle. Cuando abre la puerta a las dos agentes, Candela y Sandra perciben un evidente olor a hierba. También se percatan de que Álvaro tiene el gesto mucho más relajado y que ya no lleva la sudadera puesta. Tiene el móvil en la mano. Candela se fija, pero no entiende de modelos de móviles ni de marcas de coche, de gafas de sol ni de nada por el estilo.

—Ese es el último iPhone, ¿no? —le dice mientras llega hasta él.

—Sí —responde, extrañado.

—¿Por qué número van ya? Yo me pierdo… —dice a Sandra.

—Por el quince.

—Joder, el quince. ¡Cómo pasa el tiempo! Tiene que hacer unos vídeos increíbles… —El chico traga saliva—. Y seguro que cuesta un dineral.

—Es caro, sí.

—¿Te lo ha comprado tu padre? Porque muy bien de dinero no debe de ir para vivir aquí con tu abuela.

—Me lo he comprado yo con mis ahorros.

—¡Ah, te lo has comprado con lo que te da tu amigo!

—¿Perdón?

—Fernando, tu amiguito. Tenemos los vídeos. ¿Cuánto te paga por ellos?

Candela no menciona si se trata del de María o de los que se deja grabar mientras se masturba. Prefiere mantener la duda para estudiar bien su reacción. El chico duda un instante, pero piensa en que si fuera el de la muerta se lo diría directamente.

—No me paga —responde avergonzado—. Lo cambio por marihuana. Le conozco de eso, ya se lo dije.

—¿Cómo empezó vuestra relación... mercantil? —pregunta, con una sonrisa.

—Un domingo acompañé a mi abuela. Estaba hablando en el descansillo por el móvil y bajé un piso para que no me oyera. Él abrió la puerta, me vino el olor y, no recuerdo muy bien, pero le hice algún comentario. Me dio para que probara y me dijo que pasara por ahí cuando quisiera más.

—Y en lugar de pagarle...

—Me planteó lo de los vídeos. Solo tenía que tocarme un poco. Me prometió que eran solo para él, que no iba a hacer nada con ellos. Le dije que, si los veía por ahí colgados, volvería y le abriría la cabeza. —Candela y Sandra se miran. No le habían visto así de violento hasta ahora—. Así empezó el tema. A mí no me supone un esfuerzo, pienso en otra cosa y ya está. Él mira la pantalla del teléfono, así que ni siquiera le veo la cara. Y, qué quiere que le diga, tengo un montón de *bros* que se hacen pajas en páginas donde se conecta la gente para que los vean y les paguen... Esto es lo mismo, pero no me ve más que él y me da para el único vicio que tengo.

—¿Cómo sabes que solo lo ve él?

A Álvaro se le ponen los ojos como platos. La teniente aprovecha el desconcierto del chico para ir a matar.

—Entonces, todo genial hasta que te pilló María. Iba a contárselo a tu abuela y te la quitaste de en medio. Y Felicidad se terminó enterando y has hecho lo mismo con ella.

—¡Joder, ya estamos otra vez! Que yo no tiraría a nadie por la ventana, y menos a María. La veía poco, pero me ha cuidado mucho. Nos quería mucho a todos.

—Si tanto la querías, ¿por qué la grabaste?

—No sé de qué me habla.

—El vídeo.

—Ya se lo he dicho. Ni los he visto. Es un intercambio...

—El vídeo de María muerta. —Candela da un golpe sobre la mesa. Álvaro traga saliva—. Su cadáver lleno de heridas y sangre. Dame una razón para entender por qué te deleitaste tanto grabando cada detalle si no la habías matado. Cuesta creer que alguien que muestra tanta crueldad no sea el asesino.

El nieto de Felicidad empieza a mostrar síntomas de evidente nerviosismo: le tiembla el labio inferior, se echa las manos a la cara y está sudando.

—¡No sé de qué habla! ¡Yo no he grabado ningún vídeo!

—No te hagas el tonto. Grabaste a María y se lo vendiste a tu amigo, o se lo diste a cambio de hierba. Debes de tener un arsenal. Sabes que con eso hay gente que se queda idiota de por vida, ¿verdad? Tienes todas las papeletas, porque encima te pasas el día pegado al teléfono.

Candela se echa hacia delante para alcanzar el teléfono del chico, que ha dejado a su lado, encima de la mesa. Álvaro se lanza a por él. Para ello, saca las manos de los bolsillos a toda prisa y lo agarra fuerte antes de que la policía lo alcance. Pero ya no es el teléfono lo que llama la atención de Candela y de Sandra, sino los enormes arañazos rojos que tiene en los brazos. En la mayoría de los secuestros y casos de violencia física, los agresores suelen tener marcas de defensa de sus víctimas. Candela se imagina a Felicidad, con sus uñas cuidadas y pintadas, arañando a su propio nieto para intentar escapar de sus garras, y se le rompe el corazón.

34

La inspectora mira fijamente a Álvaro. Si María tenía tan buena relación con la familia como para que la llamaran «madrina», habría abierto al nieto de Felicidad con plena confianza la mañana en la que murió, sin sospechar el destino que le depararía esa visita. Todo encaja: el adolescente conocía a ambas y tenía acceso directo a ellas. Dos mujeres de las mismas características, un mismo patrón. Candela está preparada para la posibilidad de descubrir en breve el vídeo en el que aparezca el cadáver de Felicidad. Tiene que apretar el estómago y controlarse para que la oleada de sentimientos que le provoca pensar que han podido hacerle daño no le haga perder los nervios.

El chaval tarda unos segundos en darse cuenta del motivo por el que las dos policías se han quedado petrificadas y le miran fijamente los brazos.

—No es lo que piensan —se excusa al tiempo que los esconde.

—Déjame ver esos arañazos —ordena Candela.

—¡Joder! Es que esto es ridículo. ¿Se cree que me lo ha hecho mi abuela? ¿Estamos locos o qué? —rechista Álvaro, preso de una pataleta que deja aflorar el adolescente que es—.

Miren. —Extiende ambos brazos sobre la mesa, las dos policías los examinan—. Tengo un conejo. ¡Lo ha visto antes! —exclama cuando cae en la cuenta—. Se llama Sweet Bunny, tiene las uñas largas y es muy miedoso. Si lo tengo agarrado y escucha un ruido, se asusta e intenta escapar. En un segundo, te deja que ni Freddy Krueger. Hoy ha habido mucha gente en casa, así que imagínese...

Candela tiene que hacer un gran esfuerzo para no agarrarle del cuello, pero ¿para qué va a perder la energía con un chico que no tiene ningún ápice de sensibilidad, de valores ni de empatía? ¿Cómo le va a hacer entender que no es gracioso ponerle ese nombre? Le hierve la sangre al pensar que podría ser en tono burlón o, peor aún, un homenaje. El Sweet Bunny real, el que ella conoce debido a la investigación que llevó a cabo junto con Mateo, le saca una cabeza al nieto de Felicidad. Y el hombre que se esconde bajo el disfraz de conejo es absolutamente despiadado con los niños. Se le hace un nudo en el estómago solo de acordarse de él.

—No sé qué concepto tienen de mí, pero yo quiero a mi abuela. Siempre me ha cuidado, joder. De pequeño, me llevaba al parque cuando mis padres trabajaban, al cine los domingos, me compraba todos los muñecos que le pedía cuando pasábamos por delante de la juguetería que hay junto al portal de su casa, me hace los mejores huevos fritos con patatas del mundo... —Álvaro se derrumba y comienza a llorar—. Yo nunca le haría daño. Que no esté tanto con mi abuela como cuando era un crío no significa que vaya a hacerle algo así. Y, si me hubiera arañado ella, ¿cree que iba a ser tan gilipollas como para quitarme la sudadera y que me los viera todo el mundo?

Candela aprovecha que ha bajado la guardia.

—¿Qué pasó con María?

—No lo sé. Me la encontré así —responde entre lágrimas—. Ese día no me tocaba comida familiar, pero fui a por porros. Bajé por las escaleras y oí el golpe al llegar al recibidor.

No sabía qué podría haber sido, pero, conforme me acercaba, me pareció que era un maniquí tirado en el suelo. Hasta que me di cuenta de que era ella. Era María.

—¿Quieres que me crea que te encontraste a esa mujer muerta, que era casi como tu abuela, y la grabaste así, a sangre fría?

—Pues sí, porque es la verdad. No lo pensé. La vi y saqué el teléfono. Joder, es lo que hubiera hecho todo el mundo. Si no, nadie creería que la había visto.

—¿Te das cuenta de la barbaridad que estás diciendo?

—¿Por qué te fuiste? —interviene Sandra—. Si querías que te creyeran, habrías llamado a algún vecino para que avisara a la policía. ¿Lo hiciste?

—No, salí corriendo.

—Ah...

—Me acojoné. Pensé: «A ver si me va a caer el muerto a mí». Perdón —se disculpa por el juego de palabras—. Además, llevaba mogollón de hachís en el bolsillo. Oí el ruido y me bloqueé. Salí echando hostias porque no sabía qué inventarme para justificar que estaba ahí.

—¿Tienes más vídeos?

—¿Qué?

—¿La grabaste mientras caía?

—¡No, joder! Le acabo de decir que me la encontré. No tengo nada. Pueden comprobarlo —le ofrece el teléfono.

Sandra lo acepta. Tanto con Fernando como con Álvaro tienen indicios suficientes como para, al menos, revisar todo bien e interrogarlos en condiciones.

—¿Sabes que lo que hiciste es un delito? Venga, que te vas con tu amiguito. Estás detenido —dice Candela levantándose de la mesa.

La teniente ve cómo se llevan al chico mientras se pregunta el motivo por el que su padre les había mentido cuando les dijo que era él quien llevaba puesta la sudadera. ¿Por qué le encubría Ignacio si sabía que no estaba diciendo la verdad?

35

Una vez efectuada la detención, Candela y Sandra se quedan solas en el piso. La teniente aprovecha para ir al cuarto de baño y beber un vaso de agua. Tiene la cabeza a mil por hora, pero físicamente está cansada. Es el día más intenso del último año, con diferencia. Está agotada de ir y venir de un edificio a otro con la lengua fuera, una y otra vez. Pero, sobre todo, está preocupada porque, aunque hayan pasado tan pocas horas desde la desaparición, tienen tantos frentes abiertos que corre el riesgo de centrar el tiro erróneamente y de que el tiempo que pierdan vaya en contra de Felicidad.

Cuando sale del lavabo, se encuentra con Sandra, que mira su teléfono en el pasillo a la altura de la cocina. Ambas saben que la ayuda de la subordinada ha agilizado la conversación con el nieto de la matriarca, pero la teniente no es especialista en reconocer los méritos. Le cuesta expresar sus emociones. No es culpa suya, sino lo que ha recibido siempre en casa.

—Es increíble la naturalidad con la que Álvaro ha contado lo que hace para ese cerdo —dice para romper el hielo—. Me ha parecido preocupante el poco valor que le ha dado. No había vergüenza, ni pudor o arrepentimiento. Los chavales cada vez ven porno antes y se acostumbran al sexo y a la violencia. No le dan valor… Ya lo ha dicho él: que sus amigos se conectan y se desnudan por dinero como si nada. No entiendo cómo no les importa que la gente de su entorno pueda verlos o que ese vídeo se quede de por vida en una página pornográfica y les afecte en el futuro.

—A ver, a mí me pasa que, por un lado, pienso que es genial que no haya ese miedo a los cuerpos y a la desnudez, que haya libertad para decidir y disfrutar de la sexualidad como uno quiera…

—Sí, pero es que se están vendiendo por un porro o para comprarse un bolso de marca. Y lo peor de todo no es que lo hagan ellos porque, en parte, les venga dado porque «todo el mundo lo hace», sino que los adultos que los rodean no sean capaces de detectar el problema, de ver que en su casa están entrando objetos de valor y no se planteen cómo es posible que su hijo o hija los haya podido adquirir. ¿Es que no se preguntan qué habrá tenido que hacer para conseguirlo? No, tiran para delante y actúan como si no pasara nada. Esa no es la solución.

—Bueno, es lo que se ha hecho toda la vida en las casas, ¿no? No mencionar los problemas, como si así dejaran de existir… No es algo de ahora —dice con intención Sandra.

Candela sabe que Barbie quiere que se dé por aludida por la relación que mantiene con su madre, pero esquiva el golpe con dignidad y continúa hablando como si no fuese con ella.

—Pero es que ahora es peor. Están tan acostumbrados a las pantallas y a ver todo tipo de imágenes sin filtro desde tan jóvenes que acaban anestesiados. Se convierten en psicópatas capaces de cualquier cosa.

—El presente siempre es peor. Vosotros lo hacíais todo mucho mejor…, claro…

Candela vuelve a recibir el ataque y contesta, esta vez más encendida.

—Los delitos con violencia y las agresiones sexuales, por ejemplo, se han disparado en los últimos años. Y la causa es que cada vez damos antes un móvil a los menores, pueden acceder a todo tipo de contenido y, por terrible que sea, se acaban familiarizando con él. Ya nada les sorprende ni les afecta, normalizan todo tipo de comportamientos, como en el caso de las relaciones sexuales: si siempre consumen porno agresivo, dan por sentado que así es como se hace. De alguna manera, los estamos adoctrinando. Es la nueva propaganda: nos gusta la misma música, la misma ropa, tenemos que hacer lo mismo para gustar a la gente y tener seguidores, follar así o asá... Es muy preocupante.

—Por un momento, pensé que me estabas hablando de tu Mateíto —dice, intencionadamente.

—¿Qué tiene que ver Mateo con todo esto?

—Hombre, no sé... Hablas de jóvenes, de enganche a las pantallas y de violencia. Mateo muy normal no es. ¿O a ti te lo parece?

—¿Estás celosa porque le pregunte o qué?

—¡Sí, claro! Supercelosa, vamos... Pero, ya que lo dices, por lo menos a él le reconoces los aciertos y lo alabas cuando hace algo bien.

—¿Quieres una palmadita en la espalda? Porque no tengo por qué dártela. Tu trabajo, como el mío, es hacer las cosas bien. ¿No quieres igualdad? Pues luego no reclames tanta atención. Además, Mateo es impecable en lo que hace. Todo lo que mencionas se traduce en una pasión incomparable a la hora de trabajar.

Sandra siente el «incomparable» como un puñetazo seco.

—Será incomparable, pero lleva años estancado y los niños siguen desapareciendo. —Candela baja la mirada—. Y esa pasión de la que hablas es la misma que pueden tener los otros jóvenes, solo que a él se lo permites y al resto los juzgas injustamente.

—¿Injustamente? Te estoy hablando de que no son capaces de pensar por sí mismos y carecen de pensamiento crítico. Se vuelven autómatas y no piensan. Pierden los principios. No tienen valores.

—Pero es que, a lo mejor, tus principios no les interesan. ¿Por qué tienen que conservarlos? Y, sobre todo, ¿qué es lo que te asusta tanto?, ¿que se acabe tu reinado?

Candela acusa el golpe, ya no hablan de los jóvenes. Es su relación la que toma relieve.

—Mira lo que hizo Álvaro con María. ¡Grabó su cadáver a sangre fría, sin inmutarse y a pesar de que tenía un vínculo afectivo con ella! ¿Eso te parece normal? ¡Pues ahora es así, y no solo lo hace la gente más joven! Si hay un accidente o una catástrofe, primero graban y después ayudan.

—¡Los viejos también lo hacen! —interrumpe su subordinada.

—¡No me compares! Pero es que es inevitable, porque son varias generaciones criadas siendo conscientes del valor de la imagen. Se pierden los escrúpulos y la moral.

—Creo que estás generalizando. Pero ¿cómo ibas a estar de acuerdo en algo conmigo…? Para eso tienes a Mateo, claro.

—¡Para ya con Mateo, qué obsesión! No se trata de culpar a nadie, sino de encontrar un remedio. Nos estamos volviendo locos. Lo sabemos y no hacemos nada, estamos enfermos. Somos seres dependientes de cacharros. ¡La puta tecnología! Pagamos un dinero que no tenemos para algo que nos hace un flaco favor. Toda la vida se ha hecho con el tabaco, pero creo que esto es peor, porque el que más o el que menos está ahí. Vivimos completamente alienados y, lo que es peor, controlados. Saben lo que nos gusta, lo que hacemos y dónde estamos; todas nuestras acciones dejan rastro y solo tienen que seguirlo para dar con nosotros. Estamos en sus manos.

36

En cuanto informan a Ignacio de la detención de su hijo, exige acompañarle junto con otro agente que, a su vez, le custodia a él por orden de Candela, para que no le pierda de vista en ningún momento. El hijo mediano de Felicidad se maldice por haber mentido a la Guardia Civil respecto a la sudadera marrón. Se había autoinculpado sin saber si eso se podría volver en su contra después. Había hecho todo lo que estaba en su mano por evitar que Álvaro tuviera problemas con la justicia, porque sabe que será fuente de conflicto con su ex y, seguramente, aproveche para pedir la custodia completa. Aunque quizá se sorprenda y lo vea como una oportunidad para desentenderse y disfrutar con su novio nuevo.

La teniente ha mandado a Jesús a buscar a Noemí y a Juan Antonio, que tardan apenas unos minutos en entrar en la vivienda de su madre. Candela y Sandra los reciben y se percatan de que el paso de las horas hace mella en sus rostros, que muestran la gran preocupación y cansancio que acumulan. La sargento se despide y se pone en marcha.

—Bajo a fumarme un cigarro —dice Sandra, que parece esperar el momento con ansia y se cuela en el ascensor cual lagartija, antes de que las puertas se cierren.

La pequeña de los hermanos pasa por delante de Candela sin saludarla y se dirige al pasillo en dirección al salón, mientras que el primogénito se limita a levantar los hombros como gesto de disculpa antes de seguirla. La teniente y su subordinado también avanzan, pero este la frena cuando salen al pasillo.

—Mi teniente, como no podemos seguir investigando los movimientos de dinero en las cuentas de Felicidad —le dice el pelirrojo, que aprovecha que se ha ido Sandra para hacer méritos—, he vuelto a ponerme en contacto con el tipo con el que chateaba para preguntarle si había recibido una transferencia de alto importe a su cuenta en las últimas horas. Pensé que quizá se ofendería, pero no ha tenido inconveniente alguno. El problema es que tienen distintas entidades bancarias y el dinero podría no haber llegado. Aun así, le he pedido que me mande los movimientos del último mes. —Candela lo mira, intrigada—. Le he enseñado a hacer una captura de pantalla y me la ha enviado. Dice la verdad —comenta, triunfante.

—Bien hecho.

—Gracias. Pensé que era importante para ir descartando.

—Así es, porque me estoy empezando a volver loca.

A Jesús se le escapa una sonrisa forzada que intenta disimular. En el cuartel, todos la toman un poco por chalada. Su comportamiento ha cambiado mucho en los últimos meses, pero es la intocable, la del mal genio. Su mala reputación la precede y está en el punto de mira desde que ha vuelto a su rutina. Cualquier choque, cambio de humor o numerito corre de boca en boca como la pólvora. Ella sabe que tiene mucho que ver el hecho de ser mujer, no callarse nada y tener a sus espaldas casos tan relevantes como polémicos. La fama tiene un precio, y ella ha tenido que pagar por ello. Jesús rompe el momento incómodo saliendo de la casa para continuar con la búsqueda.

Candela se queda sola. Avanza un poco por el pasillo para ver desde ahí a los dos hermanos en el salón. Se da la vuelta y da unos pasos en la otra dirección, con intención de llamar a Mateo.

—Tenías razón. No era el inquilino, sino el nieto de Felicidad. Sandra se ha dado cuenta —le informa—. Le hemos detenido. De momento, no hemos encontrado ningún vídeo más.

—Eso no significa que no los haya —responde él, siempre retador.

—Tenemos el teléfono. No tardarán, pero él insiste en que se encontró a María. No creo que vayamos a toparnos con nada más.

—Qué pena. Ya que estamos, uno de cuando la lanza no estaría mal.

—Qué idiota, no tiene gracia —dice Candela, que no puede evitar acordarse de las acusaciones que Sandra acaba de verter contra él.

—Estoy de coña. Con estos asuntos tan turbios, o bromeas o te cortas las venas. De todas maneras, he estado revisando el perfil del tipo del noveno, el tal Fernando que subió el vídeo de la muerta, y no he encontrado otros en esa línea. Le van más los yogurines. Ya te dije que me olía que era *amateur* total. Lo tenía anunciado por dos duros. Este lo ha hecho más por estar ahí y pavonearse que por la pasta.

—O para cambiarlo por otros vídeos de críos...

—Además de eso, seguramente. Hay mucho mierda que se mete en este tipo de cosas sin ningún escrúpulo solo por el hecho de sentirse importante. Sabe que es un vídeo goloso y que tendrá mercado. Es su manera de llamar la atención. El pringao que, por una vez, manda y pone las reglas.

Candela no deja de reflexionar mientras escucha.

—Pienso en alto, ¿eh? A ver qué tal te suena —le dice—. Felicidad sabe que su inquilino tiene marihuana, huele en la escalera, en el patio... Se enfrenta a él y amenaza con denunciar. Cuando hablé con ella por la muerte de su inquilina, me dijo que en el edificio hay gente regulera. Podría referirse a él, o tal vez fuese por los vídeos. ¿Habría descubierto lo que hace ese cerdo con los menores? Quizá se lo contaron y había visto a algún chavalillo salir del piso después de que Fernando lo grabara, pero no ha sido hasta hoy que se ha encarado con él después de encontrarse con su propio nieto saliendo de su casa.

—Me suena a que aún os queda mucho por comprobar. Si necesitas algo más, dímelo. ¡Ánimo!

Candela se despide de Mateo y se sorprende agradeciéndole una vez más su ayuda. ¿Por qué le costaba tanto hacer lo mismo con Sandra? O seguía molesta por su supuesta traición o había un problema de base, uno que venía de antes y que estaba relacionado con la competencia que su subordinada podría llegar a hacerle. ¿Se siente más amenazada por Barbie por ser también mujer y más joven que ella? ¿Sería esa la razón por la que se empeña en remarcar su autoridad? Sabe que está muy capacitada y le asusta verla como a una igual, porque entiende que podría comérsela con patatas ya que se ha quedado obsoleta en muchos aspectos, sobre todo en el tecnológico. Prefiere ignorar ese tipo de conclusiones. No tiene tiempo y no habría cosa que más le desagradara en ese momento que reconocer que ha terminado haciendo lo que ella lleva padeciendo desde el comienzo de su carrera.

Después de colgar, llama para saber cómo van en el noveno y la informan de que acaban de pasar el luminol por la vivienda del pederasta, pero no hay rastro de sangre ni tampoco nada nuevo. Candela termina la llamada decepcionada, aunque espera que se quede en la cárcel toda su puta vida por la venta de marihuana, por los chanchullos con menores y por comerciar con vídeos pederastas y con el del cadáver de María. Necesita un café. No tiene tiempo de avanzar por el pasillo, ya que cuando se da la vuelta se topa con Juan Antonio y con Noemí parados frente a ella. Vienen del salón y sus caras de preocupación evidencian que ha sucedido algo importante.

37

Noemí y Juan Antonio avanzan por el pasillo y se acercan a Candela, visiblemente preocupados.

—Tenemos algo que contarle —dice la hija pequeña de Felicidad, que mira a su hermano para que se arranque. Este hace un amago y, por fin, empieza a explicar lo ocurrido.

—Antes nos preguntó si mi madre tenía enemigos. Se nos había olvidado contarle algo. —Candela los mira, expectante—. Tuvo un problema con el edificio de al lado y quizá…

Noemí interrumpe a Juan Antonio y se apodera del relato ante la atenta mirada de su hermano mayor. La teniente se da cuenta de que la única hermana es la justa heredera de su madre.

—El edificio de alquileres de mi madre tuvo humedades en toda la parte trasera, la que da al bloque de al lado, sobre todo en los bajos y en los primeros pisos. Ella intentó hablar con el portero de la finca, pero le fue imposible. Era la jungla. Siempre estaba cerrado, en las ventanas que dan a la calle no había más que ropa colgada y basura, y ni sé cuánta gente había allí semidesnuda comiendo y tirando cosas al exterior. Un verdadero desastre. Al final, dio con el administrador de la finca y, ante la negativa de los propietarios de arreglar los problemas de humedades, fue a comisaría. Vinieron, pero no pudieron hacer nada. Después nos enteramos de que la cosa era más gorda de lo que pensaban. Había montones de pisos pequeños divididos en habitáculos de quince metros, donde vivían docenas de personas. Los llamados «pisos patera».

»La única solución fue ir al ayuntamiento, pero también le dieron largas porque no estaba claro de quién era la responsabilidad. Debía de haber gente metida en el ajo que se llevaba alguna comisión, seguramente. Además, la ley no considera sobreocupación cuando personas con una relación familiar conviven en un mismo piso, y eso estaba lleno de familias.

—La mayoría son extranjeros sin papeles. Les es imposible acceder al mercado residencial y acaban alquilando parte del espacio, que a su vez han alquilado ellos, por pequeño que sea. Pobre gente —añade Juan Antonio.

—Conozco el tema —interviene Candela—. Normalmente, los que subarriendan a extranjeros son españoles. Lo hacen sin que los propietarios lo sepan y sin tener en cuenta ni a las personas que dormirán bajo ese techo ni al resto de los vecinos del inmueble.

—Pero mi madre no se dio por vencida —continúa Noemí—. Puso una denuncia y, a base de insistir, consiguió que los técnicos del ayuntamiento hicieran una buena revisión y analizasen las condiciones de salubridad y seguridad, que comprobasen si contaban con la licencia necesaria para acometer la división que, tal y como apuntó la investigación de la Policía Municipal, se hizo sin los permisos y sin declarar la actividad a Hacienda. Solo uno de los pisos contaba con las condiciones aptas para vivir. Tardaron, pero al final desalojaron el inmueble y los obligaron a arreglar las humedades. Después lo tapiaron y punto pelota. El tema es que ella echó a toda esa gente y fue la culpable de que les cerraran el chiringuito.

—Cualquiera de los que dejó en la calle, que seguro la tendrá perfectamente ubicada, podría haberse querido vengar —interviene Juan Antonio.

—Yo me inclino más a pensar que podría ser la persona que llevaba la gestión. Si se quita de en medio a la mosca cojonera, podría retomar el negocio —señala Noemí—. Estas cosas suceden porque nadie tiene el tiempo ni la insistencia de perseguirlas hasta que se hace justicia. Habrán pensado: «Si desaparece Felicidad, desaparece el problema, y podremos volver a empezar».

—¿Cuándo sucedió esto? —pregunta Candela.

—Hace ya... —responde el hombre.

—No llega al año —puntualiza Noemí—. Unos seis o siete meses. Tienen que buscar a quien estuviera detrás de ese negocio.

38

Lo primero que hace Candela, después de lo que le acaban de contar Noemí y Juan Antonio, es llamar a Sandra para ponerla al tanto y pedirle que se acerque al edificio que colinda con el de los alquileres, el que Felicidad había conseguido desahuciar. Si lo que acaba de escuchar es cierto, la matriarca podría estar retenida por alguna de las personas a las que echó a la calle, alguien que hubiera encontrado la manera de seguir accediendo al interior, seguramente alguno de los responsables, como apunta la hija de la desaparecida. El teléfono de la sargento da tono, pero no responde a su llamada.

—Luego no te quejes, guapa —murmura la teniente, molesta, mientras llama a Jesús.

Una vez que ha recibido toda la información, Jesús se pone en marcha con entusiasmo y agradece haberse encontrado con un par de compañeros antes de alcanzar su destino, porque apenas tiene que moverse para llegar a la entrada del edificio del que hablan. La fachada está en muy malas condiciones y parece haber sobrevivido a una guerra. Lo cierto es que es como la clásica mansión encantada de las películas de terror, pero eso no le impide buscar alguna forma de colarse dentro, sin éxito porque todas las ventanas están tapiadas a conciencia. Dobla la esquina mientras observa las decenas de ventanas, que permanecen cerradas con tablones, y se acerca al acceso principal. El portón de hierro permanece sin cubrir, pero se siente incapaz de abrirlo sin la ayuda necesaria. La parte exterior del edificio está tan mal que le recuerda a muchas de las construcciones que vio en La Habana cuando estuvo de vacaciones hace un par de años.

Se da la vuelta y camina calle abajo hasta llegar al bar que hay pasado el aparcamiento. El encargado le dice que sus compañeros ya han estado por allí, pero que no han visto nada y que no tienen cámaras, así que no pueden facilitarles ninguna grabación.

—¿Sabe si hay alguien viviendo ahí? —pregunta señalando al edificio abandonado—. ¿Okupas o gente que se cuele?

—Uy, no. Por suerte no viene nadie desde hace tiempo. Eso era terrible: estaban ahí apelotonados como ratas. Dejaban la calle hecha un asco, llena de basura. Yo no entré, pero tenía que ser eso. Si es que de donde vienen es otro mundo... No valoran nada. Y el dinero que les sacarían, que por poco que fuese, si empiezas a sumar... Y seguro que era todo en negro, claro. Imagínese.

En ese rato, Candela ha vuelto a llamar a Sandra y, aunque esta continúa sin responder, decide seguir intentando hacer las cosas bien y le deja un audio. En él, le explica brevemente todo lo referente al bloque que desalojaron por culpa de Felicidad y los enemigos que podría tener por esta causa. Después, hace una ronda de llamadas para conocer los avances de las distintas unidades y le comentan que está costando mucho obtener las grabaciones de las cámaras de seguridad de los establecimientos cercanos, porque al ser domingo están cerrados.

Jesús la llama al salir del bar para decirle que tampoco ha tenido suerte. Candela atiende, decepcionada. Una vez más, al ser festivo, aún no han podido acceder a la denuncia que puso Felicidad ni al informe del ayuntamiento. Necesita un café, aunque sepa que después se va a subir por las paredes. Tiene que estar despejada y actuar con rapidez. Se acerca al salón de la matriarca y pregunta amablemente a Noemí y a Juan Antonio si le podrían preparar uno; de las llamadas prefiere no decirles nada para no desanimarlos. Vuelve a sonarle el teléfono. Es Barbie. La teniente se disculpa y sale de nuevo al pasillo. A su espalda, oye que uno de los dos se dirige a la cocina para hacer el café.

—Ya era hora. Pensaba que ya no querías hablar conmigo. ¿Has escuchado mi audio? —pregunta Candela, que ha puesto el altavoz para responder, como de costumbre.

—Escúchame, antes mencionaste las cámaras de seguridad de las churrerías, las que pedimos cuando murió María... —empieza Sandra.

—Sí —responde Candela, que aún no sabe por dónde irán los tiros—. Si no hubieran dado carpetazo al caso, ahora podríamos...

—Borré parte del material que recopilé cuando nos dijeron que se cerraba el caso, pero la gran mayoría me lo mandaron después, entre una y dos semanas más tarde. He mirado y aún lo tengo. Se me había olvidado eliminarlos. Los he revisado y... tengo el vídeo. —Candela traga saliva—. Ya sé quién llevó los churros a María. —En ese momento, la teniente oye cómo se cierra una puerta de fondo, pero está tan intrigada que no le presta atención—. Tenías razón. No forzaron la puerta porque ella abrió a alguien a quien conocía y que consideraba de su familia, aunque en realidad fuera la de su amiga Felicidad...

—¡¿Quién?! —pregunta la teniente, que no puede esperar.

—Juan Antonio.

Candela se aparta el teléfono de la cara y corre hasta el salón. Noemí está sola y la mira, desconcertada. Entonces se da cuenta de que el primogénito es el único que ha podido dar el portazo.

—¡Mierda!

Se ha escapado.

39

Un mes antes

Felicidad nunca ha parado ni un segundo, siempre de aquí para allá, haciendo gestiones o ayudando a sus hijos con alguno de los temas que les trae de cabeza. Pero, sobre todo, con el trabajo que le dan los alquileres del edificio que heredó de sus padres. Y no es porque se haga millonaria con lo que saca de ellos, al contrario, la mayoría de los inquilinos llevan muchos años viviendo ahí, rondan su edad y es ella la que los ayuda. Es el caso de María. Lleva décadas en el edificio y han pasado tantas cosas juntas que es como si fuera su hermana. Estuvo ahí cuando murió su marido, encargándose de sus hijos cuando ella no podía ni levantar cabeza. Por eso, desde que ha empeorado física y cognitivamente, va a visitarla casi todos los días. Le sube comida que hace de sobra y churros con chocolate, que le pirran. Le da conversación: hablan sobre los niños, que ya son adultos, sobre los vecinos y sobre lo mucho que está cambiando el barrio. La última vez que estuvieron juntas, le puso la cabeza como un bombo con el tema del bajo, con la de gente que ve desde la ventana cruzando día y noche. «Da miedo bajar. Voy a llamar a la policía», le decía. Felicidad habló a sus hijos del tema cuando fue a comer con ellos después. «Me ha dicho que va a denunciar». Y ahí fue cuando empezó todo.

En ese momento, no podía imaginar la tragedia que originarían sus palabras. Cuando terminaron de comer, Juan Antonio se acercó a ella mientras fregaba los platos con la excusa de llevar lo que faltaba por recoger en la mesa. A ella le pareció extraño. No ha ayudado en las labores de la casa en su vida, pero no le dio importancia. Con la excusa de su fundación, su hijo mayor insistió en saber más detalles sobre las quejas de María, qué había visto exactamente y si exageraba o no cuando amenazaba con llamar a las autoridades. Ella habló sin tapujos, y él le dijo que no la tomara en serio, que «la madrina está muy mayor». Fue entonces cuando ella dijo:

—No, si yo le doy bola, pero nada más. Le llevo sus churritos con chocolate de su sitio favorito, que son su debilidad, y por lo menos se da un gusto.

—No me acordaba de que le gustan...

—Porque hace años que no la veis. Deberíais visitarla.

A Juan Antonio le cambió la expresión. Pareció haber caído en algo.

—¿Y cuál es su sitio favorito? Por comprarle algún día a Ariela para merendar —preguntó el primogénito a su madre.

40

La mañana del domingo que murió María, Juan Antonio estuvo haciendo tiempo en casa antes de salir hacia la churrería favorita de su madrina. Le costaba ocultar los nervios por lo que estaba a punto de hacer. La inquilina de su madre había pasado de ser una mujer encantadora, que era casi familia, a una mosca cojonera, una anciana refunfuñona que estaba todo el día asomada al patio, pendiente de lo que hacían. Hasta ese momento, no la había percibido como una amenaza. Le constaba que había ido a hablar con su madre, pero no había hecho nada más que quejarse de cómo estaba el barrio. Después, las quejas habían ido a más, tal y como les había contado el domingo su madre durante la última comida, y no se podía arriesgar a que vinieran las autoridades y les cerraran el negocio.

Si además de quitarse de en medio a María, conseguía que su madre cogiera miedo, seguramente le resultaría más sencillo que le cediera al fin la gestión de los alquileres del edificio. Asustarla simulando un robo funcionó cuando la convenció para tapiar las ventanas del bajo y así poder llevar a cabo sus actividades con discreción. Por sus hermanos no tenía que preocuparse. Se quejarían, cómo no, pero luego no querrían hacer nada porque son unos vagos. Les daría una parte pequeña y a seguir.

Cuando llegó la hora, le dijo a su mujer, Ariela, que bajaba a dar un paseo y a por el periódico, pero, en realidad, cogió el coche y fue hasta el aparcamiento de la casa de su madre. Oficialmente, tendría que llegar un par de horas más tarde, pero sus planes le obligaron a adelantarse. Desde ahí, caminó hasta la churrería favorita de su madrina, compró media docena de churros con el envase pequeño de chocolate y se dirigió al edificio propiedad de su madre.

En un primer momento, María se resistió a abrirle cuando habló con él por el telefonillo. Hacía años que no le hacía una visita. Cuando habían coincidido alguna vez en el bloque, se habían saludado cariñosamente, y Juan Antonio se preguntaba si acaso estaba siendo precavida o si ya no se acordaba de él por su enfermedad. Finalmente, le abrió la puerta; no solo porque le dijo que le traía sus churros favoritos, sino porque le comentó que quería hablar con ella sobre su madre por un asunto importante y que necesitaba ayuda. «Estoy preocupado por un tema. Creo que mamá necesita nuestra ayuda...», le dijo. Así empezó la conversación improvisada en el pequeño salón de la anciana. La madrina comía mientras le escuchaba hablar. Él no probó ni el chocolate ni los churros, como era de esperar, con la excusa de que después tenían comida familiar y «ya sabes cómo nos da de comer mi madre».

Los ansiolíticos no tardaron en apoderarse de María. De pronto, le dio la impresión de estar flotando y se le cerraron poco a poco los párpados, por mucho que luchase por mantenerlos abiertos. Cuando Juan Antonio se aseguró de que estaba dormida, abrió la ventana, la cogió en brazos con muchísimo cuidado y la dejó apoyada en el borde. Después, la arrastró lentamente desde abajo, empujando hacia fuera y tratando de simular el movimiento que haría ella si lo hiciera por sí sola, hasta que la soltó y la dejó caer al vacío. Lo siguiente, antes de salir corriendo, fue acercar la descalzadora a la ventana y revisar que todo estuviese bien antes de salir. Sin embargo, no se dio cuenta de que la bolsa de la churrería se había quedado en la pila, donde la anciana la había puesto para sacar los churros sin que se cayeran las migas y el azúcar que llevaban por encima.

41

Sandra espera mosqueada en el asiento de su coche a que su jefa la vuelva a llamar. Acaba de avisar a Candela del vídeo que ha encontrado, ese en el que se ve perfectamente a Juan Antonio comprando en una churrería cercana al edificio de alquileres de su madre a las doce y media de la mañana, sesenta minutos antes de la hora en la que fecharon la muerte de María. Está muy molesta con ella porque la ha dejado con la palabra en la boca. A estas alturas no espera una medalla, pero qué menos que reconocer su trabajo y decirle cómo proceder. Siente que su jefa la está castigando.

Mientras, aprovecha para reproducir el audio que le ha dejado, donde comenta el conflicto entre Felicidad y los dueños e inquilinos del edificio que tiene a apenas unos metros. Pero no termina de escucharlo por el aviso urgente que hace Candela a todas las patrullas para que vayan sin demora en busca de Juan Antonio e impidan su huida. Aunque el fugitivo haya escapado, habían descubierto gracias a ella que él es responsable de la muerte de María y, seguramente, de la desaparición de su madre. Por eso ha huido.

Sandra no duda ni un instante y se pone las pilas: quiere sorprender a su supervisora, demostrarle que está a la altura del idiota de Mateo. Si es una competición, ella tiene su orgullo y esta vez quiere ganar. Le da pena perder a una amiga, pero piensa luchar para que la traten de igual a igual. Está hasta los cojones de jerarquías absurdas y arcaicas. Se hará su hueco y tendrá el lugar que merece.

Comienza a pensar a la velocidad del rayo, aún sentada en el asiento delantero de su vehículo, aparcado en la primera planta del aparcamiento de la zona. Si Juan Antonio dice haber venido en coche, y según les había contado usa la plaza de su madre, es posible que esté a punto de pasar por allí, si es que no se ha ido ya. Por ello, lo primero que quiere hacer es comprobar si el vehículo sigue ahí. El teléfono le suena en ese momento. Es Candela. Sandra hace caso omiso, ya que tiene que darse prisa si no quiere que se le adelanten. Sale del coche sin hacer ruido, empuñando la pistola.

Según avanza, siente cómo la adrenalina se activa en su interior. Mira por los retrovisores, pero no ve nada. El aparcamiento es muy viejo y está mal iluminado. Hay bastantes coches aparcados, pero también las plazas vacías suficientes como para ver entre ellos. Camina decidida, pero se gira cada dos pasos para evitar que, en cualquier momento, ese hombre que le saca una cabeza se le lance encima. Se maldice por no haber pedido el número de la plaza de Felicidad. Si al menos supiera qué modelo de coche tiene o en qué planta está...

Al fondo, ve la oficina del encargado y la máquina para pagar. Seguramente pueda ayudarla, así que acelera el paso. Entonces oye un ruido a su espalda y no puede evitar soltar un gemido mientras se gira apuntando con la pistola en todas direcciones. No hay nadie, falsa alarma. Guarda el arma y corre hasta llegar frente al hombre que la mira al otro lado del cristal con gesto inquisitivo.

—Buenas noches. Quería saber si me puede decir qué número de plaza tiene Felicidad López Pombo, por favor. —El encargado la mira con cara de póquer—. Perdón, la de Juan Antonio..., no recuerdo el apellido ahora mismo. Es su hijo...

—¡Ah! Juan Antonio, sí. Felicidad es la madre, ya me he enterado. Yo es que con ella casi no he tratado. Solo llevo por aquí un par de años. ¿Ha aparecido?

—Estamos en ello.

—Tienen la veinte en esta primera planta. —Sandra se gira para comprobar la numeración. La veinte está cerca de donde ha aparcado ella—. Ahora no la usa mucho, pero antes estaba aquí todos los días. —El hombre le hace un gesto para que se acerque y le susurra—: Las malas lenguas dicen que estaba metido en ese rollo del edificio ocupado. Pasaba mucho tiempo ahí, aunque es verdad que como ayuda a la gente con la comida gratis y tal.... Eso estaba lleno de gente hacinada en las casas como hormigas. Hasta que su madre lo cerró. No creo que le hiciera mucha gracia.

—¿Hoy ha dejado el coche?

—Sí, ha dado la casualidad de que lo he visto. Ya no coincidimos mucho. Vino y se fue de nuevo al poco rato, para volver luego otra vez.

—¿Le ha notado diferente o ha visto algo que le llamara la atención? —El hombre niega con la cabeza—. ¿Le ha visto entrar o salir ahora?

—No. Y el coche sigue en la plaza. Mire.

Sandra se dispone a revisar que, efectivamente, no se ha movido.

—No creí que...

La guardia civil lo deja con la palabra en la boca. Mete el turbo y no tarda en ver que el automóvil continúa en su sitio, tal y como le acaba de decir. Llega hasta él y alumbra el interior con la linterna del móvil. No ve nada especial en la parte delantera. Se agacha para mirar en la trasera y siente cómo alguien le posa la mano en el hombro. Sandra da un brinco y se gira temiendo lo peor. Pero no es a Juan Antonio a quien se encuentra frente a ella, sino al encargado.

—Se me ha olvidado contarle que Juan Antonio llevaba una maleta muy grande con ruedas. No se lo he dicho antes porque la trae habitualmente.

Ella sonríe, agradecida y con el corazón a punto de salírsele por la boca. El hombre se aleja mientras ella se queda pensando que ha tenido suerte. Si no espabila, la próxima vez podría estar muerta.

42

Los últimos acontecimientos han ocurrido tan rápido que Candela aún trata de asimilarlos. La llamada de Sandra, donde le contaba que fue Juan Antonio quien compró el chocolate con churros que ingirió María antes de morir, ha sido crucial para entender que seguramente el hijo mayor de Felicidad puso algún narcótico en el chocolate. Eso implicaría que Gregorio, el forense, estaba en lo cierto cuando hablaron en la escena del crimen y planteó que la anciana podía haber estado dormida cuando se precipitó, razón por la que no extendió los brazos para protegerse antes de impactar con el suelo. Aún no pueden demostrarlo, pero la huida del sospechoso al escucharlo es más que suficiente para centrarse en él, no solo como el asesino de su «madrina», sino como responsable de la desaparición de su propia madre. Ahora todo encaja: Candela no se equivocaba al pensar que María abrió la puerta a un miembro de la familia de la matriarca. Felicidad estaba muy preocupada aquel día. ¿Estaba así por la muerte de su amiga o es que había descubierto algo? ¿Protegía a su hijo? Tal vez no supiera nada y su primogénito se ha deshecho de ella por un móvil meramente económico. Sea como fuere, tienen que encontrarlo.

La teniente alerta a todas las unidades para que no le dejen escapar. Sabe que Sandra se habrá enterado al mismo tiempo que el resto de sus compañeros y, para compensar, la llama para felicitarla y pedirle que sea ella quien se persone en casa del fugitivo. Sin embargo, y para su sorpresa, vuelve a no recibir respuesta.

—No lo entiendo —murmura, cabreada, mientras baja a la calle por las escaleras del edificio donde vive Felicidad.

Jesús había vuelto al bloque de alquileres de la desaparecida, pero, al escuchar el aviso, sale corriendo hacia la casa familiar. No deja de pensar que es muy probable que Juan Antonio haya intentado huir por la zona más transitada y así pasar fácilmente desapercibido entre el gentío, además de que por allí también pasan los autobuses y taxis. También podría haber cruzado hacia el otro lado para buscar un escondite en una de las callecitas que había, similares a las de la zona en la que están ellos. Cuando está cerca, recibe una llamada de Candela para decirle que le espera en el portal de la casa de Felicidad porque quiere hablar con él.

—Quiero que vayas a la casa de Juan Antonio. Ahora —le dice, sin preámbulos, en cuanto aparece—. Quizá tengamos suerte y haya ido a por algo que le incrimine. Encuéntralo y, si no, trae todo lo que creas que nos servirá para encerrarlo. Se pensaba que con su rollo misionero no le íbamos a descubrir. ¡Pues lo lleva claro!

—¿Y Sandra? —pregunta él, que sabe que normalmente se lo pediría a la sargento.

—No me coge el teléfono y estoy harta. Está muy subidita, así que a tomar por culo. Si te das prisa, puedes llegar antes que él. Se me ha escapado por los pelos. Te paso la dirección por mensaje.

Jesús se da por enterado y corre hacia el coche.

Candela recibe una llamada nada más terminar de escribir. Piensa que es Sandra, pero se equivoca. Es Toni.

—¿Dónde estás, mi teniente? —pregunta su subordinado.

—Acabo de bajar del piso de Felicidad. ¿Por?

—Espérame ahí, por favor. Tengo algo importante que enseñarte.

—¿El qué?

—Será mejor que lo veas, créeme.

43

Empieza a anochecer. Las sirenas y las luces de los coches patrulla inundan los alrededores del edificio de alquileres de Felicidad, su vivienda y el bloque que consiguió que desalojaran. Todo el equipo tiene la esperanza de que el fugitivo no haya escapado muy lejos, y así lograr atraparlo para que confiese dónde se encuentra su madre. Candela está en la calle, frente al portal de la casa de la matriarca, y casi no tiene que esperar a Toni, que aparece caminando por la esquina a buen ritmo con el teléfono en la mano. Comienza a hablar sin pausa en cuanto llega hasta ella.

—Hemos revisado todas las cámaras de la zona que hemos podido, incluido el acceso al edificio de alquileres y también alguna suelta, pero no hemos encontrado nada más allá de lo que ya sabíamos: tenemos al nieto de Felicidad entrando en el edificio, y luego a su abuela y a su padre saliendo a media mañana de su casa hasta que ambos entran en el mismo bloque. Al poco rato, sale Ignacio y, por último, su hijo, corriendo a toda prisa. Lo único que faltaría es ver a Felicidad saliendo de él. También está la cámara del metro en la que tenemos a Noemí saliendo a buen ritmo, que encaja con lo que contó de que vino en cuanto le llamó su hermano.

—Bueno, a mí eso de que venga en metro si tiene prisa, aunque sea corriendo...

—Hombre, si está solo a una parada, con que te pille un poco de tráfico porque sea la hora de comer...

—¿Un domingo?

—Perfectamente. No hay atasco, pero puedes tardar más si no encuentras taxi, llamas y esperas a que venga... En cualquier caso, lo importante es que ella no estaba por la zona cuando desapareció su madre. Y aquí viene lo gordo... —Candela lo mira, expectante—. Como sabemos que Felicidad entra en el edificio de alquileres y este no tiene ninguna otra salida que la que conocemos, no habíamos mirado en las cámaras de la calle paralela, la que da a la parte de atrás, que es donde tiene la plaza de garaje donde aparca Juan Antonio...

—¡Joder! —interrumpe la teniente, que se arrepiente de haberle dado tantas alas al novato.

—Lo sé. Estábamos en ello, pero no consideramos tan prioritario porque ella no conduce y, por tanto, no la usaba.

—Sigue.

—Ahora que tenemos un sospechoso, hemos vuelto a revisar si concuerda su llegada al aparcamiento con lo que nos dijo él, y resulta que sí encaja. —Toni reproduce en su teléfono un clip de un vídeo en el que se ve a Juan Antonio conduciendo su coche, entrando en el aparcamiento y saliendo a pie de él a los pocos minutos—. No parece muy alterado pese a que, según la historia que han contado los hermanos, llegaba tarde y ya le habrían llamado para decirle que su madre está desaparecida. Pero lo gordo no es eso. Al rebobinar, hemos descubierto que Juan Antonio hizo un viaje anterior. Mira.

Reproduce otro vídeo en el móvil. En él se ve llegar al primogénito en el coche. Parece que va vestido con la misma ropa, solo que en la cabeza lleva una gorra negra y unas gafas de sol.

—Qué discreto —comenta Candela, jocosa—. Nadie lo reconocería así.

Sin embargo, cuando sale del aparcamiento, aparece con una maleta de viaje muy grande y con ruedas. Camina tirando de ella, más alterado que en la imagen que acaban de ver. Candela no se puede creer que hayan estado tan atentos a todo lo que rodea al círculo más estrecho de Felicidad y se hubieran olvidado de algo así. «Maldito novato», piensa. Si es que no puede ceder. Luego le dirán que le gusta estar pendiente de todo y que no delega en los demás. ¡¿Cómo cojones quieren que lo haga si luego cometen cagadas como esta?! En este tipo de casos, la respuesta siempre está cerca, en su entorno, se lo repite constantemente.

El vídeo continúa, y Juan Antonio sube la calle hasta el edificio cerrado, mira hacia los lados y saca unas llaves del bolsillo. Abre el portón con ellas y cierra rápido.

—¡Es él! ¡Qué hijo de puta! Él llevaba los alquileres... —exclama la teniente.

Toni adelanta un poco el vídeo.

—Esto encaja con la hora en la que se le pierde el rastro a Felicidad. Treinta minutos después, sale de la misma manera en la que había entrado, cargado con la maleta, vuelve al aparcamiento y se larga a toda prisa. Después, regresa de nuevo al aparcamiento y llega tarde a la comida.

—Dime que se había dejado algo en la mudanza —bromea Candela para disimular su tristeza porque seguramente ya no habrá final feliz.

—Eso solo nos lo puede decir él... o Jesús. —Candela lo mira con gesto inquisitivo—. Hasta lo que he podido ver, Juan Antonio se va con la maleta en dirección a su casa. Apuesto a que tiene a Felicidad ahí.

44

La casa de Juan Antonio está a solo diez minutos en coche de la de su madre. Jesús tarda unos pocos más en presentarse en la puerta del edificio y, al entrar en el portal, tiene la suerte de encontrarse con el portero de la finca.

—Buenas noches —saluda el agente de inmediato, extrañado al ver que se trata de una finca mucho más antigua y modesta que en la que vive Felicidad.

—Buenas noches —responde el hombre, que le hace un repaso rápido.

—Disculpe, busco a Juan Antonio, el vecino del quinto izquierda.

—Me temo que no está en casa, joven. Salió a comer con la familia y no ha vuelto. ¿Es por su madre?, ¿la han encontrado?

—Sí, es por eso, pero no, de momento no. ¿Está seguro de que no ha pasado por aquí en la última media hora?

—Segurísimo. No me he movido de aquí en toda la tarde. Los domingos son tranquilos. —Ante la mirada incrédula de Jesús, continúa—: Puede ver las cámaras si no me cree.

—Le creo, le creo. De todas maneras, voy a subir por si hubiera alguien en casa.

—Claro. Está Ariela, su mujer.

La esposa del fugitivo parece sorprendida cuando llaman a la puerta y ve a Jesús al abrir. El guardia civil se presenta y le dice que necesita hacerle unas preguntas sobre su marido. No puede perder tiempo, pero prefiere entrar suave a la nuera de Felicidad para ganarse su confianza. Después le pedirá con amabilidad si puede dar una vuelta por la casa.

—No sé decirle. Puedo mirarlo en el móvil —responde Ariela ante la pregunta de cuándo ha sido la última vez que se ha puesto en contacto con Juan Antonio—. Llevo por lo menos una hora sin hablar con él. Le he estado llamando para saber si había noticias, pero visto lo visto no quería estar incordiando, y hemos quedado en que él me avisaría en caso de que hubiese novedades. No lo ha hecho.

La urgencia con la que el agente hace las preguntas consigue que la mujer se contagie y se ponga muy nerviosa. El teléfono de Jesús suena en ese instante. Es Candela, que interrumpe el momento. Este lo coge mientras se aleja de la mesa de la cocina en la que estaba sentado frente a Ariela, para que no lo oiga hablar.

—Creo que no está aquí. El portero de la finca dice que no ha vuelto. Estoy a punto de...

—Escúchame —interrumpe Candela—. Tenemos unas imágenes de Juan Antonio con una maleta con ruedas. Se le ve entrar en el edificio que colinda con el de Felicidad, un poco antes de la hora a la que ella desaparece. No sabemos cómo, pero creemos que habría encontrado la manera de acceder desde ahí al bloque de alquileres en el que se encontraba su madre. La habría interceptado y habría vuelto a pasar al edificio de al lado para salir a la calle de la misma manera que lo hizo en un principio, salvo que con su madre metida dentro de la maleta. ¿Jesús? —pregunta al no recibir ningún comentario.

—¿Cómo es la maleta? —inquiere, anonadado.

—Negra, muy grande y con ruedas... ¿Qué pasa?

—Creo que la he encontrado.

45

Jesús está en la cocina de la casa de Juan Antonio con Ariela. Tiene el teléfono colocado en la oreja, a Candela al otro lado de la línea y, frente a él, un pequeño pasillo con dos encimeras a cada lado que desemboca en un pequeño tendedero, separado por una puerta de cristal, con despensa, productos de limpieza, zona de almacenaje y ropa colgada. Un bulto negro asoma por el perfil de la lavadora. Es la maleta. Llama la atención porque resulta evidente que no está en su sitio, y se pregunta si no la habrán dejado ahí por las prisas. Jesús camina hacia la puerta, la abre y se arrodilla junto a ella.

—¿Qué ocurre? —pregunta Ariela.

—¿Es suya esta maleta? —pregunta Jesús, que no ha cortado la llamada para que Candela pueda escucharlo todo.

—No. Es de mi marido.

—¿La ha dejado él aquí?

—No lo sé. No lo recuerdo.

—¿No lo sabe?

Jesús mira la cremallera y traga saliva.

—¿Qué hay dentro?

La mujer baja la vista y no responde.

—Déjate de gilipolleces. ¡Ábrela! —ordena su superior por el teléfono.

Jesús, que se ha puesto sus guantes, obedece. Abre la cremallera y empiezan a asomar billetes del interior.

—¡Joder! —exclama, aliviado.

—¿Qué ocurre? ¿Está ahí?

—No. Está llena de dinero.

Candela estira la cabeza hacia atrás y cierra los ojos por un segundo para reprimir el susto. Se temía lo peor y de pronto tiene unas ganas irrefrenables de echarse a llorar.

—¡Espera! —El grito de su compañero rompe el momento—. Hay algo más. —La teniente escucha, atenta—. En uno de los laterales hay pequeños imperdibles... Parece un doble fondo. Un momento. —Y, a los pocos segundos, continúa—: Candela, aquí hay algo... Un teléfono, pero está apagado. Es bastante básico, nada de última generación. Podría ser de ella.

—Seguro que es el de Felicidad.

—¡Aquí está!

—¡¿Qué?! —pregunta, desconcertada.

Jesús no puede articular palabra. Se ha quedado mudo.

46

En la casa de Juan Antonio, Jesús sujeta la apertura del doble fondo de la maleta con la mano derecha mientras con la otra sostiene el teléfono. Intenta mantener la compostura, pero le tiembla el pulso. Al abrir la cremallera, además de los fajos de billetes, en la parte oculta por imperdibles ha encontrado un teléfono apagado, una blusa de color beis y una falda marrón. La ropa es la misma que llevaba Felicidad en el momento de su desaparición, según las declaraciones de los que la habían visto esa mañana. Pero lo peor no es eso, sino que las prendas están manchadas de sangre.

Ariela da unos pasos más y, al verlo, suelta un grito.

—Jesús, ¿qué pasa? ¡Jesús! —pregunta Candela, alarmada al otro lado de la línea.

El agente vuelve a colocarse el teléfono junto a la cara y dice:

—También está su ropa. Manchada de sangre.

Candela nota un golpe en el estómago, tan fuerte que se asfixia. Se siente mal, le falta el aire y tiene ganas de empotrar el teléfono contra la pared y ponerse a gritar. Quiere sacar su pistola e ir a la caza de ese malnacido para darle su merecido. ¿Cómo se le puede hacer daño a una madre después de que haya dado su vida entera por ti? Y, además, cuando más frágil está y menos se puede defender. Hay que ser cobarde. Miserable, desagradecido y sádico.

Después del primer impulso, llegan las preguntas: ¿la ha sacado de ahí?, ¿dónde está ahora?, ¿sigue viva?

—Pide que revisen bien contenedores y papeleras de la zona —ordena Candela—. Y sigue registrando la casa, a ver qué más encuentras. Si Juan Antonio no la ha tirado en pedazos por ahí, podría estar en el mismo sitio en el que se esconda él.

Después de dar las instrucciones, cuelga y se dirige a Toni, que sigue junto a ella.

—Avisa a todas las unidades. Hemos encontrado una maleta, como la que lleva Juan Antonio en el vídeo, con prendas similares a las que vestía Felicidad manchadas de sangre en la casa de su hijo. Tenemos que localizar a ese cabrón sea como sea. ¡Que corran!

Mientras él avisa por el *walkie*, Candela vuelve a llamar a Sandra. Ese tipejo no se les puede escapar.

—¡¿Dónde cojones estás?! —exclama cuando su subordinada no responde a la llamada, una vez más—. Te va a caer un puro, por lista...

Toni la mira, pero no pregunta. Todos saben la tensión que existe entre las compañeras desde que se les pidió que cerraran el caso de María como suicidio. Candela está convencida de que todo su equipo ha sido testigo de sus desavenencias durante la jornada. Seguro que la sargento ha aprovechado su ausencia para comentarlo a sus espaldas con todo el que haya podido y ya será la comidilla del cuerpo. La maldita Sandra no deja de jugar al perro y al gato, y encima la deja expuesta delante de todos. Candela debería controlar sus comentarios sobre su subordinada delante del resto de los agentes, pero no lo ha podido evitar; no es el momento de rebelarse. ¿O acaso la sargento intenta boicotearla para que quede mal ante los superiores, como hizo cuando las citaron por los resultados de la autopsia de María?

Después del último hallazgo, la esperanza de localizar a Felicidad con vida se desvanece.

—Ahora el objetivo es coger a Juan Antonio para que nos diga qué ha hecho con ella. Si lo perdemos, no habrá cuerpo.

Candela aprieta los dientes. No encontrarla nunca es, sin duda, el peor de los escenarios, la peor pesadilla para las familias que tienen que pasar por algo así: no volver a saber nada de esa persona y quedarse con la duda de lo que habrá padecido e, incluso, de si pudiera seguir retenida en alguna parte. Se le empaña la mirada. Su abuela, el vacío que dejó su ausencia y la inmensa distancia que la separa de su madre en la actualidad aparecen ahora que ha bajado la guardia después de la mala noticia. Pero Toni la saca de su ensimismamiento: le ha llegado un mensaje al teléfono. Es un vídeo, lo abre y se lo enseña.

—Han seguido revisando las grabaciones de la cámara del aparcamiento. Juan Antonio se ha escondido en el edificio cerrado. Está dentro.

47

Sandra continúa dentro del aparcamiento. La luz de la tarde no ha dejado de caer, la humedad se hace presente y, de pronto, tiene frío. Después del susto que le ha dado el encargado cuando examinaba el exterior del coche de Juan Antonio, sigue haciendo un reconocimiento rápido al resto del aparcamiento. Si no ha huido en su vehículo, las posibilidades de que se esconda en uno de los lugares en los que está claro que van a buscar son mínimas. Pero, aun así, le da la impresión de que se le va a salir el corazón del pecho a cada paso que da porque, aunque seguramente el encargado la estará observando a través de las cámaras de seguridad, sabe lo que es capaz de hacer una persona como él cuando se siente acorralada y es posible que, cuando quisiera ayudarla, fuera ya demasiado tarde.

No obstante, la intensidad decrece conforme avanza y le va quedando menos por revisar. No tarda ni diez minutos en darse cuenta de que el hijo de Felicidad no está ahí.

Sandra sube de nuevo a la primera planta y, nada más salir, ve a varios agentes frente a la puerta de entrada del edificio que, según el encargado, podría haber sido regentado por el primogénito y que permanece cerrado.

Un nuevo aviso la pilla desprevenida cuando trataba de no ser vista por sus compañeros. En él, informan de la existencia de un vídeo en el que aparece el prófugo accediendo al edificio con una maleta muy grande que también lleva a su salida. Justo después, comienzan a llegar las patrullas de refuerzo, que se quedarán alrededor de la fachada del edificio hasta saber si el individuo aún está dentro. A los pocos minutos, también acude otra unidad para inspeccionar el aparcamiento. Sandra decide bajar a la calle y simular que llama por teléfono de espaldas a ellos, mientras piensa: «El encargado del aparcamiento ha recalcado que Juan Antonio estaba todo el día en el edificio que traía de cabeza a su madre. Seguramente, sin que ella lo supiera. Si iba todos los días, tiene sentido que fuera quien gestionaba los alquileres. De hecho, de alguna manera podría seguir haciéndolo. Él mismo se lo contó cuando entraron en el bajo de su madre que utilizan como trastero, que lo había usado en alguna ocasión para acoger a los más necesitados y para almacenar comida de la fundación. ¡El trastero! El bajo de Felicidad que Juan Antonio utiliza a menudo colinda con el otro edificio. Tiene que haber algún acceso oculto para pasar al otro lado».

La sargento se pone en marcha calle abajo, en dirección contraria a sus compañeros. Acelera el paso para llegar cuanto antes al edificio de los pisos de alquiler de Felicidad, lugar donde empezó el caso con la muerte de María. Justo antes de torcer la esquina, aparece Candela por la contraria para sumarse a su equipo, sin percatarse de la presencia de su compañera al final de la calle.

48

La fachada del edificio que linda con el bloque de alquileres de Felicidad y que esta consiguió desalojar está rodeada de agentes y de varios curiosos que empiezan a amontonarse alrededor. Candela aparece por la esquina caminando a toda prisa y, cuando llega, tiene que pararse a coger aire mientras le informan de que todos los accesos al edificio están sellados y no pueden entrar.

—Llamad a los bomberos, que hagan lo que tengan que hacer. Que tiren una bomba o lo que necesiten, pero que tumben la puerta —ordena de inmediato, sin titubear.

—Están llegando —le responde el agente.

Después se aparta unos metros calle arriba. Está nerviosa, pero no por la situación en sí, sino porque está convencida de que se olvidan de algo importante. Ya saben que Juan Antonio seguramente sea el responsable de la muerte de María y también el culpable de la desaparición de Felicidad, y que la sangre que hay en la ropa que su madre llevaba puesta indica, como mínimo, que ha tenido que herirla. También que lo más probable es que la escondiese en la maleta con ruedas que después llevó a su casa. Pero algo no encaja. No pueden olvidarse de que, en el margen de tiempo en el que desaparece la matriarca, las cámaras muestran al hijo mayor llegando con la maleta casi a la vez que su madre al otro edificio junto con Ignacio. Después, sale aún cargado con ella, a tiempo para volver a su casa y llegar a la comida familiar. Felicidad no aparece con él en el vídeo en ningún momento. Está solo. Ella no entra ni sale del bloque tapiado. Únicamente la han visto entrar en el de su propiedad, pero no sale de él. La respuesta seguramente sea que la sacó metida en la maleta por la calle paralela, pero ¿cómo pasa de su edificio al otro si no hay ningún acceso? Está claro que tiene que haber encontrado la forma de hacerlo.

El odio hacia el primogénito de la matriarca se intensifica. Candela siente verdadera repulsión hacia ese tipo tan cínico, ese lobo camuflado en piel de cordero, abogado de los pobres a los que luego tortura. Alguien tan egocéntrico, soberbio y materialista que consigue engañar a tanta gente haciendo alarde de una gran frialdad, capaz de quitarse de en medio a María, su madrina, y a su propia madre, en su beneficio. Le da verdadero asco. No puede permitir que se salga con la suya. Alguien así tiene que pagar por sus actos y debería desaparecer de la faz de la tierra por su falta de humanidad. Entonces una idea en la cabeza la frena en seco. Candela cree tener la respuesta a cómo entró Felicidad al edificio de al lado sin salir del bloque de alquileres. Sin perder ni un segundo en avisar a sus compañeros, echa a correr para comprobar que está en lo cierto. Por un momento, siente el impulso de avisar a Sandra para que la acompañe, pero su orgullo se lo impide. Si quiere ir a su bola, ella se lo pierde, pero luego no quiere lagrimitas ni reproches. Si no está en la operación es porque no le ha dado la gana. Lo único que está haciendo ella es actuar en consonancia.

La teniente corre hacia el edificio de alquileres de Felicidad, consigue acceder y atraviesa el pasillo que lleva al patio interior con el corazón a mil por hora. Cuando llega a la puerta del bajo, se la encuentra entreabierta. La han forzado, y se pregunta si habrá sido alguno de los tipos con malas pintas que van por el lugar o si quizá Juan Antonio ha entrado por el otro edificio para luego forzarla desde dentro y escapar. No quiere ni pensar en que se haya esfumado del todo y no lo vayan a encontrar. Cierra la puerta nada más entrar y decide alumbrar la estancia con la linterna de su teléfono. Ve un armario separado de la pared frente a ella, y percibe una sombra con forma circular detrás. Se acerca y descubre que se trata de un agujero lo bastante grande como para que una persona pase sin dificultad de un lado al otro. Cada vez tiene más claro que el hijo de Felicidad podría haber usado el hueco entre los edificios para pasar al de su madre y escapar o esconderse. En ese momento, oye unos pasos al otro lado, en el edificio abandonado.

Candela entra por el acceso con la esperanza de que Juan Antonio esté ahí y confiese dónde tiene a su madre. Sale a un cuartito y de ahí a un pasillo, haciendo el menor ruido posible. Avanza cada vez más convencida de que sigue los pasos del fugitivo. No tiene sentido que Juan Antonio hubiera entrado por un lado para salir inmediatamente por el otro, ya que lo habría interceptado alguno de los compañeros que aún seguían por ahí.

Advierte ruidos en la planta de arriba, parecen unos pasos, lo que confirma que no se equivoca. Sin embargo, conforme se acerca, lo que escucha es un murmullo: alguien que parece llorar y suplicar, como si estuviera rezando. Pero no es capaz de distinguirlo porque los sonidos se mezclan con el jaleo del exterior, donde empiezan a golpear la puerta principal para entrar.

Candela sube las escaleras oscuras y polvorientas a toda prisa, pensando que Felicidad tal vez siga con vida. Llega a una primera puerta abierta y descubre que no se trata de la matriarca, sino de un grupo de personas muertas de miedo, tiradas en el suelo en un rincón de la habitación. Un hombre mayor se levanta y Candela lo apunta directamente a la frente con el arma. El señor alza las manos sobre la cabeza con ademán exagerado y señala con el dedo la habitación de al lado. La teniente se gira a toda prisa para llegar antes de que lo haga su equipo.

Y sin sospechar que, tan solo unos segundos después, vendría lo peor.

49

Un mes antes

Felicidad supo que algo no iba bien cuando, al rato de aparecer muerta María, encontró una bolsa de su churrería favorita en el fregadero de la cocina de su amiga. La anciana había dejado de ir a ese local por culpa de su estado físico y ya solo los comía cuando se los llevaba ella, por lo que alguien se los había traído ese día y, por tanto, seguramente no estaba sola antes de caer. Lo primero que le vino a la mente fue la conversación que había tenido el domingo anterior con su hijo Juan Antonio, durante la comida familiar, en la que terminó por preguntarle cuál era la churrería favorita de la madrina para comprarle churros a Ariela. No le había dado importancia en aquel momento, pero ahora recordaba que justo les había contado a sus hijos que María iba a llamar a la Guardia Civil para que averiguaran lo que sucedía en su edificio de alquileres, porque desde su ventana no paraba de ver cosas raras en el patio.

La matriarca aún estaba conmocionada al volver a su casa, pero cogió el toro por los cuernos y les contó a sus hijos y a su nuera lo que le había sucedido a la madrina. Se fijó muy bien en todas las reacciones, sobre todo en la de Juan Antonio. No lo tuvo claro en un primer momento, pero sus dudas se disiparon cuando comentó deliberadamente que María había comido churros antes de caer, que decían que había sido un suicidio y que ella pensaba que la habían tirado. Ver los ojos de su hijo mayor fue más que suficiente para saber que no se equivocaba. En realidad, no era más que pura intuición, pero ya se sabe que la intuición de una madre nunca falla. Por eso, cuando el primogénito se ofreció a volver otro día y ayudarla con Facebook, sintió auténtico terror. Aun así, la matriarca no se había aplacado y le pidió que la acompañase al banco. Era vieja pero no idiota.

El asunto era tan grave que la sombra de la duda no dejaba vivir a Felicidad. Tenía que asegurarse de que no lo estaba sacando todo de quicio y, efectivamente, su hijo Juan Antonio había tenido algo que ver con la muerte de María. Su necesidad de respuestas hizo que observara muy de cerca a su hijo mayor, y no tardó en descubrir todo el arsenal de alimentos que escondía en el bajo que, supuestamente, usaba como trastero. El asunto había adquirido mayor calado y sabía que tenía que haber algo más.

La respuesta no se hizo esperar. Esa misma tarde, volvió para revisar en condiciones todo lo que su hijo tenía guardado. Tardó unos segundos en encender la luz al entrar y, al hacerlo, se topó con una mujer con cara de sorpresa y quieta junto a uno de los armarios que había en el rincón que tenía a su lado. La observó con detenimiento, pero no fue capaz de aventurar su edad, aunque diría que estaba entre treinta o cuarenta y pocos años. Sí que estaba segura de que era extranjera, si bien no distinguió de qué país: era más baja que ella y no debía de llegar al metro sesenta, con el pelo muy negro, ojos rasgados y la tez morena.

Las dos mujeres se miraron sin decir nada hasta que Felicidad le preguntó qué hacía ahí, de la manera más educada posible para que no se asustara y le diera la información que necesitaba. Sabía que, siendo extranjera, tenía todas las papeletas para tratarse de un asunto de Juan Antonio. La mujer, que se presentó como Elizabeth, empezó a contar su historia poco a poco. Lo hizo con monosílabos en un primer momento, pero se soltó más y más conforme se veía arropada por la amable señora, que le hacía preguntas para que siguiera con el relato. Así fue como la matriarca descubrió que su primogénito participaba en la trama que ella había destapado en el edificio que colindaba con el suyo. Él era la persona a cargo, la que fichaba a los elegidos que ocuparían el bloque como hormigas. Su propio hijo le había hecho la vida imposible cuando ella reclamaba que arreglaran las humedades y todos los desperfectos. No le importaba su tiempo ni su salud. No la quería, lo que le provocaba un desamparo tan fuerte que llegaba a nublarle el sentido y del que no era del todo consciente. Felicidad solo quería encontrar una razón que pudiera entender.

Elizabeth hablaba muy bajito y en un tono muy suave. Parecía muy tímida, pero adivinaba en ella una gran fortaleza. Había que tenerla para llegar sola a un país desconocido sin medios y dejando atrás tu vida entera.

Había nacido en Bolivia hacía treinta y tres años y había dejado en su país a tres hijos de quince, ocho y seis años. No tenía papeles y llevaba en España cerca de cinco meses. En ese tiempo, el que era su marido le había robado todo el dinero que había ganado limpiando las obras de casas de lujo antes de que los dueños entrasen a vivir. El trabajo se lo encontró un amigo de su hermano mayor, que vivía en Madrid desde hacía seis años y trabajaba en la construcción. Además de robarle, la amenazaba con quedarse la casa y el coche, que en su mayoría había pagado ella con los dos trabajos que tenía cuando vivían en su país, mientras él se pasaba el día bebiendo y campando a sus anchas.

Después, le explicó cómo había acabado viviendo de mala manera en el edificio, mediante el comedor social de la fundación de Juan Antonio. Ella era una de las personas que Felicidad echó a la calle gracias a su insistencia, pero después había logrado volver a entrar guiada por su hijo, como tantos otros.

La matriarca la miraba atenta mientras escuchaba su historia y sentía lástima por ella. ¿Cómo era posible que hubiese vidas tan diferentes en el mundo y que las tragedias y alegrías estuviesen tan descompensadas? Era un drama, pero, por lo que había visto en los reportajes de la televisión, podía hasta considerarse que había tenido suerte de no haber acabado metida en una red de trata, adicta a la droga que les administran y siendo explotada sexualmente sin su consentimiento en un piso de mala muerte.

La boliviana le contó que dentro del edificio había trece personas más, muchísimas menos de las que había cuando Felicidad había conseguido que cerraran los accesos a cal y canto. Todos eran inmigrantes y alguno tenía una situación mejor. Sin embargo, aunque reuniesen la cantidad necesaria para pagar lo que costaba el alquiler de un piso pequeño o habitación dentro de uno más grande, recibían la negativa de muchos propietarios solo por pertenecer a una determinada etnia o colectivo. Eran víctimas de un racismo puro y duro, y algo tan normal como arrendar una vivienda se convertía en una misión casi imposible para ellos. A esto había que sumarle su situación irregular, la inestabilidad de los trabajos que encontraban, la precariedad de los salarios y lo mucho que había subido todo en los últimos meses.

Felicidad la escuchaba con el corazón en un puño. Ella misma siempre hacía comentarios sobre lo mal que le sentaba al barrio la presencia de tanto inmigrante y cosas por el estilo. Cada historia tiene dos caras de la misma moneda, y se daba cuenta de que los había juzgado sin empatizar lo más mínimo con ellos, solo por el hecho de no conocer su trayectoria. Sin embargo, eso no fue lo que más le afectó. Lo peor fue cuando Elizabeth empezó a relatarle la manera tan abusiva en la que les trataba Juan Antonio. La matriarca optó por omitir que se trataba de su hijo y se limitó a escuchar sin apenas hacer preguntas para no influir en el relato.

Elizabeth también le explicó que los tenía prácticamente encerrados. Solo podían salir a trabajar en unos horarios determinados que rozaban lo dantesco, y los amenazaba con denunciarlos a la policía para que los echaran del país si no cumplían sus condiciones, una de las cuales era darle la mitad de lo que ganasen. Pero ella era la que se llevaba la peor parte, sin duda. Con lágrimas en los ojos y un pequeño hilo de voz, le narró cómo Juan Antonio la violaba salvajemente cada vez que iba a visitarlos, cuando traía comida o iba a cobrar su dinero. La única ventaja era que, por lo menos, le permitía cruzar por el agujero que había oculto detrás de uno de los armarios del trastero y que unía ambos bloques, ese en el que ambas se habían encontrado, para coger suministros en caso de necesidad. Eso era lo que hacía hoy cuando la había sorprendido. Justo cuando llegaba al final de su historia, Elizabeth abrió los ojos de manera exagerada y dijo:

—Está loco. Ese hombre es capaz de cualquier cosa.

50

Sandra llega al portal del edificio de alquileres de Felicidad y consigue que Ramón, el vecino con sobrepeso, le abra la puerta. No se molesta en encender la luz siquiera, ya que no quiere llamar la atención de ningún curioso, y cruza el *hall* y el pasillo, iluminado únicamente por el resplandor que atraviesa las ventanas que dan al patio interior, donde yacía el cuerpo sin vida de María. Se acerca hasta la puerta del bajo en el que entró junto con Juan Antonio y comprueba que, como le avisó, la cerradura está forzada y no termina de cerrar bien. Le da un golpe seco con la culata del arma, y otro y otro. Pero no consigue que se abra hasta que usa el hombro para embestirla con todas sus fuerzas un par de veces. Entra y cierra de inmediato. Recuerda que el fugitivo extendió el brazo para encender la luz, pero prefiere hacer lo propio con la linterna del teléfono para no seguir dejando señales de que ha encontrado la forma de acceder al interior.

Le es imposible reconocer todo el espacio, pero tiene reciente la imagen de la visita y decide ir primero al pequeño aseo. Sandra se ve obligada a hacer verdaderos esfuerzos para no tropezarse con las cajas y objetos que hay tirados por todas partes, y también para contener las arcadas que le produce el olor tan intenso que reina en el ambiente. Una vez dentro, se fija en cada detalle y hasta mira detrás del pequeño espejo que hay colgado encima del lavabo, pero no encuentra nada. Huele a moho y a humedad. Sale y empieza a apartar todas las cajas que están pegadas a la pared que da al edificio de al lado. También hay varias estanterías sin fondo y, a través de las baldas, ve perfectamente que no hay ninguna puerta, agujero o trampilla. Nada. Recorre la pared en dirección a la puerta por la que ha entrado hasta que da con dos armarios aparadores. Abre el primero y descubre que está vacío. En el otro solo encuentra comida. Sin embargo, lo que podría ser algo normal se vuelve significativo al darse cuenta de que los productos apilados son exactamente los mismos y de las mismas marcas que vio en las fotos del registro al bajo alquilado por Andrés. Uno de los dos es el que está abasteciendo al otro. Sandra se agacha y ve bolsas con más alimentos. Son de la fundación. Juan Antonio no solo tenía el negocio ilegal de los pisos patera, Sandra también está segura de que vende alimentos de las donaciones para que se despachen más baratos en el mercado negro. Llega hasta el rincón y no encuentra nada más. Solo le quedan los armarios. Vuelve a mirarlos y se da cuenta de que el que no contiene nada está más adelantado que el otro. No tiene que arrastrarlo demasiado hacia un lado para percatarse de que acaba de encontrar la manera en la que Juan Antonio había conseguido sacar del edificio a Felicidad sin que nadie sospechara. Ante ella está el acceso secreto al otro bloque: un agujero en la pared hecho a conciencia para que una persona con una maleta grande pueda cruzar sin problema.

Sandra se agacha y entra por el hueco a un habitáculo de pequeñas proporciones en el que la basura lo inunda todo. Mueve el teléfono con presteza y por todas partes, para asegurarse de que nadie la haya visto y vaya a por ella. Esta vez tiene que ser rápida. Empuña el arma con firmeza, da un paso más y tropieza con algo. Un grito agudo; es una rata, y odia las ratas. Patalea como acto reflejo y contiene las ganas de chillar. A continuación, se dirige a una puerta que ha visto en la esquina y deja atrás un plato de ducha sin mampara pegado a una de las paredes. Al lado hay cubos de los que emana un olor insoportable, por lo que entiende que tiene que ser el baño.

Abre la puerta sigilosamente y llega a un largo pasillo del que asoman muchas puertas cada pocos metros. Mira hacia ambos lados: uno termina en una pared, mientras que por el otro asoman unas escaleras. Se dirige hacia ellas con la sensación de que, aunque todas las puertas están cerradas, se abrirán de golpe en cualquier momento y alguien la agarrará y arrastrará al interior. El corazón le bombardea el pecho de manera irrefrenable. Se ha preparado para ese tipo de situaciones y transforma el nervio en energía. Cuando alcanza las escaleras, descubre que se trata del *hall* de entrada. Es un rectángulo muy grande al fondo del cual se encuentra la entrada principal. Oye a sus compañeros al otro lado y se imagina a Candela dirigiendo el cotarro. Podría intentar abrirles desde dentro y llevarse unos puntos, pero ella quiere el trofeo, el premio gordo, así que, en lugar de eso, pasa de largo y sube las escaleras a buen ritmo hasta llegar a la primera planta, donde todo está aún más oscuro porque no entra nada de luz de las farolas del exterior, como sí sucedía en la planta de abajo.

Comienza a avanzar por el pasillo apoyando la mano en cada puerta por la que pasa para comprobar que está cerrada. Hasta que una se abre de golpe. En el interior encuentra a unas quince personas sentadas en el suelo, apretadas unas contra otras. Sus rostros muestran verdadero terror cuando los enfoca con la linterna. Son hombres, mujeres y niños, latinos en su mayoría. Suplican que no les haga nada, mientras los bebés y los pequeños se echan a llorar. Sandra les manda callar entre susurros y, en ese momento, se fija en un hombre mayor que inclina la cabeza insistentemente hacia la habitación de al lado, con los ojos muy abiertos. Está ahí.

La sargento vuelve a salir al pasillo. La puerta del cuarto que colinda con el que acaba de entrar está abierta; se pega a ella y entra de golpe empuñando su arma. El corazón se le dispara y late a mil por hora. La oscuridad más absoluta. Las ráfagas de luz revelan retazos del espacio que tiene delante. Un armario en una esquina y, pegado a él, Juan Antonio de perfil, intentando ocultarse. Sus ojos amenazantes. El sonido del seguro de la pistola. El impulso de reaccionar a la velocidad del rayo. El disparo que resuena hasta en la calle.

51

Gracias a la ayuda de los bomberos, Toni y Jesús llegan a tiempo de entrar en el edificio que consiguió desalojar Felicidad. Cuando ponen el primer pie dentro del enorme recibidor de mármol, cubierto por una densa capa de polvo, no imaginan la escena tan dantesca que les espera.

El primer anuncio lo marcan los gritos y lloros que proceden de una planta más arriba. Varios agentes se quedan en la planta baja mientras ellos suben, vigilantes, al piso superior acompañados por otros dos compañeros. Al llegar, se encuentran con un enorme pasillo lleno de puertas a ambos lados, todas cerradas salvo las dos primeras. Jesús se asoma a la que está más cerca, de la que salen los lloros y lamentos, y descubre a un grupo de personas agachadas y amontonadas en un rincón como si fueran a ser víctimas de algo terrible. Se da cuenta enseguida de que parecen extranjeros, seguramente latinos. Uno de ellos, un hombre mayor que abraza a dos chicas, los observa y cabecea en dirección al cuarto de al lado. Su mirada transmite auténtico terror. El más experimentado de los dos agentes hace un gesto a uno de los compañeros que vienen por detrás para que se encarguen de ellos. Después, mira a Toni para que le siga, dispuesto a atrapar al hijo de Felicidad, al que imaginan en guardia con un arma.

—¡Juan Antonio, tire el arma y ponga los brazos por encima de la cabeza! —exclama Jesús. No obtienen respuesta, solo una especie de gemido, algo parecido a un sollozo. Piensan que quizá esté herido—. Suelte el arma si no quiere que pase nada, se lo advierto.

El gemido se transforma en un llanto de mujer.

—¡Sandraaa!

Reconocen la voz: es Candela, que llora desconsolada. Entran y encuentran a la teniente arrodillada en el suelo sujetando el cuerpo de la sargento, que yace con la cabeza apoyada en su compañera. No para de sangrar. Toni alumbra el resto de la habitación y descubren a Juan Antonio también tirado en el suelo. Tiene los ojos abiertos con la mirada perdida, y de su torso no para de brotar sangre. Ven que su cuerpo presenta dos disparos: uno en el pecho y otro en el estómago. Junto a él, hay un arma a la altura de la mano.

Los dos agentes se agachan para ayudar a la teniente y, mientras Toni pide que llamen a una ambulancia, Jesús le toma el pulso a Sandra. A simple vista, tiene una herida de bala en la parte trasera de la cabeza que no deja de sangrar. Candela la sostiene, desesperada.

—He llegado tarde, ¡joder! He llegado tarde… —repite.

Empiezan a entrar el resto de los compañeros, pero eso no la frena. Por primera vez, no tiene miedo a mostrar su rabia, su dolor y su vulnerabilidad. Llora desconsolada y se recrimina no haber podido hacer algo. Pero ¿cómo iba a saber que Sandra estaría ahí y entraría antes que ella? Si le hubiera cogido el teléfono, seguro que habrían entrado juntas y probablemente ahora no estaría muerta.

—He llegado tarde, joder… Lo siento mucho, Sandra. Lo siento mucho…

Candela se abraza a Jesús y permanecen así un buen rato, cubiertos por la sangre de su compañera.

52

Al día siguiente, el capitán Prieto cita a Candela para escuchar de primera mano cómo sucedieron los hechos que desembocaron en las muertes de Sandra y de Juan Antonio. Están sentados frente a frente en su despacho, y la teniente le cuenta lo que vivió.

—Entré en el primer cuarto pensando que los gemidos serían de Felicidad, pero vi al grupo de inmigrantes y el mayor me señaló la habitación de al lado. Estaba agachado, arrinconado junto con los demás, todos muertos de miedo. Entonces oí dos disparos y el sonido de un cuerpo al caer al suelo. En ese momento no sabía quién podía estar allí. Me dirigí hacia el cuarto contiguo, entré sin pensar y vi a Juan Antonio de pie, mirando al suelo con el arma a la altura de la cintura. Bajé la vista al momento y observé que había otro cuerpo: era una mujer, tirada boca abajo con la cabeza y el cuerpo llenos de sangre. Lo primero que pensé es que era alguien del grupo de al lado, que se la había llevado y acababa de matarla. Él hizo un pequeño amago de subir el arma hacia mí, pero me adelanté y le disparé dos veces a bocajarro. Cayó al suelo y me volví a girar hacia la mujer que tenía a mi lado para ver si tenía pulso. Entonces me di cuenta de quién era. Sandra, mi Sandra.

—Los ojos empiezan a brillarle y un reguero de lágrimas le cae por las mejillas—. Me arrodillé junto a ella y vi que tenía los ojos muy abiertos, a punto de salírsele de las órbitas. Había sido un disparo muy certero y no dejaba de sangrar.

—Seguro que ese cabrón estaba escondido en un lateral del armario cuando entró. Ella no lo vio, se dio la vuelta para salir de nuevo y él se abalanzó. La agarró del pelo, porque tenía un mechón entre sus dedos, a ella se le cayó el arma, él la aferró y debió de pedirle que caminara hacia la puerta, porque el disparo en la espalda fue a cierta distancia. Después la remató con un tiro en la nuca. Lo que no se esperaba es que fueras a entrar tú en ese momento. —La teniente asiente—. Me gustaría saber el motivo por el que fuiste sola y no avisaste para que entrara contigo.

Prieto la mira fijamente, a la espera de una explicación. Sin embargo, su firmeza habitual ha cedido a un interés basado en la preocupación y la empatía. El hombre que Candela tiene delante ya no es solo su superior, sino un compañero que entiende que ese mismo incidente podría haberle pasado a él o a cualquiera de sus agentes. Pero ella sabe que no es así, porque no ha contado toda la verdad.

53

La teniente sabe que, aunque no lo parezca, el capitán analiza cada uno de sus gestos, al igual que hace ella cuando toma declaración a alguien o está frente a posibles sospechosos. Pero no le importa y mira hacia abajo con tanta intensidad que podría taladrar el suelo. Él no ha dejado de observarla, a la espera de una respuesta.

«¿Por qué no avisé a ningún compañero cuando fui al bajo de Felicidad o cuando ya estaba dentro del edificio en el que se escondía Juan Antonio, a punto de hacer justicia?», se pregunta la teniente.

No puede obviar en ningún caso lo que todos sabían: el deterioro de la relación entre ambas desde semanas antes de la muerte de Sandra. Así que levanta la cabeza y le empieza a explicar las pequeñas disputas que habían tenido a raíz de que él les ordenara cerrar la muerte de María como un suicidio. Le cuenta que su subordinada le había echado en cara que no era buena compañera porque, cuando llegaban los momentos importantes de un caso, no confiaba ni delegaba en ella y que pensaba que era para que nadie le hiciera sombra.

—¿Y qué respondiste tú? —pregunta Prieto.

—Le dije que no lo hacía por llevarme el crédito, sino para que no fallara nada, porque soy muy perfeccionista y quiero controlarlo todo…

—Tienes mucho miedo al fracaso. Demasiado.

—Digamos que prefiero meter la pata sola y que nadie lo vea, en lugar de hacer partícipes a los demás…

—Que sean testigos y descubran que no eres la dama de hierro imparable que pretendes ser todo el tiempo.

Candela asiente y controla que no asomen las lágrimas.

—Lo malo es que las dos éramos igual de válidas. En ese punto del caso, con el caos total y la desesperación por encontrar a Juan Antonio, ambas llegamos a la misma conclusión y dimos con la solución antes que el resto. Lo peor fue que no lo compartimos. Nos pudo el ego, como decía Sandra, el querer ser mejor que la otra. Y eso es un error cuando se trabaja en equipo. Es lo que he aprendido gracias a ella, lo que me ha enseñado: que una sola no puede con todo. Estoy muy arrepentida, solo quería que todo saliera bien.

El capitán la mira con amabilidad. Candela sabe que ha entendido a la perfección sus palabras, ya que él mismo actúa así con la gente que tiene bajo su mando. Al final, todo es una cuestión de jerarquías, y Sandra las odiaba. Sale del despacho más tranquila, con la convicción de que ahí acaba todo. Pero lo cierto es que no ha hecho más que empezar.

54

Candela vuelve al trabajo unos días después de la muerte de Sandra. Prieto los ha citado a primera hora en su despacho: al lameculos de Adolfo, a Jesús y a ella.

La teniente entra y, al encontrarse con su subordinado, no puede evitar que aflore la tristeza: no es que tenga nada en contra de Zanahorio, como le llamaba Sandra, al contrario, pero su presencia evidencia que al fin ha conseguido ocupar el puesto de su antigua compañera y por el peor de los motivos.

Cuando la ven entrar, los tres hombres la miran casi como si tuviera un cáncer terminal. A ella no le afecta, se sienta y comienza la reunión. Prieto lleva la voz cantante y hace alarde de su posición de superioridad frente al resto.

—Empecemos por el principio —dice mientras mira a Jesús, que a su vez mira a Candela en busca de consentimiento antes de comenzar a hablar.

—Todos tenemos claro que nuestro amigo Juan Antonio llevaba a cabo un negocio ilegal de alquileres en el edificio ocupado, al lado del de su madre. Hasta que esta le cerró el chiringuito a raíz de unas humedades que provocaron las malas condiciones de las habitaciones que usaban como viviendas. Estamos convencidos de que Felicidad no lo sabía en ese momento. De hecho, seguro que tampoco ninguno de los hermanos ni de los vecinos se imaginaban que la fundación era una excusa para tener contacto directo con los inquilinos, a los que mantenía prácticamente retenidos y explotaba sacándoles el poco dinero que obtenían con trabajos precarios y aprovechándose de su situación ilegal.

—Si siguiera vivo, solo por eso se enfrentaría a una sanción por elusión fiscal, por no declarar la actividad a Hacienda —añade Adolfo.

—También usaba el edificio para almacenar gran parte de la comida, tanto la que llevaba la gente para ayudar a la fundación como la que se compraba con sus donaciones. Juan Antonio había acomodado el bajo de su madre para abastecer a Andrés, el inquilino del otro bajo, y así tener una segunda fuente de ingresos en B —se suma Candela, que ve que tiene que espabilar si no quiere que le pasen por encima—. Cuando tuvo que desalojar el edificio, empezó a utilizar el bajo de su madre como almacén, pero eso tenía los días contados, ya que podía pillarlo en cualquier momento. Felicidad sabía que pasaban cosas raras y estaba desesperada porque pensaba que no podía hacer nada. No tenía ni idea de que la causa de sus disgustos era su hijo.

—Creemos que ese puede ser otro de los móviles —añade Jesús.

—Menudo jeta —interviene Adolfo—. No solo se beneficiaba de la ventaja de no pagar impuestos por el fin social de la fundación, sino que además sacaba beneficio con la venta de los productos que donaba la gente.

—Los hermanos han contado que él insistía mucho a su madre para que se retirara y le dejara gestionar los alquileres —continúa Candela—. Así tendría carta blanca para usar el bajo libremente sin tener que rendir cuentas a nadie. Por lo visto, ella se oponía hasta que se agudizaron los síntomas del alzhéimer que le diagnosticaron, y él se aprovechó. Qué casualidad que en las últimas tres semanas antes de desaparecer hubiese ido sacando grandes cantidades de dinero de su sucursal...

—Y que él la acompañara —se suma Jesús—. Su gestor del banco nos dijo que estaban un poco alarmados, sobre todo porque llevara tanta cantidad de dinero en efectivo en el bolso ella sola. Intentaron convencerla de que no era una manera de operar muy prudente, pero les dijo que necesitaba el dinero para un asunto familiar y que su hijo Juan Antonio la esperaba dando vueltas en el coche, porque ahí era imposible aparcar. Asegura que alguna vez lo vio aparcado en doble fila pasada la sucursal. No contó con que su madre le comentara a su asesor que él la acompañaba ni para qué era el dinero. Hemos encontrado veinte mil euros de todo lo que sacó. Es una cantidad ínfima comparada con el total. Quizá tenía algún socio. Hay que ver si los dueños del edificio estaban al tanto de lo que hacía, si estaban implicados o si se trata de otra persona de la fundación. También hay que comprobar si estaban invirtiendo en otro asunto y por eso no hay más.

—O que lo guarde en un lugar que desconozcamos —corrige su jefa.

—Ella empeora, y él tiene carta blanca para seguir con sus chanchullos con los inmigrantes —continúa Jesús—. No quería llamar la atención, pero le favoreció el tráfico de gente que entraba y salía por el patio para visitar a Andrés en el bajo. Solo les dejaba salir para trabajar y cuando tenían alguna urgencia, el resto del tiempo lo pasaban encerrados. Necesitaban un techo. Iban a trabajar y volvían.

—Pasemos al día de la desaparición —pide Prieto.

—Sí —responde Jesús—. El día de la desaparición, Juan Antonio llegó por la mañana al aparcamiento y se dirigió con la maleta a la puerta del edificio sin que nadie lo viera. Eso fue antes de la hora a la que sabía que Felicidad iba siempre a cobrar los alquileres del suyo. Entró, recaudó el dinero de sus inquilinos, aunque deberíamos llamarlos rehenes, descargó parte de la comida que solía llevar de la fundación, les dio algo, llevó a cabo sus transacciones y, cuando sabía que su madre llevaría el cobro de la mitad de los alquileres, accedió al otro edificio y esperó en las escaleras para interceptarla, seguro que con la excusa de mostrarle algo del trastero.

—Yo me inclino a pensar que se atribuiría el mérito de haber encontrado a los inmigrantes. Le diría que tenían okupas o algo similar. La mujer bajó con él y la hizo desaparecer, seguramente dentro del otro bloque —dice Candela.

—Encontramos sangre junto a unas cajas en el suelo del trastero, y también dentro del otro edificio en un desagüe. Coincide con la de Felicidad —señala su subordinado.

—La debió de golpear ahí y la introdujo inconsciente en el agujero que da al otro edificio —puntualiza ella—. Después, la sacó metida en la maleta por la entrada, como hemos visto en las cámaras. El resto ya lo conocemos —dice, para evitar tener que volver a hablar de lo que le sucedió a Sandra.

Los tres hombres miran a la teniente, pero esta baja la cabeza para que no vean su dolor.

—¿Qué pensamos de la mujer de Juan Antonio? ¿Lo sabía? —pregunta Adolfo.

—Ariela. No hemos encontrado ninguna prueba o indicio de que estuviera al tanto. Ella niega cualquier relación con los hechos —informa Jesús.

—La maleta en la terraza no le llamó la atención, claro —dice Adolfo, jocoso—. Hay que ver. Las mujeres se pasan el día queriendo demostrar que son igual o más listas que nosotros, pero luego nunca se enteran de nada, ¿eh?

Candela hace una mueca. Es un comentario de lo más inapropiado.

—¿Y qué pasa con lo otro que me has adelantado? —pregunta Prieto a Jesús.

Candela le mira, intrigada. Su ausencia no le ha permitido estar al tanto.

—Sí, hay algo importante —confirma el pelirrojo—. Los inmigrantes que Juan Antonio tenía alojados en el otro edificio nos han contado que falta una, Elizabeth Condori. Es una boliviana de treinta y tres años con tres hijos. Por lo visto, el hijo de Felicidad se había encaprichado y la violaba continuamente. La mañana en la que desaparecieron, él había ido a cobrar el dinero que sus inquilinos ilegales tenían que pagarle, a dejar alimentos de los que se quedaba de las donaciones de la fundación y, como solía hacer, a pasar un rato con ella. Dicen que el encuentro fue en un cuarto de la planta baja. No la han vuelto a ver. Ha desaparecido.

—Mala pinta —dice Adolfo.

—¿Tan grande es la maleta como para sacar a las dos mujeres? —pregunta Prieto.

Todos intercambian miradas. No lo descartan.

—Depende de cómo las sacara —responde Candela.

—La boliviana es una mujer muy menuda, por la descripción que nos han dado. Y Felicidad... —informa Jesús.

—También lo era —confirma ella.

—Hemos analizado la maleta. En el interior había varias manchas de sangre de Elizabeth y un cabello largo y negro, compatible con el ADN que obtuvimos de un cepillo que tenía en el edificio —informa Jesús—. No lo he comentado antes, pero también había sangre de ella en el suelo. En el edificio abandonado encontramos un trozo de plástico, seguramente de los que se utilizan para las obras, con sangre de ambas mujeres. Creemos que podría haberse utilizado para...

—Cortarlas en pedazos —sentencia Adolfo, con sorna.

55

Tras salir del cuartel, Candela se lanza a caminar con intención de combatir la sensación tan agridulce que tiene después de la reunión en el despacho de Prieto.

Los tres machitos están la mar de contentos porque tienen pruebas suficientes para saber quién fue el responsable de la desaparición de Felicidad. Lo único que les importa es su triunfo personal y cerrar el asunto cuanto antes; las víctimas son lo de menos. Ninguno había sido capaz de nombrar a María, cuando todos saben que los dos casos están relacionados y que no se hizo bien en su momento. Si no le hubieran ordenado cerrar el caso, seguro que Sandra habría dado con las imágenes de la churrería a tiempo y Juan Antonio no habría tenido ocasión de llevar a cabo el plan que determinaría el destino de su madre, el de Elizabeth y el suyo propio, aunque con un final que no era el que él imaginaba. Igual que el de Barbie, que no sabía que cuando dejó de apoyarla estaba cavando su propia tumba.

Podría habérselo dicho, enfrentarse a ellos y pedir que reconocieran su error. Sin embargo, por frustrante que sea, sabe que no está en situación de exigir. Saben que ha matado a un hombre y, aunque todos estén de acuerdo en que fue en defensa propia, bien podrían haberle abierto una investigación y que la cosa se torciera. Ha visto más de un caso parecido y sabe que, si quieren ir a por ti, lo tienes jodido, aunque la imprudencia tenga como consecuencia la muerte de una rata como la que ella ha quitado de en medio.

Candela no se saca de la cabeza a Felicidad y la figura que representa. Tampoco las palabras de su hijo Ignacio sobre la dependencia de su madre al trabajo y a estar pendiente de todo. En su momento, ella lo juzgó porque le jode que a las mujeres se las haya educado para servir y esa haya sido la vara de medir su valía durante años y años. Es consciente de que es muy difícil escapar de lo que han escrito para ti y, aunque no nos guste, hay mujeres que, debido a su edad, ya no son capaces de darse cuenta de ello e intentar luchar para cambiarlo. Sentirse útiles las salva del abismo, de la soledad propia de la vejez. El sentimiento de prórroga y poca valía se pone en entredicho si te esfuerzas en estar activa, y eso es lo que cree que le sucedía a la matriarca.

Ahora camina insatisfecha, pese a haber recibido una palmadita en la espalda. Aún tiene muchos casos por delante, pero está convencida de que ninguno merece tanto la pena como para quedarse en el camino. Se visualiza a sí misma dentro de unos años, cuando tenga la edad de Felicidad, y se pregunta si, llegado el momento, no sería mejor bajar las revoluciones y limitarse a disfrutar de lo cosechado y del tiempo que te queda, siempre que las pensiones y todas las adversidades se lo permitan. A pesar de todos los buitres que revolotean alrededor de los viejos para sacar provecho, del miedo a empezar a ser una persona dependiente, perder la memoria o vivir en un mundo en el que cualquiera te puede dar un empujón para agredirte o robarte con la prepotencia y superioridad del que sabe que difícilmente podrás defenderte. La impotencia que te provoca el no ser capaz de desenvolverte en ninguna gestión sin ayuda y que alguien te la intente colar sibilinamente a cada paso que das. De pronto, vuelves a ser un crío que necesita de la supervisión de un padre para no ser devorado por un mundo carroñero.

Piensa de nuevo en Felicidad y se le hace un nudo en la garganta. Su caso es terriblemente injusto: pasarse toda la vida trabajando entregada a los demás, sobre todo a sus hijos, y morir a manos de uno de ellos para acabar tirada u oculta en cualquier lugar de mala muerte para siempre.

Aunque ni Prieto ni nadie del equipo se lo hubieran dicho explícitamente, todos saben que debería haber esperado antes de disparar a Juan Antonio. Haberle apuntado en la frente y preguntarle dónde estaba su madre. Está convencida de que se lo habría sacado. Pero no lo hizo y, por su culpa, se ha llevado el secreto a la tumba. Revisaron cada rincón del edificio, pero aún no han encontrado el cuerpo de Felicidad ni el de Elizabeth, lo que la tiene en un sinvivir. Se pregunta si, algún día, sus seres queridos podrán despedirlas como se merecen. Y lo más jodido es que ninguno de sus compañeros lo ha mencionado en el despacho. Estaban tan ocupados poniéndose medallas que Prieto, Adolfo y Jesús se han olvidado de lo más importante: ¿dónde están los cuerpos de Felicidad y Elizabeth?

Parte III

Felicidad:

Estado de ánimo de la persona que se siente plenamente satisfecha por gozar de lo que desea o por disfrutar de algo bueno.

Cosa, circunstancia o suceso que produce ese estado.

1

Un mes antes

Cuando Felicidad recibió la llamada para informarle de que habían encontrado muerta a María, su inquilina y amiga, en el patio interior de su edificio de alquileres, no sospechó la espiral de acontecimientos a los que tendría que enfrentarse.

El origen de todo fue la obsesión de la madrina y de algún otro inquilino por la actividad ilegal que podría estar llevando a cabo Andrés, el del bajo, y que afectaba al bienestar de los vecinos. Hasta el momento y como propietaria del edificio, Felicidad les había quitado la idea de llamar a la Guardia Civil: una cosa era dar largas a los vecinos, y otra distinta, a las autoridades. Además, la matriarca no podía arriesgarse a que Andrés se fuera de la lengua. Le había dejado bien claro que se le iba a acabar el chollo si ocurría algo así, pero nunca se sabe, y temía que terminasen por enterarse de que ella estaba al tanto de la actividad fraudulenta de su inquilino. Qué vergüenza iba a pasar si supieran que se lo permitía, porque también se beneficiaba aunque no tuviera una situación económica delicada como el resto de los clientes. Por los demás inquilinos y vecinos de alrededor sabía que no tenía que preocuparse: no iban a delatarlos porque no podían permitirse perder esa ganga.

La matriarca pensó en contárselo a María cuando empezó a ofuscarse, para que entendiera de dónde provenía mucha de la comida que le daba y que dejara de lanzar piedras sobre su propio tejado. Pero temía que su reacción no fuera la esperada y que se enrabietara por culpa del alzhéimer. También les pasaba a sus perras y había tenido que deshacerse de ellas.

En esa época, la madrina ya salía poco y sacaba menos a sus mascotas, pero la matriarca sabía que, cuando lo hacía, «las niñas», como las llamaba su amiga, siempre chupaban el cubo de basura porque a veces se rompían las bolsas y dejaban rastro. Ese día lo que lamieron no habían sido restos, sino lo que les había preparado ella. Sin los ladridos que alertaban a todo el edificio, parecía que la actividad podría seguir con normalidad, pero su amiga se obsesionó aún más tras la pérdida de las perras y adoptó el papel de vigilante de seguridad.

La llamada inesperada de la Guardia Civil para preguntarle sobre María había obligado a Felicidad a improvisar. Pensó que, antes de que les sorprendiera la actividad continua y extraña que había en el edificio, era mejor que lo mencionara ella y que mostrara preocupación para que, en el caso de que se enteraran después, no les resultara raro que no lo hubiera contado y no la relacionaran con ello. Eso sí, mostraría la inquietud justa para que no pensaran que era algo grave y acabaran investigándolo.

Hasta ese momento, Felicidad pensaba que ese era el motivo de la intranquilidad de su inquilina, pero ahora sospechaba que podía ser algo más. Estaba convencida de que Juan Antonio había tenido algo que ver con la muerte de la madrina y se preguntaba si ella no habría descubierto algo en lo que estuviera implicado, algo tan importante como para matarla antes de que lo contara. Porque, si de algo estaba segura Felicidad, era de que su hijo mayor había estado en esa casa antes de que María se precipitara al vacío.

2

Todas las sospechas de Felicidad se habían confirmado gracias a su empeño en descubrir la verdad. En el fondo, solo buscaba una explicación que justificara el comportamiento de su hijo, pero lo que encontró fue aún peor de lo que esperaba: Juan Antonio no solo había matado a la madrina, sino que también escondía un arsenal de alimentos en el bajo que utilizaba como trastero. Felicidad se dio cuenta enseguida de que eran los mismos que después vendía a Andrés. Era su proveedor. La siguiente vez que entró descubrió algo aún más grave, ya que para su sorpresa había una mujer boliviana en muy malas condiciones. Elizabeth le explicó que entraba desde el edificio de al lado y que Juan Antonio no solo participaba en el mercado negro de alimentos, sino que además era responsable de la trama que había destapado Felicidad y que afectaba al bloque que colindaba con el suyo. Era la persona a cargo del negocio: captaba a los inmigrantes a través del comedor social que tenía la fundación y, a cambio de dinero, les dejaba vivir de mala manera en el edificio. Pero Elizabeth se llevaba la peor parte, porque también abusaba de ella.

La matriarca tenía miedo. Ahora sabía de lo que era capaz su hijo, pero todavía se resistía a creer que pudiera hacerle daño a ella. No dejaba de preguntarse desesperadamente qué había hecho tan mal como madre para que Juan Antonio actuara de esa manera. Sin embargo, saltaron las alarmas antes de que decidiera qué hacer.

Al día siguiente del fallecimiento de María, cuando tendría que haber estado en el mercado, una mujer entró en su casa en busca del dinero que guardaba en su habitación. Estaba convencida de que había sido su nuera, guiada por su marido. Además, a lo largo de los días siguientes, Juan Antonio incrementó la presión sobre ella para encargarse de los alquileres. Su táctica era meterle miedo recordándole la muerte de esa mujer en un portal de la zona y diciéndole frases como: «Cualquier día te va a pasar algo, mamá». Ahora se planteaba si, en realidad, era un aviso. Pero la gota que colmó el vaso fue que, unos días después de conocer a Elizabeth en el trastero, la matriarca recibió una llamada de teléfono de una mujer que se presentó como Clarisa, empleada de su banco. No la oía del todo bien porque la voz parecía venir de lejos, pero la mujer tenía un acento argentino que le resultaba familiar. Felicidad estaba acostumbrada a recibir constantemente llamadas fraudulentas de diversas compañías de la luz, por ejemplo, y era especialista en darles largas, pero Clarisa resultaba muy creíble y empática. Ya había entrado al trapo totalmente cuando, en un momento de la conversación, la voz familiar se dirigió a ella llamándola «Felí». Solo había una persona que la llamara de esa forma: Ariela, su nuera argentina.

No necesitaba más pruebas para convencerse de que su nuera y su hijo estaban intentando quedarse el dinero para no tener que repartirlo con sus hermanos.

Felicidad colgó de golpe, con el temor de que cada negativa que recibiera Juan Antonio podría contribuir a que llegaran a palabras mayores. Era hora de abrir los ojos. Después de lo que le habían hecho a María, tenía claro que, si no conseguían el dinero por las buenas, lo harían por las malas. Tenía que reaccionar o corría el riesgo de que también acabasen con ella.

En un primer momento se planteó llamar a la policía, pero se le hizo un nudo en el estómago al pensar que tendría que declarar en contra de su hijo, en todas las explicaciones que estaría obligada a dar al resto de la familia, vecinos y conocidos. Tampoco le gustaba nada imaginar el momento en que el asunto trascendiera a los medios. No quería tener que pasar por algo así. Todos los programas de radio y televisión hablarían de ellos y sacarían a la palestra sus intimidades. ¡Qué bochorno! El país entero vería su fotografía y la reconocerían como la madre que delató a su propio hijo. Se negaba a tener que vivir marcada el resto de sus días a cambio de sobrevivir. No se merecía la manera en la que la trataban después de cómo había actuado con todo el mundo a lo largo de su vida y estaba cansada de estar a la cabeza de una familia que cada vez se portaba peor con ella. Llevaba toda la vida deslomada para que a sus hijos no les faltara de nada y lo único que pedía era vivir tranquila los años que le quedaban. Entonces vio la luz al final del túnel y se dio cuenta de que solo tenía una opción que le garantizara seguir con vida: desaparecer.

Era una medida drástica que supondría abandonarlo todo y renunciar a su vida entera. Felicidad nunca había residido fuera de su barrio, ni siquiera se lo había imaginado, pero lo que más le preocupaba no era eso, sino pensar que ella era el único nexo de sus hijos y que, si faltaba, seguramente romperían su relación y ni siquiera acusarían su ausencia.

Por eso estaba convencida de su decisión. María habría sido la mayor perjudicada por su ausencia, sin duda, pero ahora solo quedaban sus hijos y su nieto. Los pequeños no tenían la ambición desmedida del mayor, pero también tenían lo suyo. Ignacio siempre se quejaba por todo, no estaba de acuerdo con nada y nunca parecía estar contento. La convivencia estaba siendo insufrible, y la matriarca estaba harta de tener que cargar con él y encima no recibir ni un simple «gracias», porque él consideraba que tenía que hacerlo porque era su deber. Álvaro, su nieto, no le hacía ni caso. Era imposible sacarle algo más que un monosílabo y solo mostraba interés por ella cuando quería algo, como su padre. Y Noemí se pensaba que era tonta y no sabía que, cuando la grababa con el móvil, lo hacía para compartirlo y que le subieran los seguidores. Felicidad oía regular, pero había escuchado cómo Ignacio se lo recriminaba más de una vez. No sabía cómo funcionaba ningún aparato, más allá de su transistor y el mando de la televisión, pero hablaban constantemente de ello en los programas que seguía.

Ninguno lo mencionaba nunca, pero la matriarca era consciente de que lo que más les importaba a sus hijos en el fondo era la herencia que les iba a quedar cuando ella no estuviera. Le aliviaba saber que no la tendrían si desaparecía, al menos a corto plazo. Estarían obligados a esperar, lo que les iba a venir muy bien. La culpa era suya por haber criado a unos niños impacientes e insatisfechos, y había llegado la hora de que supieran lo que era la frustración. Si no había conseguido enseñar por las buenas a sus hijos que los actos tienen consecuencias, que en la vida hay que valorar las cosas y que también hay que ser agradecido, sobre todo con tu madre, lo haría por las malas. Seguro que aprenderían la lección. Especialmente su primogénito. Una temporada en la cárcel le vendría muy pero que muy bien.

3

La mañana de su desaparición, el tiempo pasó a la velocidad del rayo para Felicidad. Todo estaba meticulosamente planeado y, como cada primer domingo de mes, ya estaba preparada para salir a la calle a cobrar los alquileres. De momento, había conseguido las dos cosas más importantes: lograr que Juan Antonio no se enterara de que le había descubierto, para que no la matara por miedo a que se chivara, y hacer creer a sus hijos que ella también padecía alzhéimer, para que si en algún momento llegaban a sospechar algo, lo desestimaran enseguida por las condiciones en las que estaba.

Antes de salir de casa, fue a la papelera que tenía en el baño y tiró una caja vacía de la medicación que María tomaba para el alzhéimer, para que nadie pusiera en duda su enfermedad y no fuesen a su médico a comprobarlo. Se había quedado el envase tras revisar el piso para vaciarlo, aunque finalmente nunca llegara a hacerlo. Luego colocó encima un par de bolas de papel higiénico doblado para que no resultara demasiado evidente que quería que lo encontraran.

Después se conectó a su perfil de Facebook para hablar con su amigo Bruno y reforzar la idea del miedo que sentía. Era bueno que la notara alterada, por si llegaban a dar con él por su prima. Todo testimonio a favor contaba para que nadie dudara de la verosimilitud de sus pasos. Las charlas con él, por lentas y concisas que fueran por su analfabetismo tecnológico, habían sido muy ilusionantes: era encantador y muy educado, nada que ver con las formas que tenía su marido. Pero Felicidad no se había dejado llevar por los halagos: no necesitaba hombres a esas alturas de la vida, ni siquiera a sus hijos. Sin embargo, él parecía no darse por enterado e insistía en que tenían que volver a verse y no retrasarlo más. Cuando la matriarca le ponía una excusa, Bruno se empeñaba en que le diera una prueba de que quería verle y ella tenía que salir con evasivas. Para ella era más que evidente que la relación entre ambos no iba a ningún lado, antes siquiera de haberla empezado, pero se sentía acompañada y era uno de los sacrificios que tenía que hacer. Esa iba a ser la última vez que hablarían.

Por último, se despidió del conejo de su nieto, cuyo nombre era incapaz de pronunciar. Por trabajo que le hubiera dado, le había cogido cariño; no era más que un animalito. Le habría encantado soltarlo, pero había leído que los domésticos no duran ni un segundo en el mundo real.

Felicidad esperó a decirle adiós a Ignacio cuando estaba a punto de cerrar la puerta de su casa. Le dio una voz para avisarlo de que volviera a tiempo, pero sucedió algo con lo que no contaba: había llevado tan al límite su papel de demente que su hijo mediano estaba muy preocupado. Parecía que al final había escarmentado. La matriarca no tuvo en cuenta los inconvenientes de que creyesen que padecía alzhéimer de verdad, lo que entorpeció la preparación del plan. Hasta ese momento, había conseguido darle esquinazo a su hijo, pero ahora se negaba a dejar que saliese sola a cobrar tantísimo dinero. Ella trataba de convencerlo, pero no podía demorarse mucho si no quería que el plan hiciera aguas. Finalmente, no le quedó otra que acceder a que la acompañara hasta la mitad de su labor, pero provocó una acalorada discusión cuando llegó al quinto piso.

Lo hizo de la manera más racional posible, yendo a hacer daño, por hiriente que también resultara para ella. No le costó conseguir su objetivo. No tuvo que esmerarse demasiado para que Ignacio perdiera los nervios y bajara las escaleras corriendo, como el niño que había sido siempre, y la dejara sola.

Entonces, cuando parecía que todo estaba solucionado, se cruzó con su nieto en las escaleras. ¿Cómo podía ser? No entendía nada. ¿La estaban espiando entre todos? Álvaro estaba muy esquivo y olía mucho a marihuana. La matriarca supo de inmediato que bajaba de ver a Fernando, el tipejo del noveno que se había montado una plantación en su piso, según le había contado Andrés. Tendría que haberle echado cuando tuvo la oportunidad. Por suerte, el adolescente no tenía demasiadas ganas de quedarse por allí y, tras una breve discusión, corrió escaleras abajo. Solo esperaba no encontrarse a Trinidad y que le preguntara por Andrés y los trapicheos. No había conocido mujer más insistente y ya no sabía cómo librarse de ella cuando la pillaba por banda.

Felicidad consiguió llegar a tiempo al bajo que Juan Antonio usaba como almacén. Golpeó la cerradura con todas sus fuerzas con un martillo que había traído escondido en el bolso, para que no tuvieran que esperar para entrar, en el caso de que *a posteriori* su hijo dijera que no encontraba la llave.

Al pasar, vio que el armario estaba movido y el acceso al edificio colindante quedaba al descubierto. Frente a ella y alumbrada por su teléfono móvil, estaba la maleta en la que Elizabeth le había contado que su hijo traía parte de la comida para vender al vecino de al lado y donde guardaba el dinero que cobraba a los inmigrantes, alojados de mala manera, cada domingo antes de ir a la comida familiar. Juan Antonio llegaba con tiempo para disfrutar de su habitual encuentro con la joven boliviana. Cuando volvía después a casa para dejar la maleta y recoger a Ariela, le contaba que se había entretenido colocando los alimentos y hablando con Andrés para que su mujer no sospechara que le estaba siendo infiel.

La matriarca, con cuidado de no despertar a Ignacio, había visitado dos veces el bajo durante la madrugada anterior para dejar casi todo listo sin riesgo de encontrarse con ninguno de sus inquilinos.

En cada uno de los viajes, había llevado la misma maleta grande con ruedas. En el primero, la llenó con las prendas que se había ido comprando, para que después no vieran que faltaban las de su armario, y el cambio de ropa para cuando metiera la suya en la maleta de su hijo. Además, llevó una gran suma de dinero que, junto con todo lo que metió en el segundo viaje, escondería dentro del maletón que siempre llevaba Juan Antonio. Así, en cuanto buscaran dentro de ella, tendrían claro cuál había sido el móvil de su hijo. Escondió la maleta entre los muebles y las cajas con sus cosas, que el primogénito había apartado para tener más espacio y que era evidente que no había vuelto a tocar.

Había avanzado mucho, pero aún quedaba uno de los puntos más incómodos del plan: tanto Elizabeth como ella tenían que hacerse un corte en el cuero cabelludo para tener suficiente sangre como para dejar varios rastros sin que resultara peligroso. Cuanto más sangraran mejor y, según había leído, la cabeza era una buena zona para ello.

La boliviana se unió a ella a la hora acordada. Se pusieron alcohol y cada una hizo una incisión a la otra con mucho cuidado. El dolor fue poco más que una molestia, pero Felicidad tuvo que concentrarse para no desmayarse al ver la cantidad de sangre. En primer lugar, se puso unos guantes de plástico y manchó una blusa y una falda, que había comprado duplicadas y que era la ropa que llevaría al día siguiente cuando supuestamente desapareciera. Llevaría la limpia a primera hora, después se pondría otra muy diferente que había guardado y metería la ensangrentada en la maleta de su hijo. Se preocupó de dejar manchas de sangre también por la estancia y en uno de los sumideros que habían abierto ilegalmente dentro del edificio abandonado.

Además, la matriarca llevaba un bote de muestras de orina para guardar una pequeña cantidad de la sangre de Elizabeth, que quería dejar en el interior de la maleta. Otro de los lugares en los que se esforzaron por dejar restos de sangre fue en un trozo de plástico que Felicidad había arrancado de un rollo enorme, de los que se usan para las obras y que Juan Antonio había olvidado con sus cosas en el bajo. La matriarca se había dedicado a llevarse casi todo el plástico en dos tandas, para que pareciera que su hijo lo había gastado para cubrir el máximo de superficie y no manchar al matarlas o trocearlas. Dejaron que la sangre goteara y después se lo pasaron por la herida para dejar pelos. Antes de guardarlo con cuidado, usaron un trozo de papel de cocina que Felicidad había ocultado en la maleta para extender la sangre y que no pudieran determinar cómo se había producido la herida por el tipo de salpicadura.

Por último, se desinfectaron el corte y se pusieron una tira adhesiva de sutura en las heridas. Ni su admirada Jessica Fletcher sería capaz de descubrirlas.

Habían resuelto gran parte de los problemas, pero, aun así, Felicidad tenía que darse prisa el día de su desaparición, ya que no sabía el tiempo que iba a tardar su hijo en volver a por la maleta que ya habría vaciado de alimentos.

Se puso otros guantes de plástico, sacó el dinero que Juan Antonio acababa de cobrar a sus rehenes y, con unas tijeras, hizo un corte en el forro de la maleta para luego introducir su teléfono móvil, sin darse cuenta de que apenas tenía batería y se iba a apagar enseguida. Después, metió la blusa y la falda, que previamente había manchado con sangre, vertió el contenido del bote con la muestra de Elizabeth por distintas zonas y dejó un pelo negro y largo de su cómplice que también había guardado a conciencia. Colocó encima todo el dinero que había sacado de su cuenta y cerró la apertura que acababa de hacer con pequeños imperdibles colocados en fila. Metió de nuevo el dinero del alquiler ilegal que regentaba su hijo y cerró la maleta. Luego, se acercó a un rincón del cuarto donde estaban apiladas sus cosas, en montones de cajas y muebles, y se agachó para esconderse hasta que Juan Antonio regresara después de haber tenido relaciones sexuales con Elizabeth.

Según le había contado la boliviana, normalmente lo hacía después de vaciar la maleta, incluso ahí mismo. Pero Felicidad le había traído a la joven un conjunto de ropa interior, barato pero muy sexi, para tentarlo y que no se resistiera cuando se lo llevara a otro de los cuartos, donde había un colchón abandonado de cuando estaba ocupado. A la joven le suponía un gran esfuerzo, pero no menor que el que llevaba sufriendo desde que aceptó pagarle con su cuerpo, desesperada por no tener trabajo y sí la necesidad de mandar dinero urgentemente a su familia en su país. Por lo menos, sabía que no habría más veces.

No tuvo que esperar mucho. Juan Antonio apareció a los pocos minutos, agarró la maleta y entró de nuevo en el edificio de al lado. Felicidad se mantuvo en el sitio sin hacer ruido, hasta que vino Elizabeth y le confirmó que su hijo se había marchado.

La matriarca se metió en el agujero y volvieron a poner el armario vacío en su sitio gracias a las cuerdas que el primogénito había colocado en la parte trasera, para que el acceso quedara oculto y no las descubrieran si sus otros hijos denunciaban su desaparición y empezaban a buscarlas antes de lo previsto. Tenían que entrar en el debido momento.

No les quedaba otra que esperar ahí a la fuerza. Gracias a la adicción de Felicidad a los documentales sobre crímenes reales y a su pasión por *Se ha escrito un crimen*, sabía que era muy arriesgado salir del edificio inmediatamente después de su hijo. Los primeros sospechosos siempre se buscan en el entorno cercano, por lo que contaba con que acabasen dando con Juan Antonio. Seguramente revisarían las cámaras para cerciorarse de a qué hora llegaba, así que no podían meter la pata como si fueran unas principiantes y salir enseguida, como si nada. Todo el plan se iría al traste. Tenían que aguantar por lo menos hasta las tres. A esa hora, su primogénito estaría con la familia y era el único que sabía lo del edificio, así que Felicidad estaba segura de que no diría nada para no descubrir todos sus negocios ilegales. Además, habría menos gente en la calle porque estarían comiendo, y los billetes de viaje que la matriarca había comprado en metálico eran para una hora más tarde.

Elizabeth esperaba con la llave de la puerta principal en la mano. Juan Antonio se la había dado en su momento, al darse cuenta de que no podía contener a todos sus inquilinos él solo. Necesitaba a alguien de confianza entre ellos para que le ayudara a coordinar todo lo que fuera surgiendo y poder seguir llevando a cabo su negocio sin llamar la atención. La había elegido a ella porque era su capricho, pero también porque era la más joven de las bolivianas que vivían ahí y, además, la más inocente y sumisa. Elizabeth le tenía mucho miedo, y él creyó que sería incapaz de jugársela. Aun así, no dudó en amenazarla con que la mataría si se le ocurría hacer alguna tontería.

Felicidad se puso una peluca larga y rubia que guardaba de cuando era jovencita y se vistió con las prendas nuevas, de un estilo mucho más moderno y colorido. En la mano, sostenía el móvil que había comprado con la tarjeta de prepago, dispuesta a llamar al taxi que las iba a sacar de ese oscuro lugar para siempre.

4

Tras los últimos acontecimientos, Candela no ha dejado de pensar en las palabras de Sandra, en cómo la animaba a que hablase con su madre para que le preguntara por los detalles que la habían hecho discutir con su abuela hasta el punto de no volver a hablar con ella. Había cortado por lo sano en su momento. Le molestaba la insistencia de su subordinada y no quería tener que explicarse ni entrar en detalles sobre el tema. Y no fue porque tuviese un gran conflicto por lo ocurrido con la mujer que tanto le recordaba a Felicidad, como pensaba Barbie. Por supuesto que le remueve y le provoca tristeza no saber de ella, pero se consuela rememorando los buenos recuerdos de todo lo que habían vivido juntas. Quiere a su abuela cada segundo en el que consigue transportarse a esos momentos de su niñez en los que iba con ella al cine, le compraba chucherías o se bañaban juntas en la playa. Sonríe cada vez que le parece oír el sonido de la metralleta de besos que siempre le daba cuando era pequeña. Le duele haberse distanciado tanto, pero en ese momento no había visto otra opción y, con el tiempo, ha aprendido a aceptarlo como «las cosas de la vida, que nunca sabes por dónde va a salir», una frase que solía repetir su madre.

Candela no puede decir que fuese una adolescente infeliz que lloraba por las esquinas cuando veía a los abuelos de las demás, como sucede en las películas. Había crecido sin un padre y no le costó entender que su madre y ella estarían solas a partir de ese momento. No necesitaba más: su progenitora siempre había estado muy pendiente y valía por dos. Había sido madre y padre. No echaba nada de menos. ¿Acaso se puede echar de menos algo que nunca has tenido?

Lo que sí extraña de corazón es la familia que construyó con todo su amor. Y ahora también a ella, a su madre.

La teniente está frente a la puerta de la casa de su progenitora y toca al timbre. Vanesa, su cuidadora, abre enseguida. Es una valenciana encantadora que hace lo que Candela sabe que debería estar haciendo ella. La joven no se despega de su madre, desde que la recoge a las cuatro de la tarde del centro al que la lleva por la mañana hasta la noche. Se saludan y nota que Vanesa va a preguntarle qué tal va todo, como siempre. Pero, esta vez, se controla y no abre la boca.

Su madre está en la cocina, sentada en su silla de ruedas y girada hacia la ventana.

—Hola, mamá. Soy Candela.

La mujer se gira y la mira fijamente, sin pestañear. Después vuelve a mirar por la ventana como si nada.

—Ángeles, ha venido su hija a verla. Candela —interviene la cuidadora, con tacto.

La mujer no deja de mirar a través del cristal, ajena a sus palabras.

—Déjala. No pasa nada.

La teniente coge una de las sillas de la mesa de la cocina, la coloca detrás de su madre para sentarse y le observa la espalda y la melena llena de canas, recogida en un moño. Hoy se conforma con eso. No está preparada para que la rechacen, en caso de que intente cogerle la mano y no la reconozca o piense que es otra persona.

Vanesa las deja solas, y, en ese momento, Candela empieza a rememorar las palabras de Barbie. Se imagina llegando a la casa en la que están ahora y que es su madre quien le abre la puerta cuando llama, no la cuidadora. La joven nunca habría estado allí, no existiría en sus vidas. Es su madre, la de siempre, la que nada más entrar le diría que lleva la garganta descubierta y que se va a poner mala. Entonces ella iría directa al grano, con tacto pero sin rodeos, «que la vida es muy corta», como le dijo su amiga. La miraría a los ojos y le preguntaría por qué se habían enfadado tanto su abuela y ella. Lo visualiza: su madre no mira hacia la ventana, sino que está sentada en la misma silla y la observa de frente. Empieza a contarle qué pasó hace muchos años y que su abuela era una mujer de otra época... Se va por las ramas hasta que ella se planta y exige que le conteste, pero sabe que es una respuesta que nunca llegará. Que, por mucho que lo desee y que se encare con ella, ya es tarde: su madre no está en condiciones de recordar ni de poder explicarle nada. Por eso no quiso perder el tiempo con Sandra, pese a los intentos de esta por ayudarla, porque tiene asumido que deberá vivir con la incógnita de qué sucedió entre su madre y su abuela para siempre. Algo que, aunque a Barbie le resultara increíble, no es tan difícil. Después de todo, está acostumbrada a convivir con cosas peores. Por eso ha optado por relativizar y pensar que, aunque de alguna manera tomara partido al no intentar buscar a su abuela y mostrarle así su cariño, para Candela su recuerdo siempre será un refugio lleno de amor al que poder regresar cuando necesite escaparse de su realidad.

Una lágrima desciende por la mejilla de Candela. Y otra. Y otra. No necesita una respuesta, solo volver a encontrarse con ella. Mirar a su madre a los ojos y sentir que la reconoce, que siguen siendo ellas y que se quieren por encima de todas las adversidades. Pero, por duro que resulte, ya ha perdido la esperanza y ha asumido que nunca volverá a ser la misma.

La teniente camina de vuelta a casa como una autómata. Siempre le ocurre después de visitar a su madre; sale tan tocada que no es capaz de gestionar tantas emociones. Pero, esta vez, se siente aún más triste y sola, consciente de la fragilidad de la armadura que se ha construido para sobrevivir. La muerte de Sandra lo ha puesto de manifiesto, no estaba preparada para otro golpe así. Tuerce la esquina de su calle y se encuentra a Mateo, que la espera frente a su edificio. Verlo le produce un alivio inmediato. Es la única familia que le queda y también su refugio, aunque nunca se lo digan y jueguen a que no es así. De hecho, lo primero que hizo al salir de la reunión que convocó Prieto fue llamarlo. Necesitaba hablar con él, pero su antiguo compañero no le había respondido ni devuelto la llamada ninguna de las veces que lo había intentado desde el trágico final de Sandra. Le gustaría equivocarse, pero lo conoce bien y empieza a pensar que la evita. Lo que desconoce es el motivo.

Sigue andando y se acerca a su amigo mientras se dice que tiene que ser fuerte y no desmoronarse. Pero, cuando está a unos pocos metros, lo ve en su mirada. No es la primera vez, ya que Mateo la conoce mejor que nadie. Candela no puede mentirle, y sus ojos delatan que la ha descubierto.

5

Si hay un lugar para empezar de nuevo, sin tener que irse demasiado lejos y poder usar todo el efectivo que llevaban encima, ese es Andorra. Felicidad y Elizabeth pasaron el primer día encerradas en la casa de madera que han reservado en la montaña. Habían comprado comida en una de las paradas del viaje y, por precaución, prefirieron descansar y pasar al menos veinticuatro horas sin ver ni hablar con nadie. Pero la habitación se les caía encima, por lo que a la mañana siguiente salieron dispuestas a dar un pequeño paseo por el monte.

La matriarca lleva puesta la peluca con la que salió del edificio e hizo todo el viaje y viste ropa mucho más moderna y colorida que la hace parecer más joven. En el cuello del jersey le cuelgan las gafas, que también forman parte del atuendo, para ponérselas rápidamente si se cruzan con alguien. La zona elegida está muy apartada, pero nunca se sabe. Disfrazada así parece otra persona y nadie la reconocería. Como le dijo a su nueva compañera durante el viaje: «Solo podrán comprobar que soy la mujer que buscan por mis dientes y mis huellas. La cabeza y las manos siempre son lo más significativo para identificar a alguien». Es lo que dicen los criminólogos.

La embarga una emoción extraña; por un lado, está orgullosa de haber conseguido largarse sin levantar sospechas, pero, por otro, también siente miedo por lo desconocido que resulta todo. Dicen que tenemos que salir de nuestra zona de confort, y Felicidad se lo ha tomado al pie de la letra. Ha vivido siempre en el casco antiguo de uno de los lugares más emblemáticos de la Comunidad de Madrid, pero ahora está ahí, en la montaña y rodeada de naturaleza, respirando aire puro y acompañada por Elizabeth. Por fin está libre de obligaciones, pero cuando piensa en su barrio, en su casa y en su familia no puede evitar flaquear, por mucho que se convenciera de que no la echarían de menos. Se dice que tienen que ser los nervios y el cansancio, que tiene que aguantar, y se recuerda que era esto o morir a manos de su propio hijo.

Observa el maravilloso paisaje lleno de verde. Había fantaseado muchas veces con escaparse a la montaña, pero no había pasado de los alrededores de El Escorial salvo para veranear entre Gandía o Benidorm. Se imagina cómo será todo lo que contempla ahora cuando se tiña de blanco por la nieve y, de pronto, se descubre sin miedo al futuro. Le gusta el aire fresco y ya no siente los calores que tenía siempre. Lleva toda la vida trabajando como una burra y ha llegado el momento de bajar ese ritmo, en parte autoimpuesto. Se siente independiente por primera vez y le empieza a llegar un ligero aroma a felicidad.

Elizabeth camina a su lado con mejor cara que el día anterior. La pobrecita aún sigue asustada, y eso que está acostumbrada a que la traten como a un animal.

Entonces empieza a sonar el móvil de prepago de la matriarca. La pantalla es más pequeña que la del que tenía antes y no consigue leer el número. Lo coge enseguida a pesar de todo. Solo puede ser una persona y habían quedado en que la llamaría esa mañana, cuando la cosa estuviese un poco más calmada. Tiene muchas ganas de escuchar su voz. Responde y pone el altavoz. Sin embargo, el gesto de Felicidad se tuerce a los pocos segundos, cuando recibe la noticia de la muerte de Juan Antonio. Se queda helada. No podía imaginarse que su hijo fuese a acabar así. La matriarca nunca hubiera deseado ese final, aunque le tuviera miedo y le hubiese decepcionado hasta niveles inimaginables. Solo quería salvarse, vivir en paz y, ya de paso, darle un escarmiento para que aprendiera que con ella no se juega, pero ni mucho menos tenía intención de que acabase muerto. Pensó que al no encontrar su cuerpo, aunque hubiese indicios y algunas pruebas, él se defendería y siempre quedaría la duda razonable, por lo que le caería una condena pequeña por la suma de actividades irregulares que llevaba a cabo. La muerte jamás se le había pasado por la cabeza. No puede articular palabra. No sabe qué decir ni qué pensar. Siente un gran dolor en su corazón.

—¿Mamá, estás bien? —Oye al otro lado de la línea.

6

Candela se acerca hasta Mateo y, por un momento, fantasea con la idea de que su amigo vaya a abrazarla, pero no es el caso. Ambos se miran un instante, tiempo suficiente para que ella tenga que disimular que sabe que se trata de algo importante.

—¿Subimos? —pregunta.

Él asiente. La teniente intenta estar relajada mientras están en el ascensor en silencio. Decide romper el hielo al entrar en el salón de su casa.

—Te veo muy serio. Me alegro de que hayas venido. Empezaba a preocuparme.

—Candela, nos conocemos muy bien. Sabes a lo que he venido, ¿verdad?

Siente cómo se le clava la mirada afilada de su antiguo compañero y teme que sea capaz de leerle la mente.

—Porque estás preocupado por mí.

—Sí, sí lo estoy. Me preocupas... porque estás mintiendo.

Candela palidece.

—Es verdad, no he sido franca. Creo que vienes porque te pasa algo y hasta hoy no has encontrado la manera de hacérmelo saber. Dime, ¿de qué se trata? Han hablado contigo,

¿verdad? Están muy guerrilleros. ¿Quién ha sido? ¿Jesús o Prieto, directamente? Te han pedido que cortemos cualquier relación profesional para que tire de mi equipo. Es eso.

—He hablado con ellos, sí, pero no por eso. Cuando sucedió lo de Sandra, Jesús me llamó enseguida para contármelo y...

—Espera, espera, espera... ¿Te llamó enseguida para contártelo? No lo entiendo. ¿Se puede saber por qué?

Mateo le mantiene la mirada. Se le ponen los ojos vidriosos.

—¿Qué me quieres decir? —pregunta ella, con prudencia—. ¿Por qué iban a llamarte con tanta urgencia?

—Porque sabían que me afectaría y querían que lo supiera de primera mano.

—¡Ay, por favor! ¡Qué hartura! ¿Para que me cuidaras como a una bebé o como a una loca? Es que es la hostia. No quieren que tiremos el uno del otro y luego te llaman como si fueras mi padre...

—No era por ti. —Candela traga saliva mientras intenta entender lo que intenta decirle—. Sandra y yo...

La teniente tiene que sentarse. No se puede creer lo que acaba de oír. Se siente traicionada. ¿Quién es la persona que tiene delante? Es increíble que no le hubiera contado algo así.

—Sandra y tú...

—Estábamos juntos. Bueno, ahora no, lo habíamos dejado. Por eso estaba tan rebotada...

—¿Te gustaba? —pregunta, sin poder creérselo—. Pero si fuiste tú el que le puso el mote de Barbie...

—Bueno, no tiene por qué tener una connotación negativa...

—No se lo dije porque si se enteraba de que venía de ti no me hubiera dejado llamarla así. ¡Si os llevabais fatal!

—Sí, al principio sí...

—Y al final. Me poníais la cabeza como un bombo. Ella no paraba de echar pestes de ti.

Mateo acusa el golpe. Se acerca a Candela y se sienta a su lado en el sofá.

—Porque no me porté bien con ella. Ya me conoces, no valgo para las relaciones. A veces me comporto como un niñato. Y cuando la otra persona me gusta es peor. Me asusto y hago y digo chorradas…

Mientras escucha, Candela rememora algunos de los momentos cotidianos en los que Sandra aprovechaba para hablar de él. Una de las últimas veces, le había llegado incluso a acusar de que algo en él no estaba del todo bien.

—Pues muy mal te tuviste que portar con ella, sí, porque llegó a decir que una persona que tiene tal fascinación por todas las barbaridades con las que andas tú cada día no es normal.

—¡¿Qué más te dijo?! ¡¿Eh?! —Candela no responde—. ¿Por qué me dices eso? ¿Quieres hacerme daño?

—Te lo digo porque es la verdad. No desperdiciaba ni la menor oportunidad para ponerte a parir.

—¡Porque no lo hice bien, joder! ¡Ya te lo he dicho! —exclama Mateo, fuera de sí.

Candela coge aire y tiene que frenar el ataque de celos que subyace por debajo de la traición desmedida. Ya no tiene delante al crío que bromea constantemente y al que debe meter en vereda; Mateo se ha hecho un hombre; nunca lo había visto dirigirse a ella como ahora mismo.

—¿Por qué no me lo contaste? —pregunta, más relajada.

—Porque al principio era algo que surgió medio de coña. Coincidimos alguna vez por ahí, con Jesús y estos, y empezamos a picarnos. Una cosa llevó a la otra… Sandra me pidió que no te lo contara, y yo no pensé que se fuera a alargar más. Luego, bueno, ya era tarde…

—Seguro que no quería que me lo contaras porque ella era la primera que se metía con toda la que se lía con alguien del trabajo, incluida la nueva, que se acuesta con Jesús. Que si no habrá hombres, que si menuda lista, etcétera… Y ya ves, mira lo que hacía ella… Encima lo sabrían todos menos yo…

—No, solo Jesús. Por eso me llamó. Quería contarme bien lo que había sucedido para que lo supiera y también para que estuviera pendiente de ti.

—Qué atento… Mucho caso no le has hecho. ¿O es que te sientes culpable y crees que me vas a ayudar explicándomelo todo ahora?

—No he hablado contigo porque necesitaba pensar en lo que me había dicho y venir tranquilo.

—¿Pensar en qué?

—No me encaja lo que has contado. ¿Por qué entraste sola? ¿Por qué no la avisaste?

—Te equivocas. La avisé, pero ella no respondió. Se lo he contado a Jesús, así que no entiendo por qué no te lo ha dicho.

—Sí me lo ha dicho, pero no me lo creo.

—¡Pues mira el registro de llamadas, hostia! Sandra era muy suya y me estaba castigando por llamarte a ti y no a ella. Por eso iba por libre. Enfádate contigo y déjame en paz. Si no la hubieras tratado tan mal, como dices, igual no le hubiera ofendido tanto que me ayudaras y sí me habría respondido.

—¡Vete a la mierda! —Después de un segundo, continúa—: Vale, muy bien. Te compro que ella no te lo cogió y entró por su cuenta. Y tú, como eres tan perfeccionista, no quisiste que nadie te ayudara y también actuaste sola. No había nadie más cerca —dice con retintín, a sabiendas de que la mitad del equipo estaba por la zona.

—Ya veo que entre los machitos os lo contáis todo… Fui sola porque era una situación urgente y quise actuar rápido, sin perder ni un minuto en tener que dar indicaciones. Tampoco lo pensé mucho por el estrés del momento, pero, además, si estaba equivocada y no se podía acceder desde el bajo de Felicidad, solo lo sabría yo y no habría hecho perder el tiempo a nadie… Pero no contaba con que Sandra se hubiese adelantado. Te recuerdo que las dos actuamos igual.

Mateo se acerca y la mira a los ojos.

—Te conozco y sé que algo no está bien. No entrarías sola sin saber lo que te vas a encontrar, y menos estando todo el equipo al lado. No eres tonta. Estás mintiendo y necesito que me lo cuentes para creerte.

Candela se queda en silencio unos segundos, con un nudo en la garganta. Mateo se está abriendo ante ella como nunca y sufre viendo cómo le hace daño.

—Si no lo hice en ese momento fue porque no quería testigos —dice al fin.

Mateo la mira, conmocionado.

7

Noemí y su madre habían tenido muchos roces a lo largo de su vida. El origen de dichas desavenencias era, principalmente, la orientación sexual de la hija pequeña de Felicidad, a quien le costaba asumir que una chica tan guapa y femenina pudiera ser lesbiana.

Tuvo que acostumbrarse a ello con el tiempo, sobre todo porque no le quedó otra: Noemí siempre había tenido un carácter fuerte y no iba a consentir que la obligaran a no ser quien quería ser. Además, la quiere con locura aunque sea la más rebelde. En un mundo de hombres, representado en su familia por tres especímenes como Juan Antonio, Ignacio y Álvaro, necesitaba otra mujer aliada. Si no, acabaría esclavizada del todo y sin recibir un ápice de agradecimiento.

La matriarca tenía que superar la tensión actual que existía entre ambas, y que se debía a los vídeos que su hija no dejaba de grabar cada vez que a ella se le caía algo, hablaba de algún tema que le resultase divertido, se enfadaba o cualquier situación que después sirviera de mofa para crear contenido. Felicidad lo odiaba. No le gustaba aparecer en vídeos que no sabía quién podía llegar a ver. Le daba miedo y vergüenza. Además, no se veía bien porque le recordaban lo vieja que era. ¿Quién le iba a decir que el mismo día que creyó que estaban entrando a su casa a robarle le contaría por la tarde a su hija todas las sospechas que tenía? Había oído pisadas de tacones en su casa cuando oficialmente no debería estar, y Juan Antonio empezó a insistir en que le dejara encargarse de los alquileres y a asustarle con lo que le podía ocurrir si seguía yendo sola. Tenía que contárselo a Noemí para que supiera lo que había pasado, por si un día su hijo y su nuera se deshacían de ella.

La citó esa misma tarde en su casa y le contó su teoría sobre la muerte de María y el firme convencimiento de que el asesino era su hermano. La hija pequeña de Felicidad apoyó a su madre sin dudarlo. Aunque parecieran una familia normal, ella también estaba harta de los tres machos alfa que no pensaban más que en su propio interés, replicando el comportamiento machista de su difunto padre. Noemí entendía muy bien la desolación que sentía su madre y le dijo que iba a ayudarla.

La volvió a citar a los pocos días para contarle su plan, que empezaba por hacer creer a sus hermanos que padecía alzhéimer y que los síntomas se hacían muy evidentes. Para ello, le pidió que la grabara y lo subiera a las redes sociales para que la viera toda la gente posible. Necesitaba que quedara constancia del deterioro cognitivo que iba a simular, para que nadie lo pusiera en duda.

El premio de que subieran tantísimo los seguidores de las cuentas de Noemí, y de las que creó para su madre, también ayudó a que se desviviera en ello. Se le había ocurrido continuar incluso después de la desaparición, creando contenido sobre mayores, con cuidados y consejos de todo lo que supuestamente había vivido su madre y, por supuesto, de las estafas y situaciones delicadas que padeció de verdad, al igual que muchísimos otros ancianos. Menos mal que había conseguido sortear las críticas y comentarios cuando, en uno de los vídeos, se coló el moratón que tenía su progenitora en el brazo. Había sido un accidente de verdad, pero muchos se le habían echado encima.

Supuestamente, la hija pequeña de Felicidad era quien se había encargado de acompañar a la matriarca al médico y quien había dado la noticia del alzhéimer al resto de la familia. Después, colaboró en perfeccionar el plan de su madre y la ayudó a tener clara la logística para que no fallara nada: los tiempos, el teléfono nuevo, el carnet falso que le había conseguido, la reserva de la casa en Andorra que hizo por teléfono... Una vez que la matriarca se escondiera junto con Elizabeth en el edificio que estaba pegado al suyo, a la espera del taxi que las sacara del barrio, ella se encargaría de dirigir las señales de tal manera que llevaran directamente a Juan Antonio.

Además, también tenía bien escondido gran parte del dinero que nunca encontraron y que Felicidad no se había llevado. Cada vez que iba a casa de su madre, se llevaba un pico al que ella llamaba «propina», y el resto era para llevárselo a Andorra en caso de que lo necesitara. Sea como fuere, habían quedado en verse pronto, en cuanto termine la tormenta.

Cuando los agentes llegaron a su casa después de que denunciaran la desaparición de su madre, tuvo que hacer grandes esfuerzos para no anticiparse y hablar enseguida del edificio de al lado, solo para ver la cara de susto de Juan Antonio. Después, por poco le dio un infarto cuando llamaron a Ignacio para hablar con él por culpa de Alvarito. Casi se llevan al que no es y les sale el tiro por la culata. Menuda pandilla de idiotas. Pero aún fue peor cuando la soberbia de la teniente se obsesionó con ella y, no satisfecha con sus respuestas, la puso entre la espada y la pared. Había estado a punto de decirle que se equivocaba de hijo y que fueran a por Juan Antonio. Le daba tanta rabia que esa amargada la juzgara que le hubiera encantado restregarle por la cara que no era tan lista como se creía y que se estaba confundiendo. Por suerte, mantuvo la calma.

Aún no había pasado el tiempo suficiente como para arriesgarse a que acabaran entrando en el edificio abandonado, ya que su madre y la boliviana podían seguir dentro.

Al final fue capaz de esperar a estar sola con su hermano mayor para sacar el tema de los pisos patera y conseguir que él mismo explicara el conflicto que tuvo su madre. Juan Antonio trataba de resultar razonable cuando se lo contaba a la guardia civil, pero Noemí sabía que estaba sudando la gota gorda y disfrutaba de lo lindo viéndolo pagar su penitencia. Sin embargo, su muerte había sido un duro golpe. Era algo con lo que nunca contaron. No se imaginaban que pudiera suceder algo así, pero ellas tenían su parte de culpa; le habían puesto contra las cuerdas, le habían tendido una trampa para que se escondiera en su madriguera sin saber que nunca más saldría de ella. Y ahora se sentía mal por ello.

—¿Mamá, estás ahí? ¿Mamá?

—Sí, sí —responde Felicidad, con un hilo de voz.

—No podíamos saber que acabaría así. Se escondió en el edificio abandonado y mató a una guardia civil cuando iba a detenerlo. La teniente tuvo que dispararle antes de que también la matara.

Felicidad se aparta unos pasos de Elizabeth y se acerca al mirador que da al espectacular valle, con la mirada perdida, intentando lidiar con el dolor y la culpa mientras sigue hablando con su hija con el altavoz puesto.

—¡¿Qué hemos hecho, hija?!

—Mamá, escúchame bien. Lo que ha pasado es terrible, pero acuérdate de María y de lo que le hizo, de lo que planeaba hacerte a ti. Si no hubiéramos intervenido, habrías acabado como ella y seguiría maltratando a toda esa gente... Piénsalo con calma. Es terrible que haya muerto, pero ha matado a dos mujeres y, aunque suene fatal y por horrible que sea, su muerte garantiza que no pueda declarar ni intentar defenderse. Por una vez, ha sido Juan Antonio el que se ha sacrificado por tu bienestar y no al contrario, como has hecho desde que nació. ¿Me oyes?

—Sí, sí —responde Felicidad, aún conmocionada.

—No te escucho bien. Habla más alto.

—Es que hay mucho aire aquí.

—La noticia ha salido en todos lados. En la mayoría de los programas y tertulias te dan por muerta, pero tu foto está en todos los periódicos, así que tienes que ser muy precavida. ¿Os ha visto alguien?

—No, como habías hecho el pago con tarjeta nos dejaron el candado con las llaves de entrada donde nos dijeron. Nadie sabe que estamos aquí.

—Ya, mamá, pero no te confíes. Hasta que pase un tiempo…

—Además, te digo una cosa —interrumpe la matriarca a voces, descontrolada por el disgusto y los nervios—. Ya lo tengo pensado; si me encuentran, tampoco sería tan grave. Me hago la ida y digo que Elizabeth ha sido quien me ha traído aquí, que la encontré en el trastero un día y no recuerdo más. Pensarán que me secuestró porque estaba conchabada con tu hermano. Si sigo haciendo como que estoy enajenada para que piensen que no opuse resistencia, por mucho que ella lo niegue, no le servirá de nada. Es panchita y nadie la va a creer. Además, te digo que es medio boba. Por un momento pensé que era bueno traerla conmigo porque iba a cuidar de mí, pero espera a ver si no me he equivocado, porque la pobre es como un pajarito…

Felicidad no tiene tiempo de seguir hablando. Nota cómo alguien la empuja con fuerza por la espalda y se precipita rodando por el pequeño y rocoso barranco que contemplaba unos segundos antes.

8

El antiguo compañero de Candela la mira impaciente, a la espera de que le explique el motivo por el que no quería testigos cuando entró en el edificio. Ella sigue sentada a su lado en el sofá del salón de su casa, tratando de encontrar las palabras para seguir contándole.

—¿A qué te refieres? —pregunta Mateo, impaciente.

—A que les conté que disparé a Juan Antonio antes de que lo hiciera él porque vi en el suelo el cadáver de Sandra y me estaba apuntando con el arma, pero no es cierto. —Candela coge aire e infla el pecho antes de seguir—. Ya había decidido matarlo antes de entrar y encontrarme con lo que había hecho. Quizá no de una forma consciente y premeditada, pero iba a por él. Tienes razón. No se lo he dicho, pero, después de pensar mucho en ello, creo que en el fondo no avisé a nadie más porque quería que Juan Antonio pagara por lo que le había hecho a Felicidad. —Candela tiene que morderse el labio para no volver a romperse—. No se le hace eso a una madre. No se guarda a una mujer mayor y a una inmigrante en pedazos en una maleta como si fueran muñecas de trapo. —Empieza a llorar y Mateo se controla para no hacerlo—. ¿Y sabes qué te digo? Que no me arrepiento. Solo siento, con toda mi alma, que Sandra pagara el peaje.

La teniente rompe a llorar. Mateo jamás la ha visto así, pero no tiene tiempo de abrazarla porque ella se levanta antes.

—Voy un momento a mi habitación —dice, y se seca las lágrimas mientras sale del salón seguida por la mirada de su excompañero, que aprieta los puños preso de la rabia.

Candela abre la puerta de su cuarto con brío y se dirige a paso ligero hasta la ventana que da a la calle. Las contraventanas están abiertas y, a esa última hora de la tarde en la que comienza a abrirse la noche, ve a algún transeúnte sacando al perro o volviendo a casa después de trabajar. Abre la ventana de par en par y nota cómo el aire frío le golpea en la cara y se le eriza el vello de los brazos. Cierra los ojos por un instante, después los abre para inclinarse lentamente hacia delante y saca medio cuerpo fuera. Odia las alturas, pero consigue bloquear ese miedo que la solía paralizar. Eso ya es lo de menos. Desde ahí observa la distancia que hay hasta tocar el suelo; son muchos metros hasta llegar a la acera, y visualiza su cara estampada contra el suelo y su cabeza hecha trizas.

Aun así, continúa con la mirada fija en la acera, temblando, como si estuviera en trance, y se olvida de que Mateo la espera en el salón porque una lluvia de recuerdos se ha apoderado de ella, numerosas imágenes que taladran su mente: el cuerpo sin vida de María tirado en el patio interior del edificio de alquileres, su cara aplastada, *flashes* de distintos gestos de Felicidad mientras hablaban en el descansillo del piso de su inquilina antes de desaparecer, momento que le había devuelto el recuerdo de su abuela y que también se hace presente ahora... Y Sandra, especialmente Sandra. Ve a su amiga y piensa en todo lo que no ha sido capaz de contarle ni a Mateo ni a nadie. Sus recuerdos la devuelven a la noche en la que murió su compañera.

9

Felicidad tenía razón: su intuición nunca le fallaba y no hay dos sin tres. La anciana del portal, María y ella han acabado de la misma forma.

Elizabeth mira el cuerpo sin vida de la anciana con el corazón desbocado y lágrimas en los ojos. Lleva desde que nació aguantando que decidan por ella. Sus padres y hermanos en su casa, y después también su marido. Todos la tratan como a una niña para exprimirla, aprovechándose de que es mujer, de su inocencia y buena intención. No les importó que desde pequeña tuviera que trabajar durísimo y que todo el dinero fuera para ellos; tampoco que sus jefes la forzaran y abusaran de ella repetidas veces. Nadie la echó de menos cuando tuvo que marcharse sola de su país y dejó a sus tres hijos, que es lo que más quiere en el mundo, con un hombre que se gasta todo el dinero que manda para ellos en alcohol y prostitutas, porque la convencieron de que era lo que tenía que hacer por ellos.

Se ha pasado toda la vida sin que nadie la tuviera en cuenta, siendo la boba que no se enteraba de nada y que se sacrificaba por todos, incluso cuando estaba sumida en una terrible depresión, una que ni siquiera se puede permitir tener porque bastante tiene con sobrevivir a gentuza como Juan Antonio.

Creía que Felicidad era diferente, pero se equivocó: también la había tomado por boba para utilizarla y aprovecharse de ella. Y, encima, acababa de decir que no iba a dudar en echarle el muerto encima.

Elizabeth mira a su alrededor. Es muy temprano y no hay nadie. Respira aliviada al comprobar que ha sido todo un acierto haber elegido una casa tan apartada. Ahora tiene que bajar a esconderla en condiciones y, si lo ve necesario, tendrá que arrancarle los dientes o, si no lo consigue, la cabeza y las manos. Sin las huellas ni la dentadura difícilmente sabrán que es Felicidad, ella misma se lo dijo. No se puede olvidar de encontrar también el teléfono para destrozarlo. Nadie ubicaría a Felicidad en Andorra, y Noemí ya no podrá dar con ella. La hija de Felicidad no supone una amenaza, y la boliviana está convencida de que no pedirá ayuda y no se arriesgará a que se descubra todo y la responsabilicen de todas las muertes acaecidas por culpa del plan que llevaron a cabo. Hasta podrían llegar a pensar que este final también lo había planificado ella.

En cualquier caso, sabe que ya no tiene nada que perder. No existe para la mayoría. No cuenta. No pertenece a ningún lugar, es una ciudadana de segunda. Ahora solo piensa en todo el dinero que tiene en efectivo y en que eso facilitará que se cumpla su sueño de poder traer pronto a sus hijos para volver a abrazarlos. Lo ha hecho también por ellos. Al fin y al cabo, ¿qué no haría una madre por sus hijos?

10

Candela continúa asomada a la ventana de su habitación. Le falta el aire y toma una gran bocanada. Su mente se traslada de nuevo al día de la desaparición de Felicidad, al momento en el que consiguió pasar al edificio donde estaba escondido Juan Antonio y subió a la primera planta, después de escuchar unos pasos y un murmullo que parecía un llanto y súplicas que asomaban entre los golpes que los bomberos empezaban a dar a la puerta de entrada. ¡Quizá fuesen Felicidad y su hijo! No había tiempo. Tenía que ser implacable antes de que se le adelantaran. Lo tenía decidido. Pensaba en las barbaridades que ese monstruo le habría hecho a su propia madre y la rabia le nublaba por completo el juicio. No iba a descansar hasta darle su merecido.

Una vez que subió al siguiente piso, siguió caminando con el corazón a punto de salírsele del pecho. Avanzó y descubrió que los ruidos procedían de la primera puerta, que tenía a su altura y que estaba abierta. Se asomó rápidamente y descubrió que no se trataba de la desaparecida, sino de un grupo de personas de origen latino amontonadas en el suelo, en un rincón del cuarto. Un hombre mayor se levantó y ella le apuntó a la frente con el arma. Él alzó rápidamente las manos en son de paz, pero con una de ellas le hizo un gesto para señalar el cuarto contiguo. Candela volvió a salir en silencio y aceleró el paso hasta la segunda puerta, donde se asomó de golpe con el arma en ristre. Todo estaba muy oscuro, pero vio una silueta de espaldas a ella al tiempo que oía cómo montaba un arma. No lo dudó ni un momento y disparó a matar. El sonido del cuerpo al caer al suelo retumbó en la estancia. Respiró aliviada, pero otro ruido dentro del cuarto la puso de nuevo en alerta. Provenía de un armario que había en uno de los rincones que tenía delante, al fondo de la habitación. Volvió a empuñar el arma sin demora.

—¡Las manos arriba! ¡Sal! —gritó.

Nadie respondió, pero, en cuanto sus ojos se adaptaron a la falta de claridad, la teniente oyó una respiración y vio la silueta de un hombre escondido de lado entre el mueble y la pared. Todo sucedió en una fracción de segundo, tiempo suficiente para reconocerlo. Candela se estremeció. Si Juan Antonio estaba junto a la pared, ¿a quién acababa de disparar entonces? Bajó la vista y se dio cuenta de que el cuerpo que yacía en el suelo boca abajo sobre un charco de sangre era el de Sandra. Su compañera se le había adelantado. Seguro que acababa de descubrir al fugitivo escondido y era ella quien montaba el arma cuando ella había entrado. No tuvo tiempo de girarse, porque recibió su disparo de inmediato. La teniente estuvo a punto de desmoronarse, pero consiguió mantenerse firme y apuntó a Juan Antonio mientras le hablaba muy bajito para que nadie la escuchara.

—Sal del todo. Vamos.

Él obedeció y, tras salir lo suficiente y quedarse detrás del cadáver de su compañera, Candela le apuntó al pecho y disparó sin titubear. Volvió a apretar el gatillo antes de que cayera al suelo, y esta vez le dio en todo el estómago. El hijo de Felicidad se desplomó en el acto. En ese momento, oyó que sus compañeros habían conseguido entrar y empezaban a avanzar por el piso de abajo.

Lo siguiente pasó a la velocidad del rayo: la teniente sacó los guantes, que siempre llevaba consigo, y se los puso. Se acercó a Sandra, se agachó para arrancarle un mechón, de los que aún no estaban bañados en sangre, y se lo colocó al hombre entre los dedos. Después de asegurarse de que estaba muerta, cogió el arma que estaba en el suelo junto a ella y usó la munición para reponer su pistola. Luego la colocó en la mano derecha de Juan Antonio y apretó, para que quedaran sus huellas. Cuando hubo terminado, la soltó para que pareciera que se le había caído al recibir el disparo. Ya solo le quedaba confiar en que se obrara el milagro y ninguno de sus compañeros cuestionara en exceso lo sucedido. El relato de la versión oficial desde luego tenía sentido: Sandra había entrado en busca de Juan Antonio y este estaba escondido pegado al armario. En un descuido, saltó y la agarró de los pelos. Forcejearon, consiguió quitarle el arma y le pidió que se girara para evitar su mirada cuando la ejecutara. Con su currículo, no cabría duda de que la había matado sin piedad.

Los pasos de sus compañeros se acercaban por el pasillo, y fue entonces cuando se desplomó y dejó salir la rabia y la pena tan honda que sentía por lo que acababa de hacer.

«He llegado tarde, joder... Lo siento mucho, Sandra. Lo siento mucho», dijo entre lágrimas, y después, cuando Jesús se agachó para tomarle el pulso a Sandra, se tiró hacia él y se fundieron en un abrazo, bañados en la sangre de la compañera que Candela acababa de matar a sangre fría.

11

Noemí está buscando imágenes de su madre en su nuevo iPad. No ha vuelto a saber nada de ella desde que, mientras hablaban por teléfono, la oyó gritar antes de que sonasen una serie de golpes. Estaba segura de que le había sucedido algo y había perdido el móvil. Ella no ha dejado de llamar insistentemente, pero aparece apagado. Es muy probable que el teléfono se le haya caído en un descuido y no haya sido capaz de recuperarlo, pero le extraña que no la haya llamado. Han pasado cuarenta y ocho horas y podría haberlo hecho desde el de la tal Elizabeth o haber conseguido otro.

Una vez seleccionadas las fotos más tiernas de la matriarca las usa para elaborar un *reel* con una música melancólica de fondo. Le parece increíble que todo haya cambiado tanto en poco más de un mes, desde que su madre la pilló por banda para contarle lo que pensaba que había hecho Juan Antonio y lo que planeaba hacer. La hija pequeña de Felicidad se había quedado de piedra, pero no le extrañó. Su hermano tenía un lado oscuro y era así desde pequeño. Lo llevaba en la sangre, al igual que ella. Había sido Noemí quien entró a escondidas en casa de su madre al día siguiente de morir la madrina, cuando la matriarca tendría que haber estado en el mercado. Como

Ignacio señaló durante la comida, su progenitora escondía dinero en su habitación y pensaba ir llevándose pequeñas cantidades para que tardara en notarlo. La matriarca había cambiado de planes, pero menos mal que no salió del baño, porque no sabía qué excusa se habría inventado. Esa misma tarde, le pidió tajantemente que fuera a su casa y, cuando vio su rostro serio, creyó que la había pillado. Sin embargo, no la culpaba a ella, sino a su hermano y a su cuñada. Era su gran oportunidad. Por primera vez, la matriarca que tiraba de todo y de todos estaba aterrada y, cuando alguien tiene miedo, es muy fácil de manipular. Noemí no tuvo que inventarse nada. La base del relato estaba escrita y encima era tan increíble como cierta: su hermano era un asesino, ocultaba algo e iba a quitarse de en medio a todo aquel que se pusiera en su camino. Gracias a que entró a robar a su cuarto, su madre estaba convencida de que quería su dinero y quedarse con la gestión de los alquileres. No iba a ser ella quien le llevara la contraria; iba a darle lo que necesitaba creer. Con la excusa de que estaba muy preocupada, lo único que tenía que hacer era echar más leña al fuego y ponerle la cabeza como un bombo. Darle el último empujón que necesitaba para ponerla al límite. Empezó a fantasear con que, en un momento de crisis, la matriarca pusiera todo a su nombre o, al menos, quitara a Juan Antonio del testamento y solo tuviera que repartir con Ignacio. Para conseguirlo, decidió acorralarla y la llamó diciendo que era del banco, con el acento argentino de la pesada de su cuñada. El problema fue que Felicidad no pareció darse cuenta de que era una llamada falsa, y menos de que la interlocutora fuese su nuera. Por ello, optó por garantizarse el éxito y la llamó como solo lo hacía Ariela: «Felí». Su madre colgó enseguida, por lo que había surtido efecto. La matriarca tenía tanto miedo de que el peligro fuera real que tomó una decisión que superaba las expectativas de su hija: iba a desaparecer y, para ello, necesitaba que ella compartiera su imagen en redes sociales y que la ayudara a gestionar su capital para marcharse. No solo el dinero del banco empezó a llegar a su casa con mayor asiduidad, sino que se le empezaron a multiplicar los seguidores en redes.

Cuantas más horas pasan, más convencida está de que su madre no va a dar señales de vida y se pregunta si acaso la matriarca no habrá simulado también con ella un accidente para desaparecer por completo. Pero se quita la idea de la cabeza enseguida: su madre no se lo podría permitir aunque quisiera. Quizá hace una década, pero no ahora. Le tiene que haber sucedido algo a la fuerza. Noemí no se puede creer que vaya a ser tan sencillo librarse de ella, pero no debe anticiparse, aún queda mucho por contar en las redes. Tiene que pensar bien el contenido antes de subir nada, para no desperdiciar ningún momento del duelo.

La hija de Felicidad termina de montar las imágenes y va al servicio para arreglarse frente al espejo. Se observa con detenimiento: es innegable que empieza a notársele el paso del tiempo, pero sigue siendo muy atractiva. Además, no hay nada que no disimule un buen filtro. Pero lo que le preocupa no es eso. Está claro que sin su madre y sin Juan Antonio va a disponer de mucho más dinero, tanto del que ya tenía escondido en casa como del de la futura herencia que solo repartiría con Ignacio, pero también iban a aumentar las responsabilidades. A ella le gusta vivir bien y sin compromisos. Odia las gestiones, y el edificio de su madre la va a traer de cabeza. Pero ya se encargará de eso: que se ocupe su hermano o que lo vendan. Iban a notar la ausencia de la matriarca, que se hacía cargo de todo, pero lo peor era la culpa por la muerte de Juan Antonio. No deja de pensar en ello y, aunque se repita que es más seguro que su hermano ya no siga entre ellos, por si después tomaba represalias, y que se lo merecía porque abusaba de mucha gente y porque mató a María salvajemente, en el fondo Noemí sabe que ella había sido la que había apretado las tuercas para que su madre pensara que también planeaba matarla a ella y, sin eso, seguramente el plan no habría seguido adelante y su hermano no hubiera tenido que huir ni hubiese acabado en la morgue.

Una vez que sus imperfecciones quedan disimuladas, deja de maquillarse y sonríe. La oscura preocupación que asoma en su mirada es perfecta para lo que tiene que hacer ahora.

Vuelve a su set casero bien iluminado, deja el teléfono en el trípode y se coloca en su marca. Ha llegado el momento de brindar el desgarrador testimonio que esperan los seguidores de @lasuperaguela, que ya se han convertido en los suyos propios. No puede defraudar a su público.

12

El sonido de un claxon consigue traer de vuelta a Candela, que sigue asomada a la ventana de su habitación con la mirada perdida. Acaba de sincerarse con Mateo, aunque no del todo; esa noche había ido a matar. Apretó el gatillo como única opción y había sido una enorme negligencia. Pero era aún peor, porque a quien disparó sin pestañear fue a Sandra. No se podía creer lo que había pasado y pensó que no soportaría si los compañeros empezaban a elaborar teorías como que había disparado a propósito porque aprovechó para quitarse de en medio a la mosca cojonera por la que sentía unos celos irrefrenables. Se acabaría corriendo la voz y dirían que se había enterado de la relación que tenía con Mateo y no lo había soportado. ¿Cómo iba a convencerlos de que no le disparó queriendo cuando la misma Sandra lo había pensado antes de morir? Candela lo vio en su mirada cuando, después de que matara a Juan Antonio y antes de que entraran sus compañeros, al agacharse para tirar del pelo de Barbie para arrancarle un mechón y colocárselo a su supuesto asesino, se encontró con que su amiga tenía los ojos abiertos y aún respiraba, a pesar de que estaba agonizando. Sandra, que seguía boca abajo y la miraba con dificultad, supo que había sido ella la que le había disparado, y lo más doloroso fue que su mirada mostraba terror pero no sorpresa. La había condenado. La teniente se la imaginó reportando su imprudencia a Prieto y desenmascarándola delante de todos. Pudo haberse disculpado en ese momento, mientras la socorría y llamaba corriendo para que la atendieran los servicios de urgencias. Podría haberle agarrado la mano al menos y susurrarle «que todo iba a salir bien», pero, en lugar de eso, se acercó a su subordinada, apartó la mirada y estiró el brazo para rematarla con un segundo disparo, esta vez en la nuca, que le perforó la cabeza y la mató al instante. El miedo a que la delatase se había impuesto, aunque en su fuero interno y por mucho que Sandra hubiera sido un apoyo en muchos momentos personales, sabía que también hubo parte de ganas de darle su merecido.

Es difícil vivir sabiendo que había hecho algo tan horrible y había estado a punto de confesárselo a Mateo, pero, por suerte y antes de condenarse para siempre, decidió que lo mejor era escaparse a tomar aire para meditarlo y entrar en razón. Nadie, ni siquiera él, puede enterarse de que es una asesina si no quiere que la encierren.

Candela se incorpora y cierra la ventana para volver al salón. Nunca más se planteará ser sincera con el que prácticamente considera el último familiar que le queda. A fin de cuentas, hasta las mejores familias tienen sus secretos.

Agradecimientos

En primer lugar, quiero dar las gracias a mis padres, y no por esta historia en concreto, sino por todo. En especial a mi madre, que ha sido fuente de inspiración a la hora de retratar a una mujer fuerte y válida, aunque, en su caso, indispensable para los que la rodeamos. Os quiero mucho.

Los recuerdos felices de mi niñez junto con mi abuela Feli, que, como la matriarca, también se parecía a Jessica Fletcher, han sido la base para construir la trama de Candela y sus anhelos. A ella y a mi abuelo también está dedicado este libro. Ojalá pudiera volver a los veranos en Dénia en los que todavía estábamos todos juntos.

Después de *La cría*, ha sido un privilegio volver a contar con la ayuda y supervisión de la inspectora de la Policía Nacional y jefa de Grupo 2 de Protección al menor, Sandra Martínez-Azpiazu Fernández, que también es familia, para que la trama fuera fiel a la realidad. Muchas gracias por tu generosidad y paciencia, tu talento y pasión han sido inspiradores para construir el personaje de Sandra, *Barbie*. Ojalá te guste.

Gracias también a Javier Ortega Rodríguez, de la Guardia Civil, por echarme una mano. Este 2024 tiene que ser tu año, te lo mereces todo.

Por supuesto, quiero agradecer a todo el equipo de Suma y de Penguin Random House que ha aportado su granito de arena para que este libro sea la mejor versión de sí mismo. Es una suerte tener la libertad de poder desarrollar y escribir sobre lo que me apasiona sin filtros ni limitaciones. Gracias a todos por vuestra entrega para que *La matriarca* esté a la altura de las expectativas.

En este sentido, tengo que dar las gracias a todos mis lectores fieles, que viven con tanta pasión cada letra que escribo y que me acompañan en este camino tan fascinante como intenso. Es una suerte saber que hay tanta gente que espera mis historias, os lo agradezco infinito. Gracias por comprar este libro. Me hacéis muy feliz, soy muy afortunado. Quiero agradecer también a todos los libreros, puntos de venta, periodistas y profesionales que me invitan a hablar de mis libros en entrevistas, mesas redondas, festivales y eventos varios, y que permiten que mis historias sigan vivas y lleguen a mucha más gente que quizá no supieran que existían. A todos los lectores nuevos, espero que hayáis disfrutado y que compartamos más ratos juntos.

A Romero de Luque y a Sandra, muchísimas gracias por los retratos, qué suerte que vuestro apoyo se haya convertido en tradición.

Este libro es para todos nuestros mayores, ojalá os diéramos el cariño, agradecimiento, ayuda y respeto que merecéis. Espero que estas páginas incomoden en algunos momentos y sirvan para debatir y poner el foco en todas las injusticias que tanto ellos como otros personajes del libro padecen. Sería bonito que después de leer *La matriarca* nos pusiéramos más en la piel del otro y que tratáramos con más respeto y cariño a todas las Elizabeth que encontremos en nuestro camino.

Por último, si te ha gustado esta historia, hazte un regalo: llama a tu madre y dile que la quieres. O, en el caso de que ya no puedas hacerlo, dedícale la mejor de las sonrisas.

GRACIAS.